KB123621

Taming Master

테이밍 마스터

테이밍 마스터 20

2017년 10월 18일 초판 1쇄 인쇄
2017년 10월 23일 초판 1쇄 발행

지은이 박태석
발행인 이종주

기획 팀 이기헌 왕소현 박경무 이승제
책임 편집 최이슬

발행처 (주)로크미디어
출판등록 2003년 3월 24일
주소 서울시 마포구 성암로 330 DMC첨단산업센터 3층 314호
Tel (02)3273-5135 Fax (02)3273-5134
홈페이지 rokmedia.com E-mail rokmedia@empas.com

값 8,000원

ISBN 979-11-294-1350-5 (20권)
ISBN 979-11-5960-986-2 04810 (세트)

20

Taming Master

| 박태석 게임 판타지 장편소설 |

테이밍마스터

CONTENTS

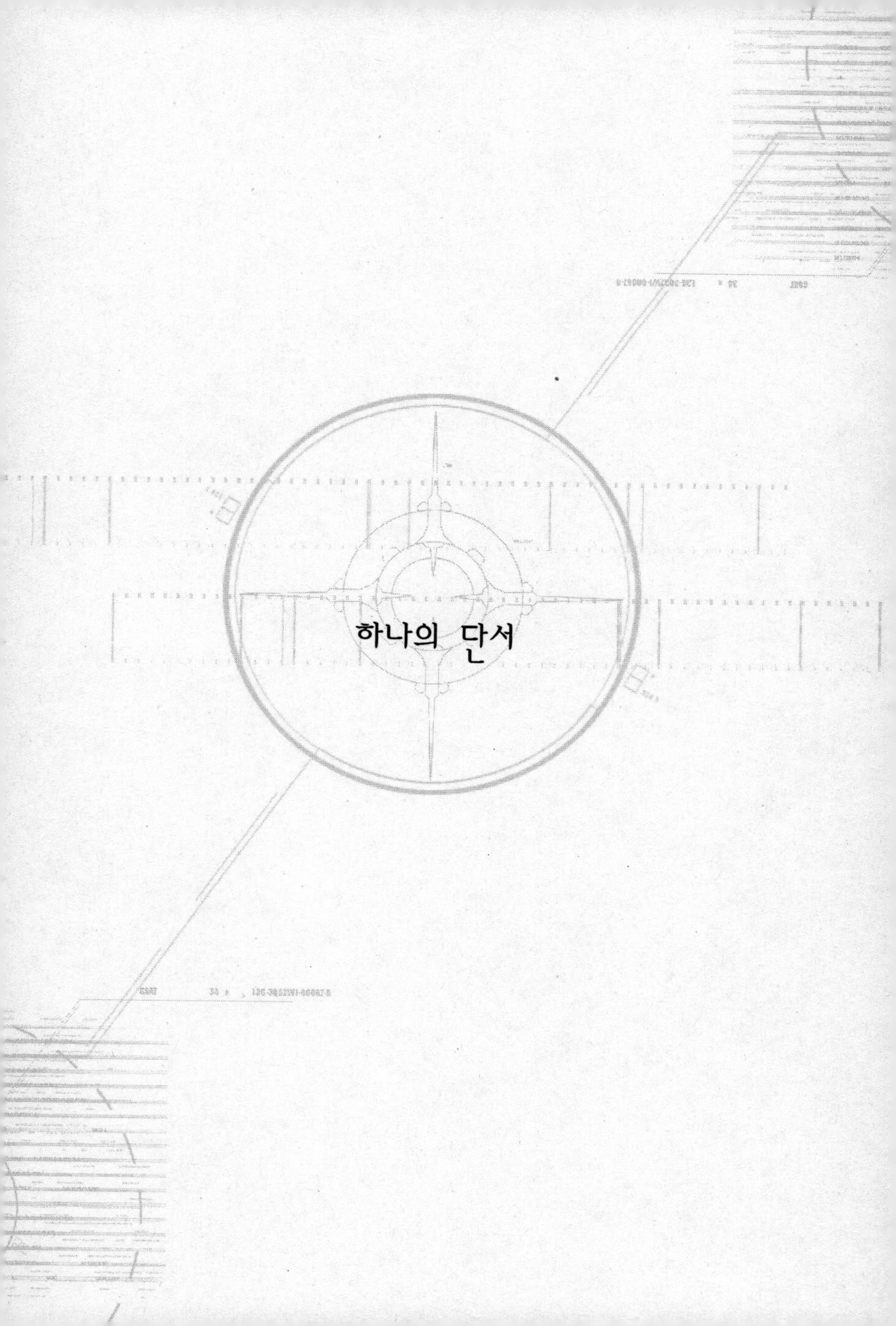

하나의 단서

Taming
Master

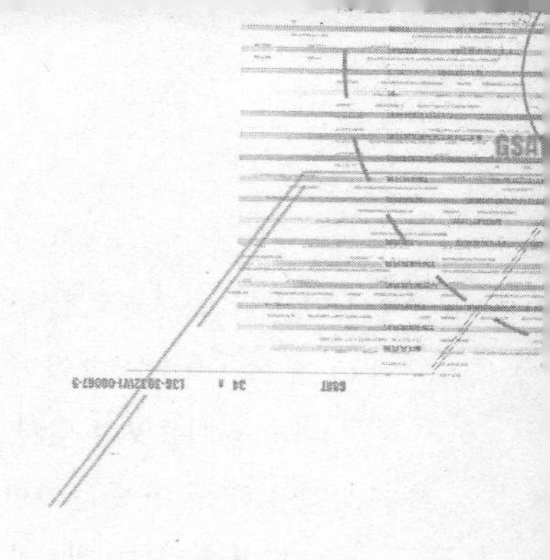

-업무 일지 -G30

게이머의 성향에 따른 플레이 방식으로는…….

……중략……

대체로 게임을 잘 못하는 하수들은, 아무 생각 없이 되는 대로 게임을 플레이하는 경향이 있다.

물론 그것이 나쁘다는 건 아니다.

보통의 게이머들이 게임을 하는 이유는 즐기려는 목적이 가장 크기 때문이다.

게임을 하면서까지 스트레스를 받아야 한다면 그건 너무 슬픈 일이니까.

하지만 그저 즐기기 위한 게임을 하는 유저들 수만큼, 승부욕

이 강한 유저들도 많다.

이들 중 대부분이 중상위권의 영역에 있는 이들인데, 이들은 다른 유저들보다 앞서 나가고 싶어 하고, 더 나은 실력을 갖고 싶어 하며, 더 좋은 아이템을 얻고 싶어 한다.

당연한 이야기겠지만, 남들보다 앞서 나가기 위해서는 노력을 해야 한다.

던전 공략에 실패했으면 어째서 실패했는지 생각해 봐야 하며, PK에서 졌다면 패배한 원인에 대해 연구해 보아야 하는 것이다.

자신의 플레이에 대해 한 번쯤 생각해 보며 하루하루 실력이 나아지는 유저들.

여기까지가 바로, 중수의 영역이라 할 수 있을 것이다.

그렇다면 이 단계를 지나 상위권의 랭커가 된 유저들은 어떤 플레이 성향을 가지고 있을까?

그들의 가장 큰 특징은 기획자의 기획 의도를 파악하려 한다는 것이다.

퀘스트를 받았으면 이 퀘스트가 발생한 이유에 대해서 생각해 보고, 스킬을 얻었으면 이 스킬을 왜 만들었는지에 대해 생각해 본다.

아이템의 작은 옵션 하나를 확인할 때도 어떤 의도로 만들어진 옵션인지를 생각해 보며, 어떤 식으로 옵션을 세팅해야 최고의 시너지를 낼 수 있을지 연구한다.

핵심은, 게임 시스템에 대한 '연구'.

끊임없이 연구하고 그 안에서 최고의 효율을 찾아내는 유저들이 상위 10퍼센트 이내의 상위 랭커가 되는 것이다.

개인적으로 나는, 대부분의 사람이 노력만으로도 상위 10퍼센트 안에 들 수 있다고 생각한다.

그러나 이보다 위에 있는 최상위의 영역은, 아쉽지만 노력만으로 될 수 없는 부분이다.

피지컬과 게임 센스.

즉, '재능'의 영역이라고 할 수 있는 것이다.

이론적으로 가능한 대부분의 플레이를 성공시키는, 그야말로 신기에 가까운 게임 재능을 가진 유저들.

이들이 바로, 카일란 최상위권에 포진해 있는 랭커들이라고 할 수 있다.

그렇다면 상위 1퍼센트, 아니, 퍼센트의 개념으로 나누기도 애매한 한 자릿수의 랭킹을 가진 유저들은, 어떤 느낌으로 설명할 수 있을까?

나는 그들을, 단 한 마디로 정의하고자 한다.

'규격 외의 존재들.'

기획자의 기획 의도를 파악하는 것을 넘어 허점을 찾아내고 시스템을 분석하는 것을 넘어 새로운 공식을 정립하는, 거기에 이론상으로만 가능한 한계 이상의 플레이를 기복 없이 보여 주는, 그런 특별한 유저들이 바로 카일란의 최정점에 서 있는 게이머들인 것이다.

수많은 카일란 유저들이 동경하는 대상인 스타 플레이어들.

그리고 그들 중에서도 첫 손가락에 꼽히는 유저는 단연 '이안' 일 것이다.

-카일란 수석 기획자 나지찬의 리포트, '게이머의 성향 분석' 중

라카메르의 회복 스킬은, 소환된 언데드가 입은 '피해량' 만큼 본인의 생명력을 회복시키는 구조를 가지고 있다.

그리고 이안은 이 시스템 안에서 '파훼법'을 찾아낼 수 있었다.

그 열쇠는 바로 '소환물이 입은 피해량'이라는 부분이다.

이안의 입꼬리가 슬쩍 말려 올라갔다.

'그러니까…… 결국, 소환물이 입을 피해만 최소화시킬 수 있으면 된다는 얘기잖아?'

만약 그의 생각을 누군가 들었다면 '이게 대체 무슨 소리야?'라고 생각했을 것이다.

너무도 당연한 이야기를 반복하는 것처럼 들릴 테니까 말이다.

하지만 방금 전 이안의 실험에 대해 조금만 생각해 본다면, 이 말이 무슨 말인지 이해할 수 있을 것이다.

'입힌 피해량'이 아닌 '입은 피해량'.

즉, 회복 계수에 적용되는 '피해량'이 피격자의 기준에서 적용된다는 것이다.

조금 더 풀어 설명하자면, 수백만의 공격력을 가진 공격에 당하더라도 생명력이 10밖에 남아 있지 않다면 10을 초과하는 피해를 입을 수 없다는 말이다.

그리고 라카메르는 10의 생명력밖에 회복하지 못하리라.

이안은 방금 실험으로 확신을 얻을 수 있었고, 곧바로 작전을 짜기 시작했다.

"훈아, 소울 러스트Soul Rust 스킬 가지고 있지?"

이안의 물음에, 훈이가 고개를 끄덕이며 대답했다.

"응, 그거야 당연하지."

소울 러스트는 흑마법사들에게 무척이나 유용한 광역 공격 마법 스킬이다.

범위 내의 적들에게 매초 남은 생명력의 1퍼센트에 해당하는 고정 피해를 입히는 광역 공격 마법.

범위 내에 적을 묶어 둘 수만 있다면, 어떤 적이든 5~10분 내에 빈사 상태로 만들 수 있는 스킬인 것이다.

일반적으로 이 스킬은, 움직임이 느리고 마법 저항력이 강한 골렘 같은 몬스터를 사냥할 때 많이 쓰인다.

움직임이 느리다는 말은 범위 내에 묶어 두기 쉽다는 말이었고, 어차피 피해량은 마법 저항력과 무관하게 적용되니 말이다.

소울 러스트를 사용해 생명력을 10퍼센트 미만으로 떨어뜨린 뒤 다른 광역 공격 마법을 사용해 마무리를 지으면, 제아무리 골렘이라도 금방 사냥할 수 있다.

하지만 그것과 별개로 훈이는, 지금 상황에서 이안이 소울 러스트를 언급하는 이유를 짐작할 수 없었다.

'지금은 효율이 안 나올 것 같은데?'

상대는 마법 저항력이 별로 높지 않은 데다 대부분 빠른 움직임을 가지고 있는 언데드들이다.

그렇다고 보스 몬스터인 라카메르를 소울 러스트의 범위 안에 묶어 둘 방법도 없었다.

묶어 둔다 하더라도, 바로바로 회복할 테니 의미도 없고 말이다.

하지만 이어지는 이안의 말을 들을수록, 훈이는 점점 이안의 큰 그림이 이해되기 시작했다.

"소울 러스트로는 적을 죽이는 게 불가능하지?"

"그게 무슨……?"

"최대 생명력이 아니라 남은 생명력의 1퍼센트를 깎는 거니까, 결국은 1에 수렴할 거 아니야."

"아, 그렇겠다. 그런 생각은 안 해 봤네. 그렇게 오랫동안 소울 러스트만으로 공격해 본 적이 없어서 말야."

이안이 고개를 끄덕이며 말을 이었다.

"어쨌든 그게 포인트야. 소환된 언데드들의 생명력을 죄다 바닥까지 떨어뜨리고, 그 다음에 광역 마법으로 한 번에 잡으려는 거지."

"……!"

"이렇게 하면 아무리 강력한 마법을 터뜨려도, 라카메르가 회복할 수 있는 생명력은 얼마 되지 않을 거야."

"미친……!"

훈이는 자신도 모르게 탄성을 터뜨렸다.

이런 역발상은 생각해 보지도 못했기 때문이다.

어차피 라카메르의 생명력은 보스 몬스터 치고 높은 편이 아니었다.

브레스를 비롯해 이안 파티가 보유한 모든 광역 마법을 한 번에 터뜨린다면, 거의 모든 생명력을 한 번에 깎아 낼 수 있는 수준인 것이다.

다만 그와 동시에 회복되는 생명력이 문제인 것이었는데, 지금 이안이 제시한 방법대로라면, 그 문제가 해결되게 된다.

소울 러스트로 인해 언데드들의 생명력이 두 자릿수 이하로 떨어진다면, 아무리 강력한 광역 마법을 터뜨려 봐야 1만 이상의 생명력이 회복될 일은 없었으니까.

그리고 1만 정도의 생명력은, 정령왕의 심판에 스쳐도 지워질 의미 없는 수치였다.

옆에서 두 사람의 대화를 들은 레미르가 탄성을 터뜨렸다.

"정말 가능하겠는데?"

물론 치명적인 공격을 당한 라카메르가 가만히 있을 리는 없다.

새로운 언데드를 소환하며, 어떻게든 대응하려 할 게 분명했다.

하지만 라카메르가 한 번에 소환할 수 있는 언데드의 숫자는 한정되어 있었고, 연속해서 소환 스킬을 사용할 수도 없었다.

새로 소환된 많지 않은 언데드들은 무시한 채, 극딜을 넣어 라카메르를 잡아 버리면 되는 것이다.

이안은 시선을 살짝 돌려, 남은 제한 시간을 확인했다.

–00:13:27

'13분이면 조금 빠듯하기는 하네.'

그러나 승산은 충분히 있었다.

파티원들이 실수하지 않고 설계대로 완벽하게 움직이기만 한다면, 이론상 10분 안으로 충분히 라카메르를 잡을 수 있었으니까.

이안은 채팅 창에 간결하게 작전을 설명하였고, 훈이의 소울 러스트가 곧바로 발동되었다.

"소울…… 러스트!"

스하아아–!

마치 영혼이 빠져나가는 듯한 기분 나쁜 소리와 함께, 전장에 검보랏빛 연기가 피어오르기 시작했다.

하지만 라카메르는 훈이의 소울 러스트를 보고는 코웃음을 쳤다.

"클클, 그런 저급한 흑마법으로 이 몸에게 대항하려 하다니!"

소울 러스트는 흑마법사의 기초 마법 중 하나였으니, 무려 리치 위저드인 라카메르의 입장에서는 비웃는 것이 당연한 것이었다.

그리고 훈이의 소울 러스트가 발동되자마자, 이어서 레미르의 광역 화염 마법이 터져 나왔다.

그것은 레미르가 가진 가장 강력한 광역 마법 중 하나인 잉걸불이었다.

치이익- 콰콰쾅-!

잉걸불의 이펙트는 비교적 단출한 편이지만, 파괴력만큼은 그 어떤 광역 마법과 비교해도 강력하다.

단 한 방에 전장의 언데드들의 생명력 게이지가 깜빡거리기 시작한 것만 봐도, 그 위력을 능히 짐작할 수 있음이었다.

그리고 잉걸불을 발동시킨 것은 당연하게도 전략의 일환이었다.

소울 러스트로 모든 생명력을 깎기에는 너무 오랜 시간이 걸리기 때문에, '양념'을 먼저 쳐 놓은 것이다.

잉걸불에 대미지를 입은 라카메르가 살짝 놀란 표정이 되었다.

물론 회복 능력으로 인해, 생명력은 다시 최대치까지 차오른 상태였지만 말이다.

"후후, 이번에는 조금 괜찮았어. 놀랍군. 인간 마법사 주제에 8서클의 마법을 쓸 줄 알다니 말이야."

이어서 레미르는 몇 개의 낮은 티어의 광역 마법을 더 터뜨렸다.

언데드들의 생명력을 조금 더 깎기 위함이었다.

그렇게 언데드들의 생명력이 15퍼센트 남짓까지 떨어졌을 때, 이안의 오더가 이어졌다.

"지금부터 딱 3분만 버티자. 절대 언데드를 공격해선 안 돼!"

"알겠어!"

"버텨 보자고!"

힐러인 레비아를 중심으로, 이안의 파티원들이 빠르게 뭉쳤다.

드라고닉 배리어를 사용하면 3분은 거뜬히 버티겠지만, 그것은 뒤를 위해 아껴 둬야 했다.

모든 언데드들을 제거한 뒤, 라카메르를 집중공격할 때 발동시켜야 했으니 말이다.

"천신의 가호! 빛의 광휘!"

레비아의 손에서 새하얀 광채가 퍼져 나가며, 실드와 광역 회복 마법이 번갈아 펼쳐졌다.

하지만 그럼에도 불구하고, 언데드들의 공세는 대단했다.

이안의 파티는 전부 방어 태세를 취한 채, 포션까지 사용하여 언데드들의 공격을 겨우 버텨 내었다.

여기서 가장 고역인 것은 언데드들을 하나라도 죽이면 안 된다는 부분이었다.

현재 전장에 소환되어 있는 언데드의 숫자는, 라카메르의 통솔력 한계치에 도달해 있는 최대의 물량이다.

그런데 만약 이안 일행이 언데드들을 죽인다면, 통솔력에 여유가 생긴 라카메르는 싱싱한 언데드를 추가로 뽑아낼 게 분명했다.

싱싱한 언데드가 하나 늘어날 때마다 라카메르의 회복량이 늘어나는 것과 마찬가지였으니, 이안 일행은 필사적으로 반격을 자제하였다.

라카메르로서는 이해할 수 없는 이안 파티의 전략이었다.

당황한 라카메르가 이안 일행을 향해 일갈을 내질렀다.

"무슨 수작을 부리려는 것이냐? 스피릿 스톰!"

콰아아-!

라카메르의 완드에서 거센 어둠의 폭풍이 뿜어져 나왔다.

그가 구사하는 스킬들 중 가장 강력한 위력을 지닌 광역 마법인 스피릿 스톰.

이안의 머리가 빠르게 회전하기 시작했다.

'레비아 님의 실드도 이제 남아 있는 게 없으니, 저거에 맞으면 그냥 전멸이야.'

주변을 보니 언데드들의 생명력은 거의 바닥에 수렴하고 있었다.

목표치보다 조금 많이 남아 있기는 하지만, 여기서 드라고닉 배리어를 아낀다면 죽도 밥도 되지 않을 게 분명했다.

찰나의 시간 동안 판단을 마친 이안이, 엘카릭스에게 오더를 내렸다.

"엘, 드라고닉 배리어!"

"네, 아빠!"

이어서 새하얀 광휘가 뿜어져 나왔다.

위이잉-!

이안 파티 전원이 하얀 빛무리에 둘러싸였고, 그것은 반격을 알리는 효시였다.

"훈이, 레미르 누나!"

"오케이!"

이안의 외침과 동시에, 훈이와 레미르가 멀찍한 곳으로 블링크해 이동했다.

이어서 빡빡이의 도발 스킬이 터져 나왔다.

"빡빡이, 귀룡의 포효!"

크아아아오!

훈이와 레미르의 광역 공격 마법 캐스팅 시간을 벌어 주기 위한, 철저히 계산된 이안의 스킬 운용이었다.

이안은 그 어느 때보다 정신을 집중하고 있었다.

모든 광역 스킬이 거의 동시에 터질 수 있도록 시간을 조율해야만, 새로 소환된 언데드가 광역기에 맞아 버리는 참사를 면할 수 있기 때문이었다.

'하나, 둘, 셋……!'

잠시 후.

정확히 타이밍을 잡은 이안은 오른손을 허공으로 번쩍 치켜들었다.

"브레스, 분쇄!"

스하아아-!

브레스를 포함해 이안의 소환수들이 갖고 있는 광역 공격 능력들은, 대부분이 즉발 가능한 스킬이었다.

때문에 레미르와 훈이의 마법과 타이밍을 맞추기 위해서, 타이밍을 재며 기다린 것이다.

뿍뿍이와 카르세우스의 입으로 모이는 강력한 용의 숨결.

그리고 다음 순간, 이안 파티가 보유하고 있는 가장 강력한 광역 마법들이 일시에 전장을 휩쓸기 시작했다.

폭풍.

그것은 말 그대로, 모든 것을 집어삼키는 '폭풍' 그 자체였다.

본체로 현신한 뿍뿍이, 어비스 드래곤의 입에서 뿜어져 나온 냉기의 브레스를 시작으로, 카르세우스의 난폭한 힘을 담은 파괴적인 브레스.

거기에 온갖 광역 마법들까지 일제히 쏟아져 내리니, 던전에 장관이 펼쳐진 것이다.

물론 언데드들은, 처음 터져 나온 뿍뿍이의 브레스만으로도 모조리 지워져 버렸다.

이미 훈이의 소울 러스트에 지속적인 피해를 입어서, 생명력이 1퍼센트도 채 남아 있지 않은 상태였기 때문이다.

그리고 어비스 드래곤의 강력한 브레스가 그 정도 생명력도 깎아 내지 못할 리 없다.

때문에 광역 마법들의 향연 속에 홀로 서 있는 몬스터는 라카메르 단 하나뿐이었다.

그리고 라카메르가 회복할 수 있었던 생명력은, 게이지에서 육안으로 확인하기도 힘들 정도로 미미한 수준이었다.

이안의 계산이 정확히 맞아 들어간 것이다.

"됐어!"

결과적으로 라카메르의 생명력은, 순식간에 30퍼센트 정도의 수준까지 떨어져 내렸다.

라카메르가 커다란 목소리로 일갈했다.

"놈들, 잔머리를 굴리는구나!"

라카메르는 당황할 수밖에 없었다.

아무리 뛰어난 AI라고 하더라도, 이런 전개까지 예측할 수는 없기 때문이었다.

한 번에 들어온 엄청난 대미지에 기겁을 한 라카메르가, 허겁지겁 소환 마법을 캐스팅하였다.

새로운 언데드를 소환해서 방패로 삼아야만, 바닥까지 떨어진 생명력을 다시 회복할 수 있으니까.

"나, 라카메르의 이름으로……!"

하지만 그때였다.

피이잉-!

어디선가 날카로운 파공성이 울려 퍼지더니, 라카메르의 오른쪽 어깨에 화살 한 발이 틀어박혔다.

퍽-!

화살 자체가 가지고 있는 대미지는 미미했으나, 그것은 다른 의미로 치명적이었다.

-79,480만큼의 피해를 입었습니다.

-집중력이 흩어집니다.

-소환 마법의 캐스팅이 취소됩니다.

단 한 발의 화살로 인해, 라카메르의 소환 마법 캐스팅이 끊겨 버린 것이다.

이제 다시 소환 마법을 쓰기 위해서는 1분 정도의 재사용 대기 시간이 지나야 하는 것.

그리고 이것은 이안의 센스 플레이이기도 했지만, 라카메르의 실수라고 보는 게 더 맞았다.

그 실수란 바로…….

'럭키! 패턴 꼬이니까 블랙실드도 안 뜨는구나!'

순간적으로 이뮨Immune 상태로 만들어 주는 흑마법사의 실드 마법인, '블랙 실드'를 발동시키지 않은 것이다.

원래 라카메르의 전투 패턴은 블랙 실드를 발동시킨 뒤 소환 마법을 캐스팅하는 것이었다.

이뮨 상태가 되면 모든 상태 이상에 면역이 될 뿐만 아니라, 어떤 공격을 받아도 모션이 끊이지 않기 때문이었다.

즉, 라카메르가 블랙 실드를 먼저 발동시켰더라면 이안의 화살을 맞아도 소환 마법이 발동했을 것이라는 이야기다.

아니, 화살이 아니라 메테오가 떨어졌다고 하더라도 캐스팅이 끊어지지는 않았을 것이다.

대미지야 전부 들어오겠지만 말이다.

하지만 계산되지 않은 상황에 AI가 꼬여 버렸고, 덕분에 라카메르는 블랙 실드도 발동시키지 않은 채 소환 마법을 먼저 써 버린 것이다.

어쨌든 그의 실수 덕에 1분이라는 시간을 번 이안 일행은, 득달같이 달려들었다.

"카카, 꿈꾸는 악마!"

이안의 목소리가 던전에 울려 퍼졌고…….

"어둠이…… 내린다."

허공을 부유하고 있던 카카의 두 눈이, 천천히 감기기 시작했다.

가상현실과의 컴퓨터실은 적막에 휩싸였다.

갑자기 이렇게 조용해진 것은 아니었다.

저들은 카일란 한국 서버의 최고 랭커들로 구성된 최상위 티어 파티.

최고 수준의 플레이를 실시간으로 시청하다 보니, 자연스레 말들이 사라진 것이다.

컴퓨터실에 모여든 학생은 어느새 열 명도 넘었지만, 어느 누구도 입을 열지 않았다.

그들은 랭커들의 플레이 하나조차 놓치지 않겠다는 듯, 스크린에 눈을 고정한 채 놀라운 집중력을 보여 주고 있었다.

그런데 컴퓨터실에 있던 학생 중 한 명인 형우는, 유일하게 아쉬운 표정을 하고 있었다.

그 이유는 다른 것이 아니었다.

형우의 카일란 캐릭터는 '기사' 클래스였는데, 지금 이안의 파티에 기사 클래스의 랭커가 없기 때문이었다.

형우 본인이 기사 클래스인 만큼, 기사 랭커 유저의 활약을 보고 싶었던 것이다.

'유현 선배도 같이 있었으면 좋았을 텐데…….'

유현, 즉 헤르스는 저 파티의 랭커들만큼의 실력은 되지 않는다.

하지만 그래도 상위 1퍼센트의 최상위권 유저임에는 분명했고, 형우는 기사 클래스가 이 파티에서 어떤 역할을 할 수 있을지 몹시 궁금했던 것이다.

물론 그렇다고 영상의 재미가 떨어지는 것은 아니었다.

자신이 아쉬워 하는 부분과 영상 자체의 퀄리티는 별도의 개념이었기 때문이다.

그리고 본인 클래스의 랭커가 없는 영상이기 때문에, 형우의 시선은 계속 이안에게 고정되어 있었다.

'그나저나 저 라카메르라는 보스 몬스터는 정말 대단하네. 랭커들의 레이드는 난이도가 정말 장난 아니구나.'

이제 갓 50레벨 정도인 형우의 던전 사냥은 단출하기 그지없었다.

방패로 막고 검으로 베고.

방패 막기로 90퍼센트 이상의 피해 흡수율을 띄우면 우쭐할 수 있는, 그런 소소한 사냥이었던 것이다.

그런데 지금 영상 속에 있는 이안은 기사 클래스도 아닌 주제에 90퍼센트 이상의 피해 흡수를 밥 먹듯이 했다.

높은 피해 흡수율이 뜨면 이펙트가 다르기 때문에, 화면만으로도 충분히 알 수 있는 사실이었다.

게다가 방패를 들었다가 해제했다가 자유자재로 무기를 스왑하며, 신들린 듯한 컨트롤을 보여 주고 있었다.

초보 기사인 형우로서는 엄두도 나지 않는 플레이였다.

'나도 저렇게 되고 싶다……!'

형우가 마른침을 꿀꺽 삼키고는 입맛을 다셨다.

랭커들의 플레이 영상을 시청하다 보면, 당장이라도 캡슐로 뛰어가고 싶은 마음이 들기 마련이었다.

그들이 보여 준 멋진 플레이를 게임 상에서 직접 재현해 보고 싶어지는 것이다.

마치 음악 경연 프로를 보다 보면 노래방에 가고 싶어지는 것과 비슷한 이치랄까.

물론 직접 해 보면, 좌절하는 경우가 대부분이기는 했지만 말이다.

땀을 삘삘 흘리며 수정구를 컨트롤 중인 소진만을 제외하고는, 모두가 같은 마음으로 영상을 시청 중일 터였다.

그런데 그때, 조용하던 장내에서 동시다발적으로 탄성이 흘러나왔다.

"허, 허얼!"

"와, 뭐야? 어떻게 된 거야?"

"우와……!"

—캬아아오!

—콰쾅— 콰콰쾅—!

스피커를 통해 엄청난 굉음이 울려 퍼지며, 동시다발적으로 수많은 광역 스킬들이 전장을 휩쓸고 있었던 것이다.

사실 대규모 전투 영상을 시청하면, 전장에 광역 스킬이 쏟아지는 것은 어렵지 않게 볼 수 있다.

하지만 이렇게 정확히 자로 잰 듯 완벽한 타이밍에 동시에 터지는 광역 마법은 다들 처음 본 것이었다.

"헐, 대박! 어떻게 저렇게 광역 스킬 발동 타이밍을 정확히 다 맞춘 거지?"

"쩐다! 470레벨 보스 생명력이 한 번에 다 깎였어!"

"우오오!"

그런데 이 와중에 재밌는 것은, 그 장면을 본 사람의 이해도에 따라 반응이 제각각 다르다는 것이었다.

카일란을 시작한 지 얼마 되지 않은 형우의 경우는, 단순히 이펙트와 파괴력에 놀랐으며…….

"와, 광역 스킬 진짜 멋있다! 나도 기사 때려치우고 마법사나 할까?"

이제 200레벨 정도가 된 마법사 클래스인 하영은 각기 발동 시간이 다른 마법들을 동시에 터뜨린 것에 감탄했다.

"헐, 대박. 저 스킬들 캐스팅 시간 다 다를 텐데, 어떻게 동시에 터지게 한 거지? 우연인 건지, 아니면 오더가 쩌는 건지…….”

하지만 이들 중 가장 이해도가 높은 소진이나 세미의 경우, 아무런 말도 할 수 없었다.

그저 입을 쩍 벌린 채 감탄하는 것밖에는 할 수 있는 게 없었던 것이다.

세미는 이 소름 돋는 이안의 설계에 대해 학우들에게 침을 튀겨 가며 설명해 주고 싶었지만, 실행으로 옮기지는 못했다.

도저히 영상에서 눈을 뗄 수 없었으니, 설명할 시간 따위가 있을 리 없었다.

광역 마법의 폭풍이 휩쓸고 지나간 뒤, 남아 있는 라카메르의 생명력은 30퍼센트 남짓이었다.

이안의 계산대로라면 이 정도의 생명력은, 파티원들이 공격을 집중할 시 3분 안으로 깎아 낼 수 있는 수준이었다.

하지만 라카메르의 마지막 저항은 생각보다 격렬했고, 덕분에 애를 좀 먹어야 했다.

거의 실금정도의 생명력을 남긴 라카메르가, 계속 새로운 언데드들을 소환하여 생명력을 회복하며 저항한 것이다.

그렇게 라카메르가 저항한 시간은 추가로 3분 정도.

그러나 결국, 라카메르는 무릎을 꿇을 수밖에 없었다.

이안 파티의 화력도 화력이었지만, 뮤란의 검에 깃든 힘이 무지막지했기 때문이었다.

게다가 뮤란의 속성은 '어둠'에게 배의 피해를 줄 수 있는 '빛' 속성.

카일란의 스토리상 '리치 킹을 봉인한 영웅'이라는 타이틀에 걸맞게, 빛 속성을 가지고 있었던 것이다.

"심판의 검……!"

콰르릉—!

뮤란이 양손을 모아 가슴으로 가져가자, 묵직한 진동음과 함께 그의 전신에서 하얗고 찬란한 광채가 뿜어져 나왔다.

이어서 공중을 부유하던 그의 세 자루 대검이 하늘로 떠오르더니, 커다란 백색 뇌전과 함께 라카메르의 머리 위로 떨어져 내렸다.

콰쾅— 콰쾅 쾅!

그리고 그것이, 라카메르의 마지막이었다.

"크윽, 하찮은 인간들 따위에게 패배하다니……."

역시 진부한 대사와 함께 쓰러지는 어둠의 하수인 라카메르.

상황에 몰입한 훈이는, 장단을 맞춰 주었다.

"후후, 그릇된 어둠의 최후다, 샬리언의 하수인이여."

하지만 옆에 있던 이안이 훈이의 산통을 깨어 버렸다.

"티어만 올려 주면 리치 메이지라도 바로 전직할 녀석

이…….”

그에 뜨끔한 훈이가 입술을 삐죽 내밀었다.

“우씨.”

어쨌든 뮤란의 공격을 마지막으로 라카메르의 생명력은 모두 소진되었다.

스하아아-!

그리고 사이하고 섬뜩한 소리와 함께 라카메르의 신형이 연기로 변하여 허공으로 흩어졌다.

이어서 이안 일행의 눈앞에 시스템 메시지가 떠오르기 시작했다.

띠링-!

-샬리언의 하수인, 리치 위저드 '라카메르'를 성공적으로 처치하셨습니다!

-경험치를 109,789,092만큼 획득합니다.

-명성을 70만 만큼 획득합니다.

-영웅, 뮤란과의 친밀도가 20만큼 증가합니다.

……후략……

던전의 보스 몬스터를 처치하였을 때 통상적으로 나타나는 보상 메시지들을 비롯해서…….

-'라카메르의 분노' 퀘스트를 성공적으로 완수하셨습니다.

-남은 제한 시간 : 9분 27초

-클리어 등급 : SSS

–'대마법사의 타락한 해골 목걸이(전설)' 아이템을 획득하셨습니다.

–'죽음의 기사 파멸 대검(전설)' 아이템을 획득하셨습니다.

퀘스트 성공을 알리는 메시지들까지.

이안은 뿌듯하고 기쁜 마음이 들었지만, 획득한 아이템들을 확인하고는 아쉬움을 감추지 못했다.

"음, 보상이 좀 짠 것 같은데……."

무려 전설 등급의 아이템 두 개를 얻었으나, 퀘스트의 난이도에 비해서는 만족스럽지 못했던 것이다.

게다가 본인에게 별로 쓸모도 없는 아이템들이었기에 아쉬움은 더했다.

'대검이야 가신한테 쥐어 줘도 되는데……. 이 목걸이는 그냥 경매장에 팔아야겠어.'

그리고 당연한 얘기겠지만, 아쉬워하는 것은 이안뿐만이 아니었다.

다른 파티원들도 보상이 짜다는 생각을 하는 중이었던 것이다.

각기 다른 보상을 손에 넣었지만, '급' 자체는 비슷했으니 말이다.

"에이, 신화 등급 하나 정돈 줄 줄 알았는데."

"맞아. 괴물 같은 놈 잡았다고 생각했는데, LB사가 양심이 없네."

기대가 컸던 것인지, 아쉬운 마음에 저마다 한마디씩을 던지는 파티원들이었다.

그런데 그때, 이대로 끝인 줄만 알았던 시스템 메시지들이 추가로 떠오르기 시작했다.

띠링—!

—'라카메르의 분노' 퀘스트의 히든 클리어 조건을 충족하셨습니다!

—'라카메르의 분노 II (히든)(에픽)' 퀘스트가 발동합니다.

이어서 축 처져 있던 이안 일행의 눈빛이, 다시 반짝이기 시작했다.

라카메르의 분노 II (히든)(에픽)

당신은 놀랍게도, 어둠에 물든 헬라임이 깨어나기 전에 라카메르를 처치하는 데 성공했다.
리치 킹 샬리언의 하수인이자 강력한 권능과 어둠의 힘을 가지고 있는 그를, 믿을 수 없을 정도로 짧은 시간 안에 처단한 것이다.
덕분에 기사단장 헬라임과 일부 황실기사단의 기사들에게 구원받을 수 있는 기회가 생겼다.
그들을 잠식해 가던 어둠이, 라카메르를 처단함으로써 활동을 멈춘 것이다.
그러나 그들은 아직 완전히 구원받은 것이 아니다.
지금 어둠의 모래시계 안에 갇혀있는 헬라임과 기사단원들은, 영혼 없는 빈껍데기일 뿐.
라카메르가 그들의 영혼을, '어둠의 성소'에 가둬 놓은 까닭이다.
던전의 뒤편에 있는 '소울 크리스털'을 파괴한다면, '어둠의 성소'로 이동할 수 있는 포털이 열릴 것이다.
포털을 타고 어둠의 성소로 가 성소에 갇혀 있는 영혼들을 구출하자.
퀘스트 난이도 : A
퀘스트 조건 : 헬라임을 제거하지 않은 상태에서 라카메르를 처단.

헬라임이 깨어나기 전, 라카메르를 처치.
제한 시간 : 18분 54초
*어둠의 성소를 파괴하면, 퀘스트가 완료됩니다.
***보상 :** 어둠의 뼛조각 꾸러미, 알 수 없음, 알 수 없음.
*유저에 따라 보상이 달라집니다.

생각보다 부실한 보상에 시무룩해 있던 찰나, 조건이 충족되며 떠오른 새로운 퀘스트는 이안 일행에게 활기를 불어넣어 주기 충분했다.

퀘스트 창을 재빨리 읽어 내려간 이안이, 창대를 고쳐 쥐며 입을 열었다.

"빨리 움직이죠. 난이도가 많이 낮지만, 그래도 방심하면 안 돼요."

이안의 말에, 레미르가 씨익 웃으며 고개를 끄덕였다.

"물론이지. 난 클리어 보상이 무려 '시공의 목걸이'라고. 게다가 뒤에 알 수 없는 보상도 몇 개 있어."

'시공의 목걸이'는, 마법사와 흑마법사 클래스의 마법 캐스팅 시간을 줄여 주는 희귀한 아이템이었다.

등급은 '전설'에 불과했지만, 마법사들에게는 그 가치가 어지간한 신화 등급의 아이템보다 나은 특별한 아이템이다.

훈이도 눈을 반짝이며 입을 열었다.

"나도 시공의 목걸이야. 빨리 움직이자고!"

훈이는 신이 나서 보랏빛의 크리스털을 향해 뛰어갔고, 나머지 파티원들도 훈이의 뒤를 따라 빠르게 움직였다.

그리고 이안은, 근래 들어 받았던 퀘스트 중 가장 낮은 난이도에 고개를 갸웃하며 걸음을 옮겼다.

'보너스 퀘스트 같은 느낌인 건가? 아무리 그래도 이 시점에 A등급의 퀘스트라니……. 쿼드라S 등급 하느라 수고했으니 좀 쉬어 가라는 뜻인가.'

이안은 카일란 기획 팀의 배려에 고마움(?)을 느끼며, 소울 크리스털을 향해 창을 휘두르기 시작했다.

물론 의심을 완전히 지워 버릴 수는 없었지만 말이다.

쾅- 콰쾅- 쾅-!

그리고 파티원의 공격이 시작된 지 채 10초도 지나지 않아, 크리스털이 파괴되었다.

퍼엉-!

-소울 크리스털Soul Crystal이 파괴되었습니다!

-어둠의 포털이 생성됩니다.

위이잉-!

크리스털이 있던 자리에 거대한 보랏빛의 포털이 솟아났다.

이안 일행은 망설임 없이 포털을 향해 걸어 들어갔다.

사실 당연하게도, A등급이라는 다소 낮은 퀘스트의 난이

도가 카일란 기획 팀의 배려는 아니었다.

쿼드라S급의 히든 퀘스트에서 특수한 조건을 만족시켰을 때만 발동하는 에픽 퀘스트가, 보너스 퀘스트 따위일 리는 없는 것이다.

그렇다면 A등급이라는 난이도 등급은 기획 팀이 깔아 놓은 페이크 같은 것일까?

결론부터 말하자면 그건 아니었다. 카일란의 메인 시스템상에서 설정되어 있는 난이도 시스템은, 아무리 기획 팀이라고 해도 함부로 건들 수 없었으니 말이다.

만약 건들 수 있다고 하더라도, 그걸 건든다는 것은 유저들을 농락하는 것이기도 하고 말이다.

그렇다면 왜 이 에픽 퀘스트의 난이도는 A밖에 되지 않았던 것일까?

답은 퀘스트의 '제한 시간'에 있었다.

'18분 54초'라는 퀘스트의 제한 시간.

시간만 많으면 클리어할 수 있는 퀘스트인데, 제한 시간이 너무 많이 책정되었기 때문에 상대적으로 난이도가 쉬워진 것이다.

이 숨겨진 퀘스트의 제한 시간은 기존의 '라카메르의 분노' 퀘스트를 클리어하고 남은 시간에 비례하게 설정되어 있었다.

라카메르의 분노 퀘스트에 책정되었던 제한 시간 중, 남아 있는 시간의 두 배만큼이 이 퀘스트의 제한 시간으로 책정되게 설계되어 있었던 것이다.

다시 말해, 이안 일행이 9분 27초나 남기고 퀘스트를 완료했기에 그 두 배인 18분 54초가 제한 시간으로 설정된 것.

그리고 이것 또한 기획 팀이 예상치 못했던 결과였다.

기획팀이 이 퀘스트들을 기획할 때 처음 생각했던 것은, 아무리 퀘스트를 빨리 클리어한다고 해도 2분 이상의 시간을 남기는 것은 불가능하다는 것이었다.

정상적인 공략법으로는, 아무리 빠르게 클리어해도 1분의 시간을 남기기도 어려웠던 것이다.

그런데 10분에 가까운 시간이 남을 것이라고 어떻게 상상을 했겠는가.

스크린을 통해 퀘스트를 클리어하는 이안 파티를 지켜보며, 나지찬이 푸념을 늘어놓았다.

"어휴, 저거 사실 약 올리려고 만든 퀘스튼데……."

소울 크리스털을 파괴하고 어둠의 성소로 이동한 유저들은, 거대한 구체의 형상을 하고 있는 어둠의 성소를 파괴해야 한다.

여기서 어둠의 성소의 내구도는 30만.

언뜻 내구도의 수치만 보면, 금방 파괴할 수 있을 것 같은 수준으로 보일지도 모른다.

하지만 여기에는 함정이 있었다.

어둠의 성소의 방어력은 무한대에 가까웠고, 어떤 공격을 해도 1을 초과하는 피해를 입힐 수 없게 되어 있었던 것이다.

쉽게 말해, 어떤 방식으로든 30만 대를 때려야 파괴할 수 있다. 한마디로, 초당 10회 이상의 공격을 가할 수 있는 도트 공격 스킬을 사용한다고 하더라도, 최소 5분~10분 정도는 공격해야 파괴가 가능한 구조인 것이다.

그래서 나지찬과 기획 팀이 생각했던 것은, 힘들게 숨겨진 퀘스트를 찾은 유저들이 절망하는 모습이었다.

덮어놓고 내구도만 까면 되는 클리어할 수 있는 퀘스트에서 시간 부족으로 실패한다면, 유저들 입장에서는 얼마나 약이 오르겠는가.

하지만 이안 일행의 경우에는, 반대의 상황이었다.

"뭐지? 혹시 이거 기획자들이 귀찮아서 만들다 만 퀘스트인가?"

"그러게. 정말 이거만 부수면 끝나는 퀘스트야?"

"그런가 봐요. 그나저나 벌써 반도 넘게 깼네."

"시간 널널하구먼!"

"이럴 거면 제한 시간은 왜 설정해 놓은 거지? 50레벨 던전 공략하던 파티가 와도 18분이면 부술 수 있겠다."

약 올라하기는커녕, 반대로 지켜보는 나지찬을 약 올리는 이안의 파티원들.

나지찬은 부들부들 떨며, 피의 복수(?)를 다짐했다.

"크윽, 두고 보자……!"

제한 시간이었던 18분은커녕, 10분도 채 지나기 전에 어둠의 성소는 파괴되고 말았다.

콰르릉— 콰콰쾅—!

거대한 회오리바람을 만들어 내며 허공으로 비산하는 수많은 어둠의 파편들에 이어, 그 안에 있던 수많은 새하얀 영혼들이 속박에서 벗어나 자유를 찾았다.

—'어둠의 성소'를 성공적으로 파괴하셨습니다!

—성소에 갇혀있던 수많은 영혼들이 자유를 찾았습니다!

이어서 이안 일행의 눈앞에 시스템 메시지가 주르륵 떠오르기 시작했다.

띠링—!

—'라카메르의 분노 II (히든)(에픽)' 퀘스트를 성공적으로 클리어하셨습니다.

—경험치를 10,500,000만큼 획득합니다.

—명성을 30만 만큼 획득합니다.

—영웅 뮤란과의 친밀도가 10만큼 증가합니다.

—남은 제한 시간 : 8분 55초

—클리어 등급 : SSS

—'어둠의 뼛조각' 아이템을 획득하셨습니다.

-1,500만 골드를 획득하셨습니다.

……후략……

그리고 이안 일행은, 싱글벙글한 표정이 되어 있었다.

힘들게 퀘스트를 클리어한 뒤 획득하는 보상도 꿀맛이기는 했지만, 이렇게 날로 먹을 때의 쾌감에 비할 바는 아니었다.

일행은 신이 나서 각자 얻은 보상들을 확인하였다.

"아자, 시공의 목걸이 옵션 A급이다! 크으으!"

"훈이 네 거 쿨감 계수 몇인데?"

"난 1.63이야. 누나는?"

"훗, 나는 1.97."

"리얼리? 정말? 진짜로?"

"내가 뭐 하러 거짓말하냐? 진짜 1.97이야. 이거 맥스가 2.0이었던가?"

"미, 미쳤다. 경매장에서 1.8 넘는 것도 본 적 없는데……."

같은 보상을 받은 레미르와 훈이는 일희일비하고 있었고, 그에 걸맞게 좋은 아이템을 얻은 레비아와 유신 또한 만족스러운 표정이 되어 있었다.

그리고 그것은, 보상을 확인한 이안 또한 마찬가지였다.

어둠의 뼛조각 꾸러미

등급 : 신화 **분류** : 잡화

리치 킹 샬리언의 하수인 라카메르가 오랜 시간 공들여 제작한 어둠의 뼛조각이다.
뼛조각 하나하나에는 짐작할 수 없을 정도로 강력한 영혼이 깃들어 있으며, 모든 조각을 조립해 완성할 시 '전설' 등급의 언데드가 완성된다.
하지만 뼛조각을 조립하는 데는 뛰어난 손재주가 필요하며, 완성된 언데드의 능력치는 조립한 유저의 손재주에 비례하여 결정될 것이다.
*완성된 언데드는, 유저에게 귀속된 '소환수'가 됩니다(클래스에 관계없이 소환수로 부릴 수 있습니다).
*소환수를 소환하는 데 통솔력이 필요하지 않습니다.
*손재주가 부족하여 제작에 실패할 시, 아이템은 소멸됩니다.
*유저 '이안'에게 귀속된 아이템입니다.
다른 유저에게 양도하거나 팔 수 없으며 캐릭터가 죽더라도 드롭되지 않습니다.

'와, 이거 좋은데?'

무려 '전설' 등급의 소환수를 제작할 수 있는 특이한 아이템이었다.

지금까지 카일란을 플레이하면서 단 한 번도 본 적 없는 종류의 아이템이었고, 분명 시공의 목걸이만큼이나 가치 있는 아이템일 것이다.

아니, 이안이 생각하기에는 그보다 더 좋은 아이템인 것 같았다.

'클래스 무관 옵션은 소환술사인 나한테 의미 없긴 하지만……. 통솔력 제한 없는 게 진짜 꿀이네.'

전설이라는 소환수의 등급 자체는 사실 이안에게 큰 의미가 없었다.

이미 이안이 보유한 대부분의 소환수가 전설 이상의 등급을 가지고 있으며, 심지어 신화 등급의 소환수도 제법 있었으니 말이다.

하지만 통솔력을 소모하지 않는 녀석이라면 이야기가 다르다.

제약 없이 소환할 수 있는 전설 등급의 소환수는, 분명 큰 힘이 되어 줄 것이기 때문이었다.

다만 걸리는 부분은, 상급 개체를 만들어 내기 위해서 '뛰어난 손재주'가 필요하다는 점이었는데, 이 부분도 해결할 방법이 있었다.

'오랜만에 파이로 영지의 대장간을 찾아야겠군.'

이안의 절친이자 가신인 드워프 한.

신화 등급의 에고 웨폰까지 만들어 낸 그라면 분명 훌륭한 소환수를 만들어 줄 수 있으리라.

"휴, 이제 끝인 건가?"

뜻밖의 쏠쏠한 보상에 기분이 좋아진 이안은 인벤토리 창을 닫은 뒤 일행을 둘러보았다.

그런데 그때, 주변의 풍경이 꿈틀거리며 바뀌기 시작했다.

우웅- 우우웅-!

그리고 잠시 후, 이안 일행은 어둠의 성소가 있던 어두운 밀실 바깥으로 이동되었다.

라카메르를 처치했던 실험실로 돌아오게 된 것이다.

이어서 이안의 눈앞 공간이 일렁이더니, 검보랏빛의 연무가 피어올랐다.

스하아-!

순간 긴장했는지, 이안은 자신도 모르게 창대를 고쳐 쥐었다.

하지만 다음 순간, 이안의 입가에 미소가 번졌다.

무리해서 어려운 방향으로 퀘스트를 진행했던 이유.

황실 기사단장 헬라임이 이안의 앞에 나타났기 때문이었다.

"이안 대공을 뵙습니다."

공식적으로 공개되지는 않았지만, '리치Lich'와 관련된 클래스들에 대한 정보는 이미 알음알음 알려진 상태였다.

많은 흑마법사들이 상위 히든 클래스와 관련된 퀘스트들을 진행하기도 했으며, 리치 킹 에피소드로 인해 곳곳에서 숨겨진 단서가 발견되었기 때문이다.

그렇게 알려진 두 개의 히든 클래스는 바로, 훈이가 거부했던 '리치 메이지Lich Mage'클래스와 동급의 전사 클래스인 '리치 나이트Lich Knight'.

때문에 이안도 리치 나이트라는 클래스에 대해서 알고 있는 상태였다.

'리치 나이트라고 했지? 4티어의 기사 클래스로 알고 있는데…….'

아직까지 공식적으로는, 그 어떤 유저도 4티어의 클래스를 갖지 못했다.

그리고 그것은, 이안 또한 마찬가지였다.

만약 헬라임이 리치 나이트 클래스를 가지고 있고, 이안이 그를 가신으로 얻게 된다면, 가신이 오히려 더 높은 클래스 유저가 되는 아이러니한 상황이 되는 것이다.

물론 그렇다고 해도 나쁠 것은 전혀 없었지만 말이다.

이안은 당장이라도 헬라임의 정보 창을 확인하고 싶었지만, 일단 참아야만 했다.

정보 창을 확인하기 위해서는, 일단 가신으로 만드는 것이 먼저이기 때문이었다.

"오랜만이야, 헬라임 경."

이안의 말에, 헬라임이 쓴웃음을 지으며 대답했다.

"대공을 다시 뵙게 될 수 있으리라고는 생각지도 못했습니다."

"어째서지?"

"이대로 샬리언의 하수인이 되어 버렸다면, 저는 껍데기만 남았을 테니 말입니다."

"그것도 그러네."

이안이 어둠의 성소를 파괴하지 않았더라면, 헬라임의 영혼은 그 안에 영원히 갇혀 버렸으리라.

그리고 영혼 없는 헬라임이 리치 나이트가 되어 이안을 다시 만난다고 한들, 그를 알아볼 리 없는 게 당연했다.

헬라임의 말이 다시 이어졌다.

"황실 기사단에 입단한 이후 지금까지 루스펠 제국만을 위해 살아왔습니다."

"그랬지. 그대야말로 제국의 충신이었으니."

"그러나 이제…… 제국은 없습니다."

더 없이 슬퍼 보이는 헬라임의 표정에 이안은 침묵했고, 헬라임이 다시 입을 열었다.

"이 모든 것이 신의 불찰 때문입니다. 저의 무능함이 폐하를 지켜 내지 못했고, 결국 이렇게 되어 버리고 말았습니다."

헬라임의 말을 듣던 이안이, 속으로 혀를 끌끌 찼다.

'그게 왜 너 때문이겠냐. 카일란 스토리가 그렇게 생겨 먹은 건데…….'

물론 입 밖으로 말을 꺼내지는 않았지만 말이다.

그리고 이안이 생각하는 것과 별개로, 헬라임의 말은 계속해서 이어졌다.

"하오니 대공께서, 이 불충한 소신의 목을 쳐 주시옵소서. 루스펠의 영웅이셨던 대공께서 벌을 내리신다면, 제 죗값을 조금이나마 치를 수 있을 것입니다."

생각지도 못했던 헬라임의 말에, 어안이 벙벙해진 이안이 반사적으로 되물었다.

"죗값? 내 손에 죽겠다고?"

"그렇습니다, 대공. 제국을 지켜 내지 못한 죄……. 죽음으로 씻어 내겠나이다."

"……."

"하나 다른 기사단원들의 불충은 저 한 사람의 목으로 감당하게 해 주시옵소서. 제 목을 치시고 나머지 기사단원들을 대공께서 거두어 주신다면 여한이 없겠나이다."

쿵-!

이안의 앞에 무릎 꿇은 채 쿵 소리가 날 정도로 세게 머리를 찧는 헬라임이었다.

이어서 헬라임의 뒤에 도열한 다른 기사단원들도 비장한 표정으로 무릎을 꿇었다.

물론 당사자인 이안은 어이가 없었지만 말이다.

'본인을 너무 과대평가하는 거 아니야? 혼자서 무슨 수로 제국의 멸망을 막아?'

헬라임의 과도한 책임감에 당황한 이안이었다.

하지만 그와 동시에, 엉뚱한 생각도 떠올랐다.

'만약 여기서 이놈 목을 베어 버리면 어떻게 되는 거지? 470레벨에 신화 등급일 텐데……. 경험치는 좀 짭짤하려나?'

본인의 실없는 생각에 실소를 흘린 이안이, 천천히 헬라임을 향해 다가갔다.

그런데 그 순간. 오랜만에 느껴지는 감각이 이안의 전신을 지배했다.

우우웅.

퀘스트의 진행을 위해, 카일란의 AI가 이안의 몸을 통제하기 시작한 것이다.

헬라임을 향해 다가간 이안, 아니, 이안의 AI가 돌연 헬라임의 허리에 꽂혀 있던 대검을 뽑아 들었다.

스르릉-!

보랏빛의 광채가 흘러나오는 새하얀 검신이 빛을 반사하며 반짝였다.

그리고 그 모습을 관조하던 이안은 더더욱 당황할 수밖에 없었다.

'야, 이 미친 AI야! 설마 진짜로 베려는 건 아니지? 특S급 가신을 네 손으로 없애려는 건 아니겠지?'

하지만 속으로만 집어삼켜야 할 뿐 이안의 목소리가 전해질 리는 없었고, 이안의 AI는 허공으로 대검을 번쩍 치켜 올렸다.

'……!'

그야말로 '대참사'가 벌어지기 일보직전.

모두의 시선이 이안과 헬라임을 향해 모였고, 이안의 입이 다시금 천천히 열렸다.

"헬라임 단장."

그리고 이안의 부름에, 헬라임이 땅에 박고 있던 머리를 천천히 들어올렸다.

"하문하십시오, 대공."

두 사람의 대화가 이어지기 시작했다.

"분명 황제폐하를 지켜 내지 못한 그대의 죄는 막중하다."

"그렇습니다, 대공."

"하나 그대와 황실기사단은, 분명 목숨을 바쳐 루스펠을 위해 싸웠노라."

"그렇……습니다."

이안과 헬라임의 눈이 허공에서 맞부딪쳤다.

이어서 이안은, 치켜 들었던 대검을 있는 힘껏 내리찍었다.

쾅-!

그러자 헬라임이 무릎 꿇은 바로 앞의 바닥에ㅌ 보랏빛의 대검이 푹 하고 박히었다.

이안의 말이 이어졌다.

"하여 나 이안은, 그대의 죄를 묻지 않을 것이다."

"대공……!"

"하나, 내가 묻지 않는다 하여 그대의 죄가 사라지지는 않을 터."

이안은 바닥에 꽂힌 대검의 손잡이에 한 손을 올린 뒤, 천천히 말을 이었다.

"배후에서 제국의 멸망을 주도한 어둠의 군단을 처단하여, 그대의 불충을 씻어내도록 하라!"

"……!"

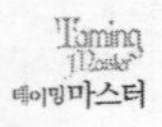

"나, 이안 로터스가 그대와 그대의 수하들을 거둘 것이다."

쿵-!

이안의 말이 끝나자마자, 그의 앞에 무릎 꿇고 있던 모든 기사단원들이 한쪽 무릎을 바닥에 찧으며 고개를 숙여 보였다.

이어서 헬라임의 입에서, 떨리는 음성이 새어 나왔다.

"망극하옵니다, 대공 저하……!"

그리고 그 모습에, 헬라임의 목을 베기라도 할까 봐 불안에 떨던 이안은 가슴을 쓸어내릴 수 있었다.

'휴우, 다행이야…….'

거꾸로 꽂혀 있는 대검의 손잡이에 손을 올려 놓은 이안과 그 앞에 도열해 있는 수십 기의 황실 기사단들.

그 멋들어진 모습에 이안은 벅찬 감정을 느꼈고, 그의 시야에는 기다렸던 시스템 메시지들이 주르륵 떠오르기 시작했다.

-'헬라임'을 '로터스 왕국'의 신하로 영입합니다.

-'로젠'을 '로터스 왕국'의 신하로 영입합니다.

-'밀리언'을 '로터스 왕국'의 신하로 영입합니다.

루스펠 제국 최고의 기사 헬라임.

드디어 그를 영입한 이안은, 곧바로 정보 창부터 오픈해 보았다.

그런데 어쩐 일인지, 헬라임의 정보 창을 확인한 이안의 두 눈이 휘둥그레져 있었다.

헬라임

레벨 : 470
종족 : 언데드
직업 : 기사(다크 나이트)
신분 : 평기사
성격 : 용맹함
인재 등급 : 신화

전투 능력 (펼쳐 보기)
세부 능력 (펼쳐 보기)
보유 능력
–다크 비전Dark Vision
'다크 나이트' 헬라임은, 어둠의 힘이 머무는 곳이라면 어디든 나타날 수 있습니다.
어둠 속에서 나타난 다크 나이트는 순간적으로 폭발적인 공격력을 가지게 되며, 그 일검一劍으로 베지 못할 것은 아무것도 없습니다.
*'어둠' 속성의 스킬에 피격된 대상의 앞으로 순간 이동하여 대검을 내리치고, 공격력의 375퍼센트만큼의 피해를 입힙니다.
*다크 비전을 사용한 직후 10초 동안, 헬라임의 공격력이 250퍼센트만큼 상승합니다.
*다크 비전으로 적을 처치했을 시, 다크 비전의 재사용 대기 시간이 초기화됩니다(최대 10회까지 적용되며, 10회 연속으로 다크 비전이 발동하였을 시 재사용 대기 시간이 초기화되지 않습니다).
(사용 가능 범위 : 20미터)
(재사용 대기 시간 : 1분)
–소울 디스트로이어Soul Destroyer
'다크 나이트' 헬라임은, 영혼 파괴자입니다.
그의 검은 대상의 영혼까지 베어 버릴 수 있으며, 영혼의 상처는 치유할 수 없습니다.
*헬라임이 일반 공격으로 적을 공격할 시, 15퍼센트의 확률로 발동됩니다.
*대상에게 공격력의 150퍼센트만큼의 '어둠 속성' 피해를 추가로 입힙니다.

*대상에게 15초 동안 '회복 불가' 상태를 부여합니다.
(패시브)
–어둠의 역습
'다크 나이트' 헬라임은 역습에 능합니다.
적의 공격을 회피했을 시, '어둠의 역습'을 사용할 수 있습니다.
*어둠의 역습을 사용하면, 헬라임을 공격한 대상의 후방으로 순간 이동하여, 공격력의 150퍼센트만큼의 피해를 입힙니다.
(패시브)
–체인 다크펄스Chain Darkpulse
헬라임이 검을 휘둘러 어둠의 파동을 뿜어냅니다.
어둠의 파동은 대상에게 공격력의 450퍼센트만큼의 피해를 입힌 뒤, 5미터 이내의 가까운 적을 향해 쏘아집니다.
*다크 펄스는 한 번에 최대 10회까지 피해를 입힐 수 있습니다.
*쏘아진 다크 펄스의 대상이 바뀔 때마다, 피해량이 절반으로 감소합니다.
(재사용 대기 시간 : 7분)
과거 루스펠 제국의 황실기사단 단장이었던 용맹한 기사이다.
샬리언의 하수인 '라카메르'의 실험에 의해 언데드화되었으나, 영혼을 되찾아 특별한 존재가 되었다.
그는 어둠을 지배하는 기사, '다크 나이트'이다.

화려하기 그지없는 헬라임의 정보 창.

하지만 그중에서도 가장 눈에 띄는 것은 헬라임의 클래스였다.

그의 클래스가 애당초 이안이 예상했던 '리치 나이트'가 아니었던 것이다.

'뭐지? 다크 나이트라고?'

생소하기 그지없는 특이한 클래스 네임.

이안은 헬라임의 정보 창을 꼼꼼히 읽어 내려갔고, 전부 다 읽은 뒤에는 '다크 나이트'라는 클래스가 어째서 생겨났는지 대해 어느 정도 추측을 할 수 있었다.

정보창의 하단에 쓰여 있는 헬라임에 대한 설명에, 그 단서가 있었던 것이다.

'그러니까 리치 나이트가 되기 전에 영혼을 되찾아서 변종이 되었다는 거네.'

이안은 아직 '리치 나이트'라는 클래스에 대해 알지 못한다.

카일란 어디에도 아직 리치 나이트 클래스를 가진 유저가 없었으니, 그것은 당연한 것이었다.

때문에 다크 나이트와 리치 나이트 중 뭐가 더 좋은지는 알 수 없는 것이었다.

하지만 그것과는 별개로, 이안은 이 다크 나이트가 더 마음에 들었다.

몇몇 유저들이 그 존재를 알고 있는 리치 나이트와 달리, 다크나이트는 무척이나 유니크했으니 말이다.

'스킬 구성도 엄청 재밌어 보이고 말이지.'

헬라임의 전투 능력 계수는, 이안이 예상했던 대로 카이자르보다 부족한 편이었다.

하지만 430레벨쯤 된 카이자르에 비해 40레벨이나 높기 때문에, 당장의 전투 능력은 조금 우세한 수준.

게다가 스킬의 유틸성과 공격 계수가 카이자르보다 나았

으니, 차후에 비슷한 레벨이 되더라도 전체적인 전투 능력은 비등할 것으로 보였다.

'크으, 빨리 써 보고 싶다……!'

헬라임의 고유 능력 하나하나를 읽어 내려갈 때마다, 이안의 머릿속에서 스킬들의 연계가 그려졌다.

'다크펄스에 비전까지 제대로 연계되면 진짜 볼 만하겠네.'

마치 마법사 클래스의 체인 라이트닝 마법처럼, 적을 타고 다니며 피해를 입히는 '체인 다크펄스' 스킬.

그리고 그 어둠의 파동을 타고 다니며 대검을 내리꽂는 헬라임의 모습을 상상하자, 이안은 몸이 근질거리기 시작했다.

"자, 빨리 정리하고 나가자! 헤르스한테 연락하고, 우리도 이제 공성전 합류해야지!"

엘리카 왕국 공략의 최대 걸림돌이었던 라타펠 영지를 해결하였으니, 이제 왕국 정복은 시간문제다.

새로 얻은 헬라임과 기사단까지 합세하면, 순식간에 엘리카왕국의 모든 영지를 함락시킬 수 있으리라.

하지만 의욕에 넘치는 이안과 달리, 다른 파티원들은 피곤에 절어 있는 상태였다.

"아, 형. 좀 쉬어 가면서 하자."

"그래요, 이안 님. 우리 아직 아이템도 다 못 주웠단 말이죠."

레비아의 푸념에, 이안이 멋쩍은 미소를 지었다.

그러고 보니 시간 제한 퀘스트를 정신없이 진행하느라고, 던전 여기저기 드롭되어 굴러다니는 아이템들을 하나도 줍지 못한 것이다.

이안이 씨익 웃으며 레비아와 레미르를 향해 입을 열었다.

"그럼 정비 다 끝나고는, 두 사람도 우리 길드 공성전 돕는 겁니다?"

"……."

"그게 왜 그렇게……."

이안은 로터스의 길드원인 훈이나 유신뿐만 아니라, 두 랭커까지 길드 전력으로 써먹을 생각이었다.

두 사람에게 결국 확답을 받은 이안은, 모든 소환수를 동원하여 던전에 떨어진 아이템들을 줍기 시작했다.

대부분이 잡템이기는 했지만, 이 정도 난이도의 던전에서 드롭되는 잡템들은 모으면 제법 큰돈이 되기 때문에 무시할 수 없었다.

그런데 그때, 멀리서부터 포롱포롱 날아온 카카가 이안을 향해 특이하게 생긴 물건 하나를 내밀었다.

카카의 작은 손에 들려 있는 것은 새카만 어둠의 파편이었다.

그것이 뭔지는 정확히 알 수 없었지만 이안의 눈에는 그저 잡템으로 보이는 물건이었다.

'뭐지? 이걸 왜 신줏단지 모시듯 들고 오는 거야?'

의아한 표정이 된 이안이 카카에게 물었다.

"이게 뭐야, 카카?"

이안은 묻는 동시에 물건을 받아 들었고, 그 순간 한 줄의 시스템 메시지가 떠올랐다.

-'명왕의 목걸이 파편(A)(봉인)' 아이템을 획득하였습니다.

"……!"

별것 아닌 줄 알았건만, 뭔가 의미심장한 단어들로 구성되어 있는 아이템의 네이밍이었다.

하지만 이안이 알 수 있는 정보는 여기까지였다.

봉인된 아이템이었기 때문에, 아이템 정보 창이 열리지 않았던 것이다.

이안은 열심히 머리를 굴리기 시작했다.

'아이템의 이름에 파편이라는 단어가 들어가는 것과 A라는 수식이 붙어 있는 걸 보니, 파편 조각을 전부 모으면 봉인을 풀 수 있는 아이템인 건가?'

그간 주구장창해 온 RPG 게임들로 인해 내공이 쌓였는지, 이 정도의 추론은 즉각적으로 떠오르는 이안이었다.

그리고 이안의 앞에서 잠시 뜸을 들이던 카카가 천천히 입을 열었다.

"내가 수천 년을 살아왔지만, 이 물건을 보게 될 줄은 꿈에도 몰랐다, 주인아."

생각보다 더 거창한 카카의 이야기에, 이안은 점점 흥미가 동하기 시작했다.

"이게 대체 뭐기에?"

황홀한 눈빛으로 이안의 손에 올려진 파편을 응시하던 카카가, 말을 이어 갔다.

"이것은 명왕의 힘이 담긴 물건. 파편의 모양새를 보니, 아마도 명왕의 목걸이인 것 같다, 주인아."

그에 이안이 대수롭지 않게 대답했다.

"그건 나도 알아."

"그걸 어떻게……!"

"그냥 딱 봐도 목걸이처럼 생겼잖아. 그러니까 어디에 쓰는 물건인지나 설명해 보라고."

멋쩍은 표정이 된 카카가 뒷머리를 긁적이며 입을 열었다.

"그, 그런가? 무튼 이 명왕의 목걸이는……."

카카의 설명은 제법 길었다.

하지만 요약하자면 그리 복잡한 내용은 아니었다.

명왕의 목걸이는 총 세 개의 파편으로 이루어져 있고, 세 개의 파편을 전부 모으면 이안의 추측대로 봉인이 풀리며 목걸이가 완성되는 구조였으니까.

그리고 중요한 내용은 지금부터였다.

"명왕의 목걸이는, 명왕을 소환할 수 있는 유일한 매개체이다, 주인아."

카카의 설명에 이안의 눈이 반짝이기 시작했다.

"명왕? 뭐 하는 녀석인데? 소환수로 부릴 수 있는 녀석인가?"

카카가 고개를 절레절레 저으며 대답한다.

"명왕을 소환수로 부리려면……. 아마 '신'쯤은 되어야 할 거다. 명왕은 명계의 왕이자, 저승으로 통하는 차원의 길목을 지키는 파수꾼이기 때문이다."

"……!"

"아마 주인이 이 목걸이를 완성하면, 명왕이 주인의 앞에 나타날 것이다."

이안이 눈을 빛내며 재차 물었다.

"그래서? 소환하고 나면?"

"그 뒤는 나도 모른다, 주인아. 단지 과거에 어떤 흑마법사가 명왕을 소환하는 데 성공하여 강력한 힘을 얻었다는 이야기를 전해 들었을 뿐이다."

카카의 설명을 듣는 동안, 이안의 두 눈이 점점 크게 확대되었다.

이 의문의 아이템이, 생각보다 훨씬 중요한 녀석이었기 때문이다.

'어쩌면 이게……. 명계로 가는 단서일 수도 있어.'

어쨌건 명왕이라는 녀석이 하는 일은, 저승으로 통하는 길을 지키는 파수꾼의 역할이라고 했다.

그 말인 즉, 명왕이라면 명계로 통하는 방법을 알고 있을 것이라는 이야기다.

'리치 킹'이라면 명계로 갈 방법을 알고 있을 것이라는 다소 두루뭉술한 정보보다는, 이편이 훨씬 구체적이고 가능성 있어 보였다.

'오호, 이건 의외의 수확인데.'

"짜식, 잘했다. 오랜만에 한 건 했네."

"후훗, 오랜만이라니. 나는 항상 대단하다, 주인아."

"그래, 그렇겠지. 그나저나 이 파편은 어디서 찾은 거냐?"

"라카메르가 죽으면서 떨어뜨린 물건이다, 주인아. 배가 부른 주인 놈이 안 줍고 지나가기에, 내가 주워 담았다."

"……그, 그랬냐?"

카카의 말대로 요즘 이안은, 별것 아닌 듯 보이는 잡템은 그냥 무시하는 경향이 있었다.

하지만 그것은 결코 배가 불러서가 아니었다.

잡템까지 일일이 다 주워 담는 것은 사냥 효율이 떨어지기 때문이었다.

그래도 오늘의 일을 교훈삼아, 이제부턴 모든 아이템을 확인해 보기로 다짐했다.

'휴우, 큰일 날 뻔했네. 잡템 주워 담는 용도로 통솔력 소모값 낮은 소환수라도 하나 테이밍해야 하나…….'

어쨌든 뜻밖에 새로운 단서를 얻은 이안은 파편을 인벤토리에 고이 모셔 두었고, 남은 정비를 전부 마쳤다.

뇌옥 구석까지 하나하나 뒤지며, 갇혀 있는 죄수들을 모두 풀어 주기 시작한 것이다.

라카메르가 나타난 바로 뒤쪽의 뇌옥에 대부분의 황실기사들이 갇혀 있었기는 했지만, 다른 뇌옥에 등용할 만한 인재가 하나라도 있다면 무조건 찾아내야 했으니 말이다.

그리고 모든 색출 작업이 끝나자, 이안은 남아 있던 퀘스트 하나까지 깔끔하게 완수할 수 있었다.

그것은 바로, '엘리카 왕의 눈물' 퀘스트.

과거 엘리카 왕국의 국왕이었던 '레무스 엘리카'를 찾아내는 데 성공한 것이다.

띠링-!

-'엘리카 왕의 눈물(히든)(돌발)'퀘스트를 성공적으로 완수하셨습니다.

-남은 제한 시간 : 35분

-클리어 등급 : SSS

-경험치를 17,805,500만큼 획득합니다.

-명성치를 20만 만큼 획득합니다.

-'엘리카 국왕의 징표' 아이템을 획득하였습니다.

-'레무스 엘리카'와의 친밀도가 대폭 상승합니다.

"그대는 루스펠 제국의 영웅, 이안 대공이로군. 아니, 이제는 로터스 왕국의 국왕이라 해야겠지."

옥에서 풀려난 레무스 엘리카는 이안의 정체를 정확히 알아보았다.

그에 이안은, 의아한 표정이 되어 반문했다.

"나를 어떻게 알고 있지?"

"제국 전쟁에서 활약한 그대의 명성이 온 대륙에 닿았으니, 모르는 게 오히려 이상한 것이 아닌가."

"……."

명성이 온 대륙에 닿았다는 둥 낯 뜨거운 이야기를 아무렇지 않게 하는 레무스였다.

그래도 이안으로서는 썩 나쁘지 않은 기분이었다.

'하긴, 내 명성이 이제 2천만이 넘었으니까……. 카일란의 세계에서는 유명 인사일 수밖에 없긴 하네.'

피식 웃는 이안을 향해 레무스의 말이 다시 이어졌다.

"그리고 그대는 기억하지 못하겠지만, 과거 나는 루스펠 제국군의 대장군을 지낸 적이 있다. 그대와 같은 전장에서 싸웠던 적이 있다는 말이지."

"그랬던가?"

사실 레무스 엘리카가 과거 루스펠 제국의 장군이었다는 사실은 별로 놀라울 것 없는 이야기였다.

지금 동남부에 세워진 대부분의 왕국들이, 과거 루스펠 제국 소속의 귀족들에 의해 건국된 곳이었으니까.

또한 이안이 레무스를 기억하지 못하는 것도 당연했다.

제국 전쟁이 벌어졌던 3년은, 유저들에게 있어 6시간의 트

레일러 영상으로 대체된 기간이었으니 말이다.

그럼에도 불구하고 이안으로서는 멋쩍을 수밖에 없었다.

이것은 마치 나를 기억하는 옛 친구가 도통 기억이 나지 않는 것과 비슷한, 난처하면서도 썩 미안한 상황인 것이다.

비록 상대가 NPC이기는 하지만 말이다.

하지만 다행히, 레무스는 무척이나 쿨한 남자였다.

"기억하지 못해서 미안하군."

"미안할 것 없다. 지금은 오히려 내가 그대에게 고마워해야 하는 상황이 아닌가."

"뭐 그렇다면야……."

어쨌든 레무스는, 이안에게 무척이나 우호적인 말투로 이야기를 이어 갔다.

"로터스의 왕인 그대가 이 라타펠의 지하 뇌옥을 찾았다는 건……. 지금 나의 왕국과 전쟁을 벌이고 있다는 뜻이겠지."

"뭐, 비슷하다."

엘리카 왕국은, 레무스에 의해 건국된 왕국이다.

때문에 레무스로서는 왕국에 대한 애착이 없을 수 없지만, 그렇다고 해서 로터스 왕국이 적은 아니었다.

로터스가 왕국을 공격하고 있기는 하나, 이미 엘리카 왕국에는 레무스의 지분이 거의 남아 있지 않았으니 말이다.

"그렇다면 이안, 그대와 거래를 하나 하고 싶다."

"거래?"

"그렇다. 결코 그대에게 손해될 만한 제안은 아닐 것이다."

턱을 만지작거리며 그의 이야기를 듣던 이안이, 천천히 고개를 끄덕였다.

"뭐, 일단 들어나 보도록 하지."

그리고 대답이 떨어진 순간, 이안의 눈앞에 새로운 퀘스트 창이 떠올랐다.

띠링-!

엘리카 왕의 눈물 II (히든)(연계)

당신은 라타펠 영지의 지하 뇌옥에 갇혀 있던 레무스 왕을 구출해 내는 데 성공했다.
그리고 레무스 왕은 자신을 지옥 같은 지하 뇌옥에서 구출해 준 당신에게 큰 호감을 느끼고 있다.
하여 레무스 왕은 당신에게 하나의 거래를 제안했다.
본인에게 로터스 왕국의 '대공' 자리를 하나 내어 준다면, 엘리카 왕성을 쉽게 공략할 수 있는 비책을 주겠다는 것이다.
일국의 왕이었던 레무스로서는 자존심을 굽히고 들어가는 그야말로 파격적인 제안.
만약 당신이 제안을 거부한다면, 레무스는 당신에게 크게 실망할 것이다.
퀘스트 난이도 : 없음
퀘스트 조건 : 라타펠 영지 지하 뇌옥 던전을 클리어한 자.
'엘리카 왕의 눈물 I' 퀘스트를 완수한 자.
제한 시간 : 없음
보상 : 연계 퀘스트 발동.
'레무스 엘리카'와의 친밀도 상승.
*퀘스트를 거절할 시, 레무스와의 친밀도가 대폭 하락합니다.

퀘스트의 내용을 빠르게 읽은 이안은, 약간의 고민에 빠졌다.

'이건 남는 장사일 것 같기는 한데…….'

어차피 레무스를 대공으로 임명한다는 건, 그를 로터스 왕국의 신하로 등용한다는 것과 마찬가지의 의미였다.

그에게 대공의 작위와 그에 걸맞은 영지를 하나 내어 준다고 한들, 이안의 입장에서는 딱히 잃는 게 없는 것이다.

다만 걱정인 부분은 레무스의 능력치가 어떤지 알 수 없다는 것이었다.

일국의 왕이었던 레무스의 능력치가 최하위 등급일 리는 없지만, 기대했던 만큼의 스텟을 가지고 있지 않다면 그가 통치하는 영지의 성장 속도가 더딜 것이기 때문이었다.

그러나 이안의 고민은 오래 가지 않았다.

작은 리스크에 비해 남는 것이 훨씬 많은 장사였기 때문이었다.

이안은 고개를 끄덕이며 레무스에게 악수를 청하였다.

"좋아, 그러도록 하지. 다만 '비책'이라는 것이 확실히 도움이 되어야 할 거야."

이안의 말에 레무스는 환한 표정이 되어 그의 손을 맞잡았다.

"물론이다. 이것은 오직 나의 도움이 있어야만 실행할 수 있는 비책. 그대가 이 계획에 성공한다면, 어렵지 않게 왕성을 함락시킬 수 있을 것이다."

레무스의 말이 끝난 순간, 이안의 눈에 새로운 시스템 메시지가 떠올랐다.

띠링-!

-'엘리카 왕국의 꼭두각시(히든)(연계)'퀘스트가 발동합니다.

그리고 이어서 떠오른 퀘스트의 내용은, 무척이나 흥미로운 내용을 담고 있었다.

"그러니까…… 현재 엘리카 왕국의 국왕 자리에 있는 놈이 샬리언의 하수인이라는 거지?"

"그렇다, 이안. 심지어 그는 '인간'이 아니다."

"인간이 아니라면 뭐지? 언데드나 마족이라도 된다는 건가?"

이안의 물음에, 레무스가 살짝 놀란 표정을 지으며 대답했다.

"그렇다. 녀석은 마족이지. 아니, 정확히는 마수라고 해야겠군."

"……?"

"나와 완벽히 같은 모습을 한 채 왕좌에 앉아 있는 그 녀석의 정체는, 바로 '도플갱어'다."

레무스로부터 새로 받은 퀘스트인 '엘리카 왕국의 꼭두각시' 퀘스트.

이 퀘스트의 내용은 간단했다.

엘리카의 왕성에 숨어들어 가짜국왕을 처치한 후, 그 자리에 다시 '진짜 레무스'를 앉히면 되는 것이다.

다만 전제조건이 하나 있었다.

왕성 내에 그 누구도 왕이 바꿔치기 되었다는 사실을 알아서는 안 된다는 것.

리치 킹에 의해 바꿔치기 된 엘리카 왕국의 왕을, 다시 원래의 왕으로 되돌려 놓아야 한다는 것이 퀘스트의 내용인 것이다.

리치 킹이 알아차리지 못하도록 말이다.

이안은 황당한 표정이 되어 뒷머리를 긁적였다.

'아니, 라타펠 영지에 잠입하는 것도 쉽지 않았는데, 왕성엘 어떻게 몰래 들어가란 말이야? 게다가 짐짝도 하나 데려가야 하는데…….'

이안은 세상 편한 표정을 하고 있는 레무스를 한차례 응시하며, 작게 한숨을 내쉬는 이안.

라타펠 영지에 잠입한 방식과 비슷한 방법을 사용한다면, 불가능하다고까지 말할 만한 수준은 아니었다.

하지만 그 정도의 난이도와 리스크를 감수하느니, 조금 시간이 더 걸리더라도 군대를 대동하여 밀어 버리는 것이 나을 것 같았다.
이안이 레무스에게, 불만을 제기했다.
“이게 비책이야?”
“물론이다.”
“내가 분명 확실히 도움 되는 비책이어야 한다고 했을 텐데?”
하지만 레무스는 여전히 자신감 넘치는 표정으로 이안의 의문에 대답했다.
“당연히 확실히 도움이 될 수밖에 없지 않은가. 내가 리치킹이 알아채지 못하게 다시 왕좌에 앉게 되면, 로터스 왕국군은 그야말로 무혈입성을 할 수 있게 되는 것이다.”
“아니, 그게 아니고……. 몰래 잠입해서 도플갱어인지 뭔지를 죽이고 널 그 자리에 세우는 것 자체가 너무 비현실적인 난이도잖아. 전면전으로 함락시키는 것보다 오히려 더 어려울 것 같으니 하는 말이지.”
그제야 이안의 불만이 이해된 레무스가 씨익 웃으며 입을 열었다.
“아, 그런 걱정이라면 할 만하군.”
“너무 태평한 거 아냐?”
“나야 태평할 수밖에. 그대의 능력이라면 크게 어렵지 않은 임무라는 것을 알고 있기 때문이다.”
“……?”

이안은 어이없다는 표정으로 레무스를 응시했다.

잠시 뜸을 들인 레무스가 천천히 말을 이었다.

"왕성의 북서쪽에 비밀 통로가 하나 있다."

"비밀…… 통로?"

레무스가 고개를 끄덕이며 대답했다.

"그래, 비밀 통로. 내성까지 쭉 이어져 있는, 오직 나만이 알고 있는 통로지."

"오호?"

이안의 눈에 이채가 어렸다.

확실히 레무스의 말처럼 비밀 통로라는 것이 존재한다면 생각보다 퀘스트가 쉬울 수도 있다.

'그래서 난이도가 S밖에 나오지 않은 건가?'

물론 S라는 난이도가 쉬운 난이도는 아니다.

하지만 최근까지 항상 트리플S 등급의 퀘스트만 진행해 오다 보니, 퀘스트 내용에 비해 쉬운 난이도로 보였던 것이었다.

하지만 비밀 통로에 대한 이야기를 듣다 보니, 적정 수준의 난이도가 책정되었다는 것을 알 수 있었다.

'그런데 내 능력이라면 어렵지 않을 임무라는 건 대체 무슨 말이지?'

문득 레무스의 말을 되새기자 떠오른 하나의 의문.

그리고 그 의문은 금방 풀릴 수 있었다.

쐬아아–!

시원스럽게 쏟아지는 물줄기 소리.

소리에 걸맞은 시원한 수압을 느끼며, 진성은 욕조에 누워 있었다.

"으음, 노곤하네……."

몇 개월 전 이사 온 새집은, 여러모로 마음에 드는 곳이었다.

이번에 새로 지어진 신축 아파트였기 때문에 기존에 살던 원룸과는 쾌적함이 비교할 수 없었던 것이다.

특히 진성이 누워 있는 이 욕실은 그야말로 비교 불가였다.

답답하게 쫄쫄쫄 흘러나오던 빌라의 샤워기만 쓰던 진성에게 콸콸 쏟아지는 쨍쨍한 물줄기란, 샤워할 때마다 온천에라도 온 듯한 느낌을 받게 해 주는 것이었다.

뜨거운 물에 몸을 담그고 가만히 누워 있으면, 그야말로 천국이 따로 없었다.

"흐아암!"

입이 찢어져라 하품을 하는 진성.

하지만 이 와중에도 진성의 머릿속에는, 온통 카일란에 대한 생각만이 가득했다.

'접속하면 엘카릭 왕성으로 향해야겠어. 이번에는 딱히 파

티를 대동할 필요도 없을 테니 곧바로 움직여야지.'

진성은 눈을 감은 채, 로그아웃하기 전 '레무스'와 나누었던 대화를 떠올려 보았다.

'피닉스……라고 그랬었나? 흥미가 동한다는 말이지.'

로터스 왕국을 수호하는 신수는 신룡 '카르세우스'와 그리핀 '핀'이다.

그리고 이처럼, 다른 왕국들도 제각각 하나 이상의 수호신수를 가지고 있었다.

그것은 엘카릭 왕국 또한 마찬가지였다.

-우리 엘카릭 왕국의 수호신수는, 전설의 신수인 피닉스다.

엘카릭 왕국을 수호하는 신수는 이안조차도 아직 본 적이 없는 소환수인 피닉스.

심장에서 타오르는 불꽃이 꺼지지만 않는다면 '불사不死'한다는 전설 속의 신수가, 엘카릭 왕국의 수호신수였던 것이다.

그리고 레무스에 의하면, 이 비밀 통로를 지키고 있는 녀석이 바로 피닉스라 하였다.

-비밀 통로의 끝에는, 한 그루의 거대한 세계수가 솟아 있다. 그리고 그 세계수의 안에, 피닉스의 둥지가 있지.

-흐음. 녀석을 처치해야 그곳을 지날 수 있는 건가?

-그렇지 않다. 피닉스를 처치하는 것이라면, 그대가 아니어도 누구든 할 수 있다. 지금 세계수에 둥지를 틀고 있는 녀석은, 아직 태어난 지 1년도 채 안 된 어린 녀석일 테니 말이야.

—그래? 그럼 어떻게 해야 하는데?

—녀석의 마음을 얻어야 한다.

—마음……?

이안은 레무스와의 대화를 떠올리며, 그 내용들을 머릿속으로 하나하나 정리해 나가기 시작했다.

—세계수의 뒤쪽에는 왕성으로 통하는 문이 있다. 하지만 그곳은 강력한 결계로 막혀 있지. 그리고 그 결계를 열기 위해선 화염주가 필요하다.

—화염주? 그건 또 뭐야?

—피닉스가 일생에 한 번 만들 수 있다는 새빨간 구슬이지.

—음……?

—피닉스는 자신이 인정한 주인에게만, 이 화염주를 선물한다.

—피닉스의 주인은, 엘리카 왕국의 왕이었던 너 아니었어?

—나의 피닉스는 이미 세상에 없다. 샬리언에 저항하다 소멸하였지.

—그……렇군. 그렇다면 비밀 통로에 있다는 녀석은……?

—그가 남긴 알에서 나온 피닉스다.

레무스가 키우던 피닉스는 샬리언의 손에 소멸되었다.

하지만 둥지에 남아 있던 그의 알이 레무스가 잡혀 있던 동안 깨어난 것이다.

소환술사가 아닌 이가 피닉스의 주인으로 인정받기 위해서는, 알을 깨고 나오는 순간 그와 눈을 마주쳐야 한다고 했다.

하지만 지금 둥지에 있는 녀석은 홀로 깨어났고, 때문에 녀석의 주인으로 인정받을 수 있는 것은 녀석을 테이밍할 능력이 있는 소환술사뿐이었다.

—그러니까……. 내가 소환술사라서 어렵지 않을 것이라 말한 거였군.

—그렇다. 정확히 말하자면, 뛰어난 소환술사이기 때문이지. 신룡조차 테이밍한 소환술사인 그대라면, 분명 피닉스도 길들일 수 있을 것이라 믿는다.

—그, 그렇군…….

엘카릭 왕성의 비밀 통로는, 사실 레무스가 비상시 탈출하기 위해 만들어 놓은 것이었다.

때문에 화염주를 가지고 있는 레무스 본인만이 지나다닐 수 있는 결계를 설치해 놓은 것이다.

물론 레무스를 주인으로 여기던 피닉스가 소멸할 때 그 화염주도 같이 사라져 버렸기 때문에, 지금은 본인이 만들어 놓은 결계를 통과할 수 없지만 말이다.

—만약 그대가 피닉스를 처치한다고 해도, 결계를 강제로 열 수는 있다.

—어떻게?

—마음먹고 부순다면 부술 수 있는 결계니까.

—…….

—다만, 그렇게 되면 왕성을 지키는 경비병들이 침입을 알아채게 되겠지.

—무조건 피닉스를 테이밍해야겠네.

촤아아—!

생각을 전부 정리한 진성이, 천천히 욕조에서 일어났다.

'피닉스'라는 녀석의 등급이 전설일지, 혹은 신화일지조차 아직 모른다.

하지만 '신수'라는 타이틀을 가진 녀석을 만난다는 것 자체가 소환술사인 그에게는 설렐 수밖에 없는 일이었다.

물기를 닦고 옷을 입은 진성이 캡슐이 있는 방으로 향하려 할 때, 거실에서 익숙한 목소리가 들려왔다.

"진성아, 밥은 먹고 게임하자."

부모님과 함께 살던 십수 년 동안 최소 몇천 번 정도는 들었을 잔소리.

하지만 지금은 절대로 잔소리로 들리지 않는 목소리였다.

"흐흐, 알겠어, 하린아. 메뉴는 뭐야?"

왜냐하면 하린의 음식은, 게임을 잠깐 미뤄 둬도 될 정도로 맛있었기 때문이다.

레무스가 만들었다는 비밀 통로의 입구는, 생각보다 진입하기 쉬운 곳에 자리하고 있었다.

위치 자체는 엘리카 왕국의 내부였지만, 입구와 연결된 포털이 인접한 다른 왕국인 '폴루스 왕국'과 이어져 있었기 때문이었다.

폴루스 왕국은 로터스와 적대관계가 아니었고, 덕분에 이안은 손쉽게 포털이 있는 위치를 찾아 이동할 수 있었다.

'물론 리치 킹 에피만 끝나면 다음 차례는 폴루스 왕국이지만 말이야.'

발등에 떨어진 불만 꺼지면 곧바로 폴루스 왕국에 선전포고를 할 생각이었지만, 어쨌든 지금 폴루스 왕국은 로터스와 나쁘지 않은 관계를 유지하고 있었다.

폴루스 왕국의 외곽에 있는 소규모의 남작령인 케미크 영지.

영지의 구석에 있는 작은 오두막으로 이안을 데려간 레무스가 그에게 당부의 말을 건네었다.

"비밀 통로 안에는, 제법 강력한 몬스터들이 많이 있을 거야."

그리고 생각지 못했던 레무스의 이야기에, 이안은 조금 당황한 표정이 되었다.

"에? 대피용으로 만들어 놓은 비밀 통로라며. 그런 곳에 몬스터들은 왜 풀어 놓은 건데?"

레무스는 대수롭지 않다는 듯한 표정으로 대답했다.

"그야 '화염주'만 가지고 있으면, 통로 안에 있는 어떤 몬스터도 공격하지 않기 때문이다."

"음……?"

"통로 안에 있는 몬스터들은 전부 화염 속성의 몬스터들이다. 그리고 화염 속성을 가진 거의 대부분의 몬스터들은, 피닉스를 공격하지 않지."

흥미로운 표정이 된 이안이 반문했다.

"오호, 그래?"

"정확하지는 않지만, 피닉스보다 상위의 신수가 아닌 이상은 그렇다고 알고 있어."

"그럼 '화염주'라는 물건을 피닉스로 인식한다는 건가?"

"나도 잘은 모르지만, 비슷하지 않을까?"

"그렇군."

"그런데 화염주가 있다고 해서 아예 공격하지 않는 건 아니야."

"응? 그건 또 무슨 소리야?"

"화염주가 있다고 해도, 먼저 공격당한다면 적대감을 드러내더라고."

"아하, 그거야 그렇겠지."

이안은 지금까지 '화염주'라는 물건에 대해서는 큰 관심이 없었다.

단지 전설의 신수 중 하나인 '피닉스'라는 소환수에만 관심이 있었을 뿐.

한데 레무스의 설명을 듣고 나니, '화염주' 또한 보통 아이템이 아닌 듯했다.

'이거 화염 속성 던전에 들어갈 때 엄청나게 유용할 수 있는 아이템이겠는데?'

아직까지 발견되지 않은 고위 던전들 중 분명 화염 속성의 몬스터들로 구성된 400레벨 후반대의 던전들도 즐비할 것이었다.

그리고 그런 곳에서 화염주를 가지고 있다면, 던전의 모든 몬스터들이 마치 초보자 사냥터처럼 후공後攻 몬스터가 되어 버리는 것이다.

이것은 생각보다 던전의 난이도에 큰 영향을 미치는 것이었다.

'좋아, 비밀 통로인지 뭔지, 얼른 들어가 볼까?'

오두막의 문을 열고 들어가자, 타는 듯이 붉은 빛깔을 가진 작은 포털이 하나 열려 있었다.

고개를 돌린 이안과 레무스의 눈이 한차례 마주쳤고, 레무스가 고개를 끄덕이며 입을 열었다.

"저 포털로 들어가면 돼. 먼저 들어가면 따라 들어가도록 하지."

레무스의 말이 끝나자마자 이안은 망설임 없이 걸음을 옮겼다.

그러자 포털을 밟은 이안의 신형이 순식간에 안쪽으로 빨려 들어갔다.

이어서 일시적으로 새까맣게 변한 이안의 시야에 한 줄의 시스템 메시지가 떠올랐다.

띠링—!

—'레무스의 비밀 통로' 던전에 입장합니다.

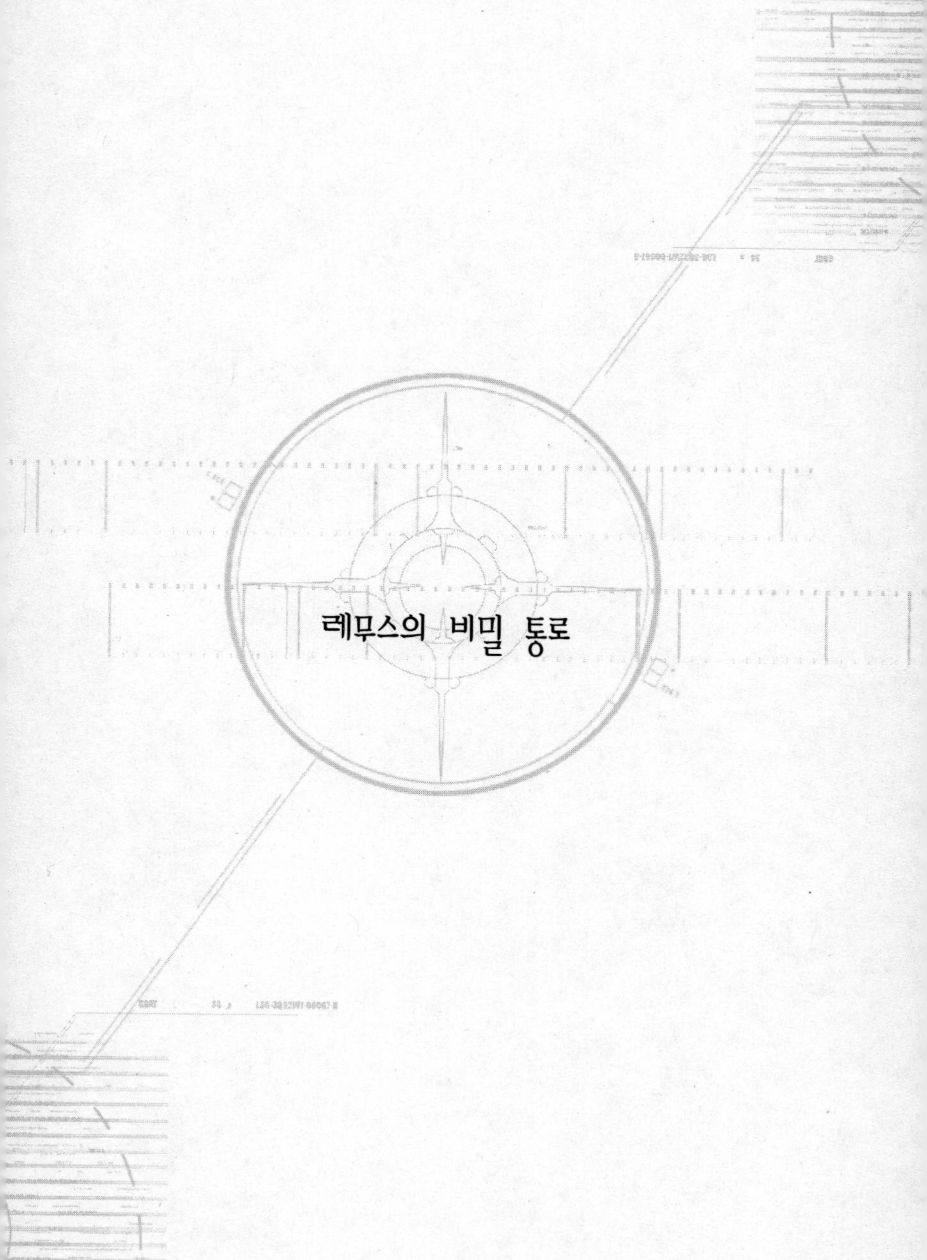

레무스의 비밀 통로

Taming
Master

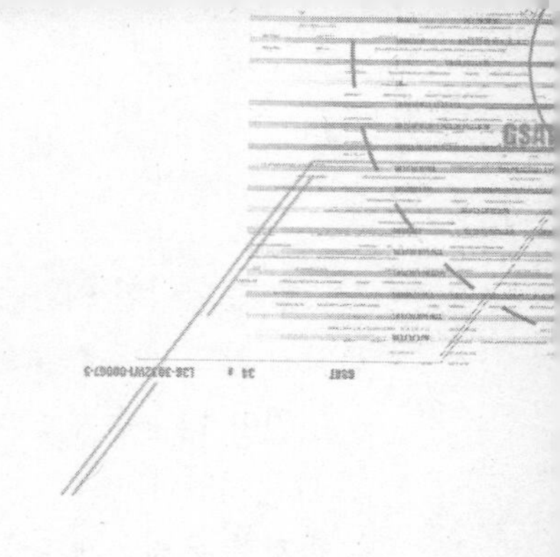

'엘리카 왕국의 꼭두각시' 퀘스트는 트리플S 등급의 난이도를 가지고 있는 고난이도 히든 퀘스트이다.

하지만 난이도가 높은 이유가 상대해야 하는 몬스터들이 강력해서는 아닌 듯했다.

퀘스트를 부여한 레무스의 말에 의하면, 비밀 통로의 몬스터들은 뇌옥 던전에 등장하는 언데드들에 비해 훨씬 약한 수준이라고 했으니 말이다.

그렇다면 난이도가 높게 책정된 이유는 다르게 유추해 볼 수 있었다.

'왕성 안에 있는 다른 NPC들의 눈을 피하는 게 어려운 거겠지. 만약 걸리기라도 하면 살아나가기 힘들 테니까.'

그렇게 판단한 이안은, 파티원은 물론 가신조차도 거의 대동하지 않고 레무스를 따라왔다.

인원이 많을수록 오히려 클리어하기 힘들 것이라 생각했기 때문이었다.

하지만 유일하게 대동한 파티원과 가신이 각각 하나씩 있었는데, 바로 루가릭스와 헬라임이었다.

"루가릭스, 잘할 수 있지?"

"물론이다, 이안. 이번에야말로 진정한 내 흑마법 실력을 보여 주겠어."

두 주먹을 불끈 쥐며 다짐하는 루가릭스였다.

그리고 이안의 어깨에 올라타 있던 엘카릭스가 베시시 웃으며 추임새를 넣어 주었다.

"오빠, 파이팅!"

"……!"

루가릭스의 양볼이 순식간에 붉게 달아올랐다.

이안이 루가릭스를 대동한 이유는 다른 것이 아니었다.

루가릭스가 구사할 수 있는 고위 흑마법 중에 '다크 일루전'이라는 유용한 마법이 있었던 것이다.

일정 시간 동안 범위 내의 파티원들의 모습을 감출 수 있는 이 스킬이, 이번 퀘스트를 진행하는 데 있어서 꼭 필요하다 생각한 것이다.

물론 흑마법사 랭커인 훈이 또한 이 다크 일루전 스킬을 가지고 있다.

그럼에도 불구하고 굳이 루가릭스를 꼬여서 데려온 이유는 간단했다.

루가릭스의 레벨이 월등히 높으니까.

훈이보다 강력해서가 아니었다. 다크 일루전 스킬의 치명적인 약점 때문에 시전자의 레벨이 중요한 것이었다.

'다크 일루전은 시전자와 레벨이 같거나 더 높은 흑마법사에겐 무용지물이니까.'

만약 훈이가 다크 일루전을 사용한다면, 훈이 이상의 레벨을 가진 흑마법사가 적들 중에 있을 시 곧바로 파훼당하고 만다.

디텍팅 자체가 통하지 않는 것이다.

하지만 루가릭스의 레벨은 500.

아마 루가릭스의 다크 일루전을 파훼할 수 있는 흑마법사는 리치 킹 샬리언 정도일 것이다.

루가릭스의 다크 일루전과 함께한다면, 잠입 퀘스트의 경우 난이도가 한 단계 낮아지는 정도의 효과를 볼 수 있을 것이었다.

그렇다면 헬라임을 데려온 이유는 무엇일까.

그것은 헬라임과 루가릭스의 시너지가 좋기 때문이었다.

온갖 광역 흑마법을 구사하는 루가릭스가 있다면, 헬라임의 '다크 비젼' 고유 능력이 빛을 발할 테니 말이다.

물론 새로 얻은 가신을 빨리 전투에 활용해 보고 싶은 마음도 큰 비중을 차지하기는 했다.

"루가릭스, 다크 일루전의 범위가 어느 정도나 되지?"

이안의 물음에, 루가릭스가 곧바로 대답하였다.

"음……. 내 주변으로 반경 5미터 정도일 거다."

"지속 시간은?"

"내가 자리에서 움직이거나, 혹은 마력이 전부 소모되지만 않는다면, 어둠의 환영이 깨질 일은 없지."

"그렇군."

다크 일루전은 채널링 스킬이다.

때문에 스킬이 시전되는 동안 시전자는 아무런 행동도 할 수 없다.

이안은 다크 일루전의 단점들을 면밀히 파악한 후, 통로의 안쪽으로 걸음을 옮기기 시작했다.

'성에 진입한 뒤에는, 라이랑 할리밖에 소환할 수 없겠어. 카르세우스나 엘카릭스는 폴리모프 상태로 쓸 수 있겠고.'

덩치가 큰 소환수들은 다크 일루전 안에 숨길 수 없기 때문에, 여러 가지 제약이 따라오는 것이다.

"하지만 여기서는 상관없겠지?"

던전 안쪽으로 하나둘 보이기 시작하는 몬스터들을 보며, 이안의 입꼬리가 슬쩍 말려 올라갔다.

왕국군에게 들킬 걱정을 할 필요가 없는 비밀 통로에서는,

마음껏 싸울 수 있으니 하는 말이었다.

옆에 있던 레무스가 천천히 입을 열었다.

"처음부터 라바 드레이크들이로군. 이거 생각했던 것보다 강력한 녀석들이 많이 생겨났는데?"

조금 걱정스러운 표정이 된 레무스였다.

하지만 이안은, 조금도 위축되지 않은 표정이었다.

눈앞에 나타난 라바 드레이크의 레벨은 400이 간신히 넘는 수준이었으니까.

지하 뇌옥을 클리어하면서 이안의 레벨도 399가 되었기에, 이 정도의 몬스터들은 동레벨이나 다를 것 없었다.

"걱정 말라고, 레무스. 금방 쓸어 버릴 테니까."

자신감 넘치는 이안의 말에, 레무스가 고개를 끄덕이며 대답했다.

"역시. 이안, 그대만 믿겠네."

이어서 이안의 눈앞에, 한 줄의 시스템 메시지가 떠올랐다.

띠링-!

-NPC '레무스(Lv. 379)'가 파티에 합류하였습니다.

그리고 그와 동시에, 이안의 사냥이 시작되었다.

-'어둠의 협약(에픽)' 퀘스트를 성공적으로 클리어하셨습니다!

-차원의 문이 열리기 시작합니다.

쿠쿵- 쿠쿠쿵-!

온통 붉은 마기가 넘실거리며 장엄한 분위기를 연출하는, 마신 '데이드몬'의 신전.

한 무리의 마계 유저들이 그 중앙에 둘러 서서 무언가를 기다리고 있었다.

그리고 그들의 중심에는 시커먼 어둠의 기운이 꿈틀대며 퍼져 나가고 있었다.

고오오오-!

널따란 신전의 전체로 울려 퍼지는 요란한 진동음.

그런데 그때, 어둠의 회오리 옆으로 시뻘건 빛의 기둥이 솟아올랐다.

"……!"

어둠의 회오리에 정신이 팔려 있던 마계 유저들은 순간적으로 당황했지만, 잠시 후 붉은 빛의 정체를 알 수 있었다.

붉은 빛과 함께 나타난 '그'가 마계의 유저들이 기다리고 있던 이였던 것이다.

-훌륭하다, 나의 아들들이여. 역시 기대를 저버리지 않았군.

적안赤眼에, 타오르는 듯 붉은 머리카락을 가진 미남자의 등장.

그는 지금껏 단 한 번도 유저들의 앞에 등장한 적 없었던 NPC였지만, 유저들은 그의 대사만으로 즉시 정체를 알 수 있었다.

지금 그들이 진행 중인 퀘스트를 내려준 남자가 바로 '그'였기 때문이었다.

"마신, 데이드몬 님을 뵙습니다."

"데이드몬 님께 영광을."

수많은 마계의 유저들이 데이드몬을 향해 일제히 무릎 꿇고 예를 취하였다.

그야말로 장관이라고 할 만한 광경이었다.

심지어 그들 중에는, 이라한이나 마틴. 사무엘 진 등을 포함한 마계의 랭커들이 대거 포함되어 있었다.

그리고 무릎 꿇은 그들을 향해, 데이드몬이 말을 이어 갔다.

—그대들 덕에 나는 천상계의 이목을 또 한 번 피할 수 있었다. 허나, 이는 분명 차원의 인과율을 어긴 것이다.

데이드몬의 굵직한 목소리를 제외하고는, 그 어떤 소리도 들리지 않는 고요한 신전의 내부.

데이드몬의 말이 다시 이어졌다.

—만약 그대들이 이번 기회를 살려 내지 못한다면, 또 언제 차원의 문을 열 수 있을지 알 수 없다. 더 이상 천계에서 묵과하지 않을 것이기 때문이다.

강렬하게 소용돌이치는 거대한 어둠.

그 앞으로 다가간 데이드몬이 천천히 손을 뻗었다.

그러자 그의 손에서 뻗어 나간 붉은 마기가 어둠의 소용돌이 속으로 빨려 들어갔다.

콰광– 콰콰광–!

고막이 찢어질 듯, 신전의 내부에 무지막지한 폭발음이 울려 퍼졌다.

이어서 데이드몬이 입을 열었다.

–지금 인간계는 어리석은 리치 킹으로 인하여 혼돈에 빠져 있다. 그리고 지금이 바로, 더 없이 완벽한 기회라 할 수 있을 것이다.

유저들 중 하나가 천천히 자리에서 일어나며 데이드몬의 앞에 다가섰다.

붉은 갑주에 커다란 대검을 등에 메고 있는 남자.

그의 이름은 이라한이었다.

"그렇습니다, 데이드몬이시여. 저희는 결단코 데이드몬 님을 실망시켜 드리지 않을 것입니다."

그리고 그 말에, 데이드몬이 흡족한 표정을 지어 보이며 대답했다.

–좋다, 그대들을 믿는다. 이번에야말로 반드시 인간계의 침공에 성공하여 마계의 힘을 보여 주도록 하라!

콰콰광– 콰광–!

또 다시 커다란 폭발음이 신전 전체에 울려 퍼졌다.

그와 동시에, 어둠의 회오리가 사방으로 뻗어 나가며 공간이 뒤틀리기 시작했다.

그리고 그 자리에, 거대한 차원의 문이 생성되었다.

—가라, 나의 아들들이여. 그리고 때를 기다려라! 우매한 어둠의 군단이 인간들과 공멸할 때. 그때가 바로 마계의 하늘을 열 때이니라!

많은 RPG게임이 그러하듯, 카일란 또한 고레벨이 될수록 레벨 업에 필요한 경험치가 기하급수적으로 증가한다.

하지만 그중에서도 특별히 필요 경험치량이 크게 증가하는 구간이 존재했는데, 바로 레벨의 백의자리 숫자가 바뀔 때가 그러했다.

예를 들면 199레벨에서 200레벨이 될 때의 경험치가, 198레벨에서 199레벨이 될 때 필요한 경험치의 다섯 배에서 일곱 배에 육박하는 수준인 것이다.

이 구간이 바로, 레벨 업이 가장 고통스러운 구간인 것이다.

그리고 그것은, 399레벨인 지금의 이안에게도 마찬가지로 적용되었다.

'후우, 90퍼센트 대에 진입한 지가 벌써 사흘 짼데 아직도 레벨이 안 오르냐.'

시야 구석에 떠올라 있는 경험치 게이지를 확인한 이안이, 고개를 절레절레 저으며 무기를 다잡았다.

96.7퍼센트라는 높은 수치가 떠올라 있는 이안의 경험치 게이지.

숫자만 보아서는 금방이라도 레벨 업 할 것 같은 느낌이었지만, 남아 있는 경험치 량을 본다면 결코 그렇게 생각할 수 없었다.

레벨 업에 필요한 시간을 귀신같이 측정하는 이안이, 이번 퀘스트가 끝나기 전에만 레벨이 올라도 다행이라고 생각하고 있었으니 말이다.

그나마 위안이라면, '레무스의 비밀 통로' 던전이 생각보다 짭짤한 경험치를 쏟아내고 있다는 것이었다.

등장하는 몬스터들의 경험치가 특별하게 많아서 그런 것은 당연히 아니었다.

그저 생각했던 것보다 몬스터들의 물량이 많았고, 기대했던 것보다 헬라임과 루가릭스의 시너지가 좋았던 덕이라고 할 수 있었다.

물과 얼음의 속성을 가지고 있는 뿍뿍이의 브레스도 제법 도움이 되었고 말이다.

"루가릭스, 다크 스웜프Dark Swamp!"

꾸룩- 꾸루룩!

다크 스웜프가 발동되자, 바닥에서부터 끈적끈적한 어두운 기운이 부글거리기 시작했다.

루가릭스의 손에서 뿜어져 나온 광범위한 어둠 속성의 공격 마법.

이안의 오더가 곧바로 이어졌다.

"헬라임, 다크 비전!"

기다렸다는 듯, 헬라임의 다크 비전 고유 능력이 터져 나왔다.

'어둠' 속성의 스킬에 피격된 대상의 앞으로 순간 이동하여 강력한 피해를 입히는 헬라임만의 특별한 고유 능력.

어둠의 늪에 오염된 일곱 마리의 드레이크 중 가장 전면에 나와 있던 한 마리의 앞으로 시커먼 기운이 피어올랐다.

스르륵-!

허공에서 솟아오른 어둠의 기운은, 순식간에 헬라임의 형상이 되어 나타났다.

그리고 그와 동시에, 보랏빛 기운이 번쩍 하며 거대한 대검이 떨어져 내렸다.

콰아앙-!

-가신 '헬라임'의 고유 능력 '다크 비전'이 발동하였습니다.

-가신 '헬라임'이 '라바 드레이크'에게 치명적인 피해를 입혔습니다!

-'라바 드레이크'의 생명력이 1,998,039만큼 감소합니다.

루가릭스에게는 강력한 광역 공격 마법이 많다.

하지만 그럼에도 불구하고 티어가 높지 않은 공격 마법인 다크 스웜프를 주문하는 데에는 당연히 이유가 있었다.

첫째로 다크 스웜프의 재사용 대기 시간이 짧기 때문이었으며, 두 번째로 다크 스웜프가 각종 디버프를 선사하기 때문이었다.

다크 스윔프로 입히는 대미지는 크게 중요하지 않았다.

그저 적에게 어둠속성의 공격을 '묻히는'게 가장 중요했으니 말이다.

다크비전을 사용한 직후의 헬라임은 뻥튀기된 공격력으로 인해 어마어마한 파괴력을 가지게 되고, 거기에 다크 스윔프의 디버프가 중첩되면 무지막지한 대미지가 들어가게 된다.

400레벨의 영웅 등급 몬스터인 라바드레이크 정도는, 순식간에 썰어 버릴 수 있는 것이다.

콰– 콰콰–!

허공에 보랏빛의 광채가 번쩍거리며, 총 일곱 번의 굉음이 울려 퍼졌다.

그리고 그것으로 끝이었다.

어둠을 옮겨 다니며 떨어져 내린 헬라임의 대검으로 인해, 일곱 마리 드레이크들이 한 줌 재가 되어 버린 것이다.

물론 그 한 방에 드레이크가 사망한 것은 아니었다.

헬라임이 활약할 동안 이안의 다른 소환수들이 가만히 있었던 것은 아니니 말이다.

하지만 200만이나 되는 다크 비전의 대미지가, 거의 대부분의 생명력을 지워 버렸다는 것만큼은 분명한 사실이었다.

"마무리 깔끔하고……!"

흥이 나는지 절로 콧노래가 흘러나오는 이안.

별로 도움도 되지 않으면서 경험치를 나눠 먹는 '레무스'만

제외한다면, 이안의 파티는 완벽하기 그지없었다.

"레무스, 가만히 있지 말고 뛰어다니면서 몬스터라도 좀 몰아 와."

"그, 그게 좋겠군."

이안의 한마디에, 땀을 뻘뻘 흘리며 몬스터들을 모아 오는 전직 국왕 레무스.

그가 이안의 오더를 따르는 것은 이안과의 친밀도의 영향이라기보다 뭐에 홀린 듯한 움직임에 가까웠다.

모두가 완벽히 맞물려 돌아가는 이 파티 안에서 제대로 된 역할을 해내지 못하는 것은, 마치 죄라도 짓는 듯한 느낌이었다.

한차례 몰이사냥이 끝난 뒤, 이안이 레무스에게 물었다.

"레무스, 이제 얼마나 남은 거지?"

"비밀 통로 말인가?"

"그래. 피닉스가 있다는 방까지 가려면 얼마나 더 가야 할까?"

"걱정 마라, 이안. 이제 곧 도착할 때가 되었다. 내 생각보다 두 배는 빨리 통로를 돌파한 것 같군."

이안의 능력에 놀랐다는 듯, 엄지손가락을 치켜드는 레무스였다.

하지만 칭찬을 받았음에도, 이안은 썩 기분 좋은 표정이 아니었다.

"에, 벌써……?"

던전 최초 발견으로 인한 경험치 버프가 아까웠던 이안은, 내심 비밀 통로가 많이 남아 있기를 바랐던 것이다.

하지만 이안의 그런 마음을 알 턱이 없는 레무스는 고개를 갸우뚱했고, 그와 별개로 사냥이 다시 시작되었다.

그렇게 30분 정도가 더 지났을까?

철컹- 촤라락-!

통로의 끝에 있던 거대한 철문이 열리며, 던전의 안쪽으로 새하얀 빛이 쏟아져 들어왔다.

그리고 그 빛의 중심에는, 지금껏 본 적 없는 어마어마한 크기의 거목 한 그루가 우뚝 솟아올라 있었다.

띠링-!

-'태양의 세계수'를 최초로 발견하셨습니다!

-명성이 10만 만큼 증가합니다.

-'친화력' 능력치가 영구적으로 15퍼센트만큼 증가합니다!

-'화염 저항' 능력치가 영구적으로 10만큼 증가합니다!

-'태양의 오벨리스크' 던전에 입장하기 위해 필요한 조건 중 하나를 충족하였습니다!

-이제부터 '선 엘프' 종족이 대륙에 등장하기 시작합니다.

이안의 시야에는 쏟아지는 새하얀 빛과 함께 수많은 메시지들이 떠올랐다.

그리고 그것들을 확인한 이안은 조금 놀란 표정이 되었다.

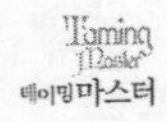

'태양의 세계수라고? 그냥 피닉스가 사는 좀 커다란 나무 정도인 줄 알았는데, 예상보다 뭐가 좀 많네?'

'태양의 오벨리스크'부터 시작해서 '선 엘프'까지.

지금껏 듣도 보도 못한 용어들이 튀어나왔다는 것은, 곧 새로운 콘텐츠의 등장을 의미하는 것이었다.

그저 엘리카 왕국의 왕성에 잠입하기 위해 시작했던 퀘스트에서 생각지 못한 수확을 얻은 것이다.

하지만 그중에서도 가장 커다란 수확은, 가장 처음에 떠오른 보상인 '친화력'능력치의 상승이었다.

소환술사인 이안에게, 가장 중요한 직업 스텟 중 하나를 보상으로 얻은 것이다.

"크으!"

이안의 입에서 절로 탄성이 흘러나왔다.

하지만 이 탄성은, 단지 친화력 스텟이 올랐다는 것에서 비롯된 것은 아니었다.

대륙을 여행하는 중에 '대자연'에 속하는 경관을 발견하게 되면, 친화력 스텟을 주는 경우가 제법 많았으니 말이다.

그렇다면 이안의 입꼬리가 귀에 걸린 이유는 무엇일까?

그 이유인 즉, 친화력 보상이 고정 수치가 아닌 퍼센트 수치였기 때문이었다.

'크으, 미쳤다. 대체 친화력이 몇이나 오른 거지?'

이안은 현존하는 소환술사 유저들 중 독보적인 랭킹 1위

유저였다.

게다가 온갖 콘텐츠를 선점하여 직업 스텟들을 지금까지 쓸어 담아 왔기 때문에, 기본적으로 친화력 능력치 자체가 어마어마하게 높았다.

이번 보상을 받기 전 이안의 친화력 스텟이, 아이템의 옵션으로 붙은 수치를 제외하고도 무려 2,700에 육박했던 것.

일반적인 랭커 소환술사들의 친화력이 1,500~2,000 수준이라는 점을 감안한다면, 이것은 엄청난 수치인 것이다.

그런데 난데없이 받은 보상으로 인해, 15퍼센트만큼의 친화력이 추가로 올라 버렸다.

그것도 영구적으로 말이다.

'4, 400? 나무 하나 발견했다고 친화력 400이 오른 거야, 지금?'

정확히 말하자면 이안이 얻은 친화력 수치는 403.

친화력과 관련된 히든 퀘스트 너댓 개는 클리어해야 얻을 수 있는 양의 능력치를 얻은 것이다.

그러니 이안으로서는 실실 새어 나오는 웃음을 참을 수가 없었다.

"후후, 고맙다, 레무스."

"뭐가…… 말인가?"

"무튼, 그런 게 있어."

"흐음……."

그리고 이안이 헤벌쭉해 있는 사이, 세계수로부터 쏟아지던 빛이 점점 잦아들기 시작했다.

이어서 이안의 시야에, 전체적인 맵의 구조가 들어왔다.

'이제 통로는 끝난 거고, 여긴 허공으로 트여 있는 콜로세움 같은 구조네.'

눈앞에 드러난 구조는, 그야말로 장관이었다.

사방으로 뻗어 있는 정체를 알 수 없는 수많은 기둥들과 그 가운데 웅장하게 솟아오른 거대한 한 그루의 나무.

이안이 그동안 발견했던 '대자연'들 중에도 단연 돋보일 만큼 감탄스러운 풍경이었던 것이다.

그리고 모든 빛이 잦아들자, 이안의 시야에 새로운 메시지가 떠올랐다.

띠링-!

-신수 '피닉스'의 구역에 들어섰습니다.

-'피닉스'가 당신을 발견하였습니다.

-'피닉스'가 당신에게 적대감을 드러냅니다.

끼요오오-!

수많은 기둥들로 둘러싸인 거대한 홀 안에, 피닉스의 울음소리가 우렁차게 울려 퍼졌다.

그리고 그 울음소리를 들은 이안은, 긴장한 표정으로 공격에 대비하기 시작했다.

레무스의 말에 의하면 피닉스는 아직 어리다고 하였으나,

그래도 직접 확인하기 전까지는 안심할 수 없기 때문이었다.

그리고 잠시 후, 허공에서 거대한 화염이 뿜어져 내려왔다.

화르르륵—!

이안 일행 전체를 뒤덮을 정도의 강렬한 광역 화염 공격.

그것은 완전히 처음 보는 종류의 이펙트였다. 때문에 이안은 반사적으로 엘카릭스의 배리어를 발동시켰다.

“엘, 드라고닉 배리어!”

“알겠어요, 아빠!”

위이잉—!

파티원 전원의 주변으로 새하얀 막이 생성되자, 그 표면을 코팅하기라도 하듯 피닉스의 불줄기가 흘러 지나갔다.

그런데 이펙트에 비해 위력이 강력하지는 않았던 것인지, 배리어의 내구도는 얼마 깎여 나가지 않았다.

‘이 정도면 어지간한 300레벨대 화염법사의 광역 마법보다도 약한 것 같은데…….’

아직 모습을 드러내지 않은 피닉스의 레벨을 추측해 보는 이안.

잠시 후 피닉스는 모습을 드러내었고, 이안은 당황할 수밖에 없었다.

—피닉스(신수) : Lv. 95

“뭐라고?”

잘못 확인한 것이라 생각한 이안은, 한차례 눈을 비빈 뒤 피닉스의 머리 위를 다시 한 번 응시하였다.

하지만 피닉스의 레벨은 정확히 95였다.

당황한 이안이 레무스를 향해 물었다.

“레무스, 피닉스라는 신수가 원래 이렇게 괴물 같은 녀석이었어?”

그 말을 이해하지 못한 레무스가 의아한 표정으로 반문했다.

“괴물 같은 녀석이라니, 무엇을 말함인가?”

이안이 답답하다는 표정으로 말을 이었다.

“방금 저 녀석이 쏘아 냈던 화염 공격. 그게 95레벨이 낼 수 있는 위력이라고 생각해?”

속사포처럼 쏟아내는 이안의 말을 들은 레무스가, 그제야 이해되었다는 듯 고개를 끄덕이며 대답했다.

“아, 이 녀석에 대해 잘 모르는 그대라면 충분히 놀랄 만하군.”

“……?”

“방금 그 화염 공격은 분명 강력했지. 저 어린 피닉스의 공격이라고 생각하기 힘들 정도로 말이야.”

“그런데?”

“물론 피닉스라는 신수의 공격력이 워낙 뛰어나기도 하지만, 그 화염 공격의 위력은 사실 ‘태양의 세계수’ 덕분이다.”

“태양의 세계수라면…… 저 나무?”

"그래. 피닉스가 둥지를 틀 수 있는 유일한 나무가 바로 태양의 세계수. 그리고 세계수의 영향력이 미치는 곳 안에서는, 피닉스가 두 배에 달하는 힘을 낼 수 있다고 알려져 있지."

"아……."

레무스의 설명을 듣고 난 이안은, 그제야 고개를 끄덕였다.

'역시 특별한 이유가 있었어.'

하지만 두 배의 공격력이었다는 것을 감안하더라도, 분명 100레벨도 되지 않은 녀석의 공격 치고는 강력한 공격이었다.

확실한 것은 놈을 테이밍한 뒤에 알 수 있겠지만, 어쩌면 녀석은 공격력 깡패인 카르세우스에 준할 정도의 공격력을 가지고 있을지도 모르겠다는 생각이 들었다.

이안은 점점 녀석이 탐나기 시작했다.

'왕성 진입을 위해서가 아니라도 이 녀석을 어떻게든 포획해야겠어.'

오랜만에 이안의 테이밍 욕구를 자극하는 소환수가 등장하였다.

그것도 생각지도 못했던 장소에서 말이다.

이안이 입꼬리를 슬쩍 말아 올리며 허공을 응시하였다.

그리고 그곳에는, 이안을 내려다보는 한 마리의 아름다운 새가 있었다.

온몸이 화염에 뒤덮여 활활 타오르고 있는, 마치 동양 신화의 '봉황'을 연상케 하는 녀석.

자신의 공격이 통하지 않자 눈치를 보는 것인지, 녀석은 가만히 이안 일행을 내려다보고 있었다.

'테이밍하려면 일단 생명력을 좀 깎아야겠지.'

카일란에서 소환수를 포획할 때 가장 중요한 것은, 포획하고자 하는 소환수의 체력을 깎는 것이었다.

그리고 여기서 말하는 '체력'이란, 비단 생명력만을 의미하는 것이 아니었다.

생명력을 최대한 깎는 것은 물론이요, 오랜 시간 소환수를 괴롭혀서 힘을 빼야 하는 것이다.

해서 체력이 바닥난 소환수가 지쳐 움직이지 못할 때, 소환수가 좋아할 만한 맛있는 요리나 특별한 아이템 같은 것으로 유혹하여 포획하는 것이다.

이것은 그야말로 테이밍의 정석이라 할 수 있는 것.

소환수에 따라 특별한 방법으로 잡을 때 쉽게 포획할 수 있는 녀석들도 존재하기는 했지만, '당근과 채찍'은 어떤 소환수에게도 통하는 카일란 만고불변의 진리였다.

'일단 체력을 좀 빼 볼까?'

예상외의 강력한 공격력을 보여 주기는 했지만, 어쨌든 녀석의 레벨은 고작 두 자릿수밖에 되지 않는다.

거의 400레벨에 근접한 이안의 일행 중 누구에게라도 잘못 맞으면 한 방에 사망할 수 있을 만큼 낮은 레벨인 것이다.

이안은 최대한 조심스럽게 행동하기로 했다.

실수로 죽이기라도 한다면, 그것만큼 큰 낭패가 없었다.

"레무스, 녀석에 대한 정보 좀 줘."

"정보라면 어떤 걸 말하는 건가?"

"방금 말해 줬던 세계수로 인한 버프처럼, 녀석의 특이점이 있다면 다 알고 싶어."

"흐음……."

이안과 레무스가 대화하는 동안 피닉스는 여러 차례 공격을 시도하였다.

하지만 엘카릭스의 드라고닉 배리어를 벗겨 내기에는 역부족이었고, 이안은 여유 있게 레무스의 설명을 경청할 수 있었다.

"일단 세계수 버프에 대한 이야기를 좀 더 해 주자면, 버프의 효과는 공격력에만 한정되는 것이 아니다."

"그럼?"

"오히려 공격력보다는, 녀석의 생존력에 훨씬 큰 영향을 주지."

이안은 레무스의 말이 이어지기를 기다렸고, 레무스는 손을 뻗어 무언가를 가리키며 말을 이었다.

"저기 저 붉은 빛줄기 보이는가?"

레무스의 물음에 이안의 시선이 반사적으로 그곳을 향했고, 그곳에는 피닉스와 세계수를 잇고 있는 정체불명의 붉은 기운이 넘실거리고 있었다.

"보여. 근데 저게 뭔데?"

레무스의 말이 이어졌다.

"저게 녀석의 생명줄 같은 것이라고 할 수 있다."

"……?"

"세계수가 만들어 낸 거대한 생명의 힘을, 저 줄을 통해서 녀석이 공유받는 것이지."

"음? 그러니까 피닉스가 세계수와 생명력을 공유한다는 말이야?"

"조금 다르다. 만약 세계수의 생명력 자체를 공유받는다면 불사의 존재가 될 것이다. 세계수는 무한한 생명력을 가지고 있으니까."

"그럼 뭔데?"

"쉽게 말해, 세계수가 자신의 생명력 일부를 피닉스에게 부여해 준 뒤 그것을 계속해서 채워 준다고 생각하면 될 거다. 보이는지는 모르겠지만, 세계수의 나뭇가지 안쪽에 넘실거리는 붉은 구체가 바로 그것이지."

이안은 안력을 집중하여 나무 안쪽에 떠 있는 붉은 구체를 응시했다.

그러자 구체 위에 떠 있는 작은 글씨를 발견할 수 있었다.

–생명력 : 5,000,000/5,000,000

이어서 그것을 확인한 순간, 이안은 레무스의 설명을 완벽히 이해할 수 있었다.

'그러니까 저 생명의 구체까지 파괴할 정도로 강력한 데미지를 입혀야 녀석이 죽는다는 거네?'

그리고 이렇게 되면, 오히려 피닉스 포획이 훨씬 쉬워지는 것이었다.

녀석을 공격할 때, 실수로 죽여 버릴 일은 없어질 테니 말이다.

이제 남은 것은, 저 생명력 구슬이 터지지 않을 정도로만 계속해서 피닉스의 생명력을 갉아먹는 것이었다.

"좋았어. 다른 건 또 없고?"

이안은 의욕 넘치는 표정으로 레무스에게 물었다.

그리고 레무스는 몇 가지 정보를 더 건네주었다.

"피닉스는 생명력이 다하면 화염의 알로 변한다. 그리고 약간의 시간이 지나면 알에서 깨어나지."

"오호, 그래?"

이렇게 되면 더욱 조심할 필요가 없어진다. 마구잡이로 공격을 다 때려 넣어 설령 생명의 구슬이 터진다고 하더라도, 녀석은 죽지 않는다는 이야기였으니까.

레무스의 말이 다시 이어졌다.

"하지만 화염의 알까지 깨어 부수면 녀석은 소멸할 것이다. 그리고 알에서 깨어나더라도 힘을 전부 되찾기 전에 다시 사망하면 화염의 알이 되지 못하고 소멸하게 되니 유의해야 하지."

"힘을 되찾았는지는 어떻게 알 수 있지?"

"그건 녀석의 꼬리를 보면 알 수 있다. 세 개의 꼬리가 온전히 돋아났다면, 힘을 전부 되찾았다는 뜻이다."

"아하, 그렇군."

게임에 잔뼈가 굵은 이안으로서는, 이 설명이 무엇을 의미하는지 대충 짐작할 수 있었다.

'알로 부활하는 고유능력에 쿨타임이 있는 거겠지.'

그리고 생각을 정리하는 이안을 향해, 레무스가 한 마디를 덧붙였다.

"나는 소환술에 대해 잘 모르지만, 녀석을 알로 만들어 놓고 포획하는 것을 추천한다."

"음? 화염의 알 상태일 때 포획을 시도하라고?"

"그렇다. 그때가 녀석의 저항력이 가장 떨어졌을 때이니 말이다."

"그거 좋은 팁이군."

레무스의 정보들은 이안이 기대했던 것보다 훨씬 더 많은 것을 담고 있었다.

그리고 이 정보대로라면, 피닉스의 포획은 생각보다 훨씬 쉬워질 것 같았다.

"오케이, 이 정도면 충분해. 녀석을 금방 포획해 보이도록 하지."

자신감 넘치는 표정을 지으며 씨익 웃어 보이는 이안이

었다.

그런 이안을 향해 레무스가 피식 웃으며 대답했다.

"모르긴 몰라도 쉽지는 않을 거다, 이안. 내가 알기로 콜로나르 대륙의 역사상 피닉스 포획에 성공했던 소환술사는 손에 꼽을 정도니까 말이다."

이안은 걱정 말라는 듯 손을 휘휘 저은 뒤 피닉스를 향해 달려들었다.

무려 '테이밍 마스터'인 이안이 생각하기에 이 포획은 어려울 것이 전혀 없었기 때문이었다.

하지만 그 생각이 틀렸다는 것을 깨닫는 데까지는 그리 오랜 시간이 걸리지 않았다.

'미친, 무슨 이동속도가 이렇게 빨라?'

허공을 시뻘건 불길로 수놓으며 솟아오르는 한 마리의 불새.

피닉스를 보는 이안의 눈동자가 가늘게 흔들렸다.

끼요오오-!

반면에 의기양양한 표정으로 이안을 내려다보는 피닉스.

어느새 무기를 스왑한 이안이, 활 시위를 당긴 채로 피닉스를 노려보았다.

'어지간한 속도의 투사체나 마법으로는 맞출 방법이 없고……. 답은 화살뿐인가.'

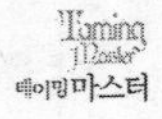

끼이익-!

활시위를 끝까지 잡아당기자, 휘어진 활대가 비명을 질렀다.

그와 동시에 하늘로 날아오른 핀이 녀석을 향해 맹렬히 돌진하기 시작했다.

끼아아오!

두 마리 신수의 격렬한 공중전.

피닉스가 움직일 수 있는 범위를 제한시키기 위해 핀을 먼저 보내 싸움을 붙인 것이다.

그래야 녀석의 움직임을 예측하기 더 쉬워지니 말이다.

이어서 이안의 손을 떠난 화살들이 연속해서 허공을 가르기 시작했다.

핑- 피핑- 핑!

그리고 이안이 미리 내려 두었던 오더대로, 루가릭스의 흑마법이 영창되었다.

"다크니스 블레싱Darkness Blessing!"

우우웅-!

다크니스 블레싱은 모든 흑마법사들이 가지고 있다 하여도 과언이 아닌 기초 마법이었다.

대상에게 어둠의 축복을 내려 일시적으로 '어둠' 속성의 공격력을 부여하는 마법.

기초 마법답게 버프 효과는 크지 않았지만, 지금 이안에게

이 마법을 발동시킨 이유는 당연히 따로 있었다.

어둠 속성의 피해를 묻혀, 헬라임이 다크 비전을 사용할 수 있도록 하기 위함인 것이다.

이것은 어둠 속성의 광역 마법을 피닉스에게 맞추는 것이 거의 불가능에 가까웠기 때문에 생각해 낸 방법이었다.

피닉스는 이동속도가 빠른 것도 문제였지만, 무엇보다 지상으로 내려오는 일이 없다는 점이 더 큰 문제였다.

하늘에서 떨어져 내리는 파이어 레인이나 블리자드 같은 스킬이 있다면 모르겠지만, 지금 루가릭스가 가진 어둠 속성 광역 마법 중에는 그런 종류의 스킬이 없었던 것이다.

하여 이안이 차선으로 생각해 낸 것이 바로 본인에게 어둠 속성을 부여하는 것이었다.

빠른 속도로 날아다니는 피닉스를 맞추는 것은 무척이나 어려운 일이었지만, 그래도 한두 발 정도는 맞출 수 있는 실력이 이안에게는 있었다.

쐐애액-!

새카만 어둠의 기운을 흘리는 다섯 발의 화살들이, 허공을 가르며 빠르게 피닉스를 향해 쏘아져 갔다.

그런데 특이한 것은, 이안의 화살들이 제각기 조금씩 다른 방향을 향해 날아가고 있다는 점이었다.

이안이 실수했다고는 믿을 수 없을 만큼 제법 큰 오차를 두고 날아가는 화살들.

하지만 이것은 결코 실수가 아니었다.

단지 한 발이라도 정확히 맞추기 위한 이안의 의도였을 뿐.

끼에에엑—!

날아오는 어둠의 화살을 느낀 피닉스가 허공에서 재빨리 몸을 틀어 움직였다.

하지만 피닉스가 화살을 피한 곳에는, 다른 두발의 화살이 시간 차를 둔 채 날아들고 있었다.

그리고 아무리 몸놀림이 빠른 피닉스라고 하여도, 이미 지척까지 날아든 화살을 피할 방법은 없었다.

파파팍—!

이안의 예측 샷이 제대로 맞아 떨어진 것이다.

—신수 '피닉스'에게 치명적인 피해를 입혔습니다!

—'피닉스'의 생명력이 298,072만큼 감소합니다!

—'다크니스 블레싱'의 효과가 발동하여, 추가로 15퍼센트(44,710)만큼의 어둠 피해를 입혔습니다.

처음부터 피닉스의 이동속도가 너무 빨랐기 때문에 생각해 낸 비책이었던 것이다.

어쨌든 쏘아 낸 화살들 중 두 발이 피닉스의 몸통을 파고들자, 이안이 재빨리 헬라임을 향해 오더를 내렸다.

"헬라임, 다크 비전!"

"알겠습니다, 주군!"

스하하아—!

새카만 연기가 피어오름과 동시에, 지상에 있던 헬라임의 신형이 감쪽같이 사라졌다.

이어서 헬라임이 나타난 곳은 피닉스의 바로 위, 까마득히 높은 하늘이었다.

"크하아압!"

커다란 기합성과 함께 헬라임의 대검이 피닉스의 몸통으로 떨어졌다.

콰콰콰쾅—!

그리고 피닉스의 생명력 게이지는, 단숨에 바닥까지 떨어져 내려갔다.

—가신 '헬라임'의 고유 능력 '다크 비전'이 발동하였습니다.

—가신 '헬라임'이 '피닉스'에게 치명적인 피해를 입혔습니다!

—'피닉스'의 생명력이 291,8092만큼 감소합니다.

90레벨대인 데다 공격형 소환수인 피닉스의 생명력은, 모르긴 몰라도 100만이 채 되지 않을 것이 분명했다.

때문에 300만에 육박하는 피해를 입었더라면, 한 방에 사망하는 것이 정상적인 상황이었다.

하지만 어쩐 일인지 바닥까지 떨어져 내렸던 피닉스의 생명력이 단숨에 최대치까지 차올랐다.

그리고 그 광경을 본 이안의 눈이 예리하게 빛났다.

'역시, 저 세계수의 안에 있는 구슬에서 생명력이 대신 빠져나갔군.'

500만이라는 생명력을 가지고 있는, 세계수의 붉은 구슬.

피닉스가 입은 300만의 피해는 구슬에서 빠져나온 생명력으로 곧바로 채워졌고, 때문에 피닉스가 다시 쌩쌩해져 버린 것이다.

하지만 아쉽게도 구슬을 직접 타격할 방법은 없었다.

구슬을 감싸고 있는 세계수가 무한한 생명력을 가지고 있었기 때문이다.

'그렇다면 결국 피닉스에게 극딜을 넣어야 한다는 얘긴데…….'

추측컨대 600만 정도의 피해를 한 번에 몰아넣을 수만 있다면, 피닉스는 사망하여 알로 변할 것이다.

이안은 뿍뿍이와 카르세우스의 브레스부터 시작해서, 모든 공격을 전부 동원해 보기로 마음먹었다.

헬라임이 가지고 있는 패시브인 '소울 디스트로이어'가 발동하여 '회복 불가' 상태가 되는 것이 베스트이기는 하지만, 그것을 바라기에는 발동 확률이 너무 낮았다.

소울 디스트로이어의 발동 확률은 겨우 15퍼센트.

헬라임이 계속해서 타격할 수 있다면 충분히 기대해 볼 만하겠지만, 빠르게 허공을 날아다니는 피닉스에게 헬라임이 일반 공격을 집어넣을 기회는 다크 비전을 명중시킨 직후 단 1회 정도에 불과했다.

"자, 한 번에 전부 때려 넣는 거다!"

휘이익-!

이안이 휘파람을 불자, 피닉스와 실랑이를 벌이고 있던 핀이 지상으로 쏘아져 내려왔다.

그리고 그 위로 올라탄 이안이, 직접 핀을 컨트롤하여 피닉스를 향해 쇄도해 갔다.

'한번에 600만이라……, 불가능한 수치는 아니야.'

핀을 탄 이안이 날아오르자, 그를 따라 두 마리의 드래곤이 동시에 솟구쳐 올랐다.

루가릭스와 엘카릭스는 마법들로 전투를 보조해 주기 위해, 본체로 현신하지 않은 채 각자 뿍뿍이와 카르세우스의 등에 올라타 있었다.

아쉽게도 도움이 되지 않는 빡빡이와 라이 등의 소환수들은, 일찌감치 소환 해제를 한 상태였다.

가운데에 피닉스를 둔 채, 서서히 거리를 좁혀 가는 이안의 소환수들.

그리고 다음 순간, 이안의 신호에 맞춰 일제히 고유 능력들이 쏟아져 나왔다.

크아아오-!

커다란 포효와 함께 쏟아져 나오는 카르세우스와 뿍뿍이의 강력한 브레스.

그런데 그와 동시에, 피닉스의 몸통이 갑자기 새빨간 빛을 뿜어내기 시작했다.

끼요오오오!

피닉스의 깃털 하나하나가 빛을 터뜨린다는 착각이 들 정도로 수많은 갈래의 빛줄기가 거미줄처럼 쏟아졌다.

그리고 잠시 후, 이안은 두 눈을 의심해야만 했다.

허공을 가득 메우며 피닉스를 집어삼키는 것 같았던 온갖 고유 능력들이, 피닉스가 내뿜은 빛줄기에 흡수되어 사라져 버렸기 때문이었다.

고작 3초 정도의 짧은 시간에 벌어진 생각지 못했던 광경에, 이안은 어이없는 표정이 되고 말았다.

'이게 피닉스의 고유 능력……?'

피닉스의 정보 창을 확인해 봐야 알겠지만, 방금 보여 준 고유 능력은 정말 대단한 것이었다.

비록 짧은 시간에 불과하기 때문에 발동 타이밍을 잡기 어렵겠지만, 잘만 사용하면 한 순간에 전장의 판도를 뒤집어 놓을 수 있는 능력인 것이다.

순간적으로 전장에 쏟아지는 모든 공격 스킬들을 무용지물로 만들어 버리니, 전략적으로 뛰어난 활용도를 가진 스킬임이 분명했다.

'갖고 싶다!'

겪으면 겪을수록, 소유욕이 무럭무럭 자라나는 소환수인 피닉스.

하지만 그것과 별개로, 피닉스를 '알'로 만드는 것은 더욱 어려워져만 가고 있었다.

한 방에 모든 기술을 쏟아부어 회복할 시간을 주지 않으려 하였던 것이 이안의 전략이었는데, 그에 완벽히 카운터격인 고유 능력을 가지고 있으니 난감해진 것이다.

'어쩐다……. 이러면 정말 회복 불가를 믿어야 하는 건가?'

첫 번째 전략이 실패로 돌아갔지만, 이안은 결코 낙심하지 않았다.

운용할 수 있는 고유 능력만 수십 가지가 넘었기 때문에, 찾아보면 분명히 길이 있을 것 같았다.

'으, 레미르 님 데려왔으면 좀 쉬웠을 텐데…….'

마법사만이 가지고 있는 몇 가지 고유 능력을 떠올린 이안은, 짧게 한숨을 내쉬었다.

하다못해 기본 마법 중 하나인 타깃팅 슬로우만 걸어 줄 수 있어도, 피닉스의 생명력을 깎는 것이 한결 쉬워질 테니 말이다.

밑에서 이안의 전투를 지켜보던 레무스가 짧게 한숨을 내쉬며 중얼거렸다.

"역시 이안이라고 해도 쉽지 않은 일이었군. 세계수의 품에 있는 피닉스는 무적이라더니, 다 이유가 있는 이야기였어."

레무스는 결코 이안에게 실망한 것이 아니었다.

오히려 이안은, 레무스가 생각했던 것보다 더욱 뛰어난 능력들을 보여 주고 있었다.

단지 세계수의 보호를 받는 피닉스의 생존력이 예상했던 수준을 훨씬 상회하는 게 문제였을 뿐이었다.

하지만 레무스의 의도가 어찌 되었든, 그의 중얼거림을 들은 이안은 자존심이 상하고 말았다.

'내가 포기할 것 같아? 절대 그럴 수 없지.'

이안은 머릿속을 차근차근 정리하며, 지금 피닉스에게 적중시킬 수 있는 단일 공격 스킬들 중 가장 강력한 것들을 떠올려 보았다.

'떡대라도 데려왔으면 어비스 홀을 활용해 보는 건데……. 아니지, 방금 보여 줬던 피닉스의 고유 능력이 발동하면 어비스 홀도 흡수되어 버리겠어.'

하지만 아무리 생각해 보아도, 지금 이안이 활용할 수 있는 단일 공격 스킬들 중에는 헬라임의 다크 비전만 한 녀석이 없었다.

스킬들의 계수가 높은 것은 차치하고라도, 헬라임의 레벨이 파티에서 압도적으로 높았기 때문이었다.

'헬라임이 가진 고유 능력들을 최대한 활용해 봐야겠어.'

이안의 머리가 빠르게 회전하기 시작했다.

어쨌든 결론을 내렸으니, 그 안에서 최대한 가능성 있는 시도를 해 봐야 했다.

'다크 비전, 어둠의 역습 그리고 체인?'

헬라임의 고유 능력들을 떠올리던 이안의 두 눈이 갑자기 크게 확대되었다.

"그래, 그거야!"

순간적으로 기막힌 생각이 떠올랐기 때문이었다.

이안의 시선이, 뿍뿍이의 위에 올라 타 있는 루가릭스를 향해 휙 움직였다.

"루가릭스, 너 더미Dummy 소환할 수 있지?"

그리고 이안의 물음에, 루가릭스가 의아한 표정으로 반문했다.

"더미라면 당연히 소환할 수 있어. 더미조차 소환하지 못하는 흑마법사는 대륙에 존재하지 않겠지. 한데 그건 왜 묻는 거야?"

더미는 마치 '허수아비'같은 것이라고 할 수 있었다.

이것은 흑마법사로 전직하자마자 얻게 되는 가장 기초 소환술로, 스킬을 발동시킨 대상과 비슷한 생김새를 가진 소환물을 바로 옆에 소환해 내는 기술이었다.

하지만 대상과 닮은 모조품을 소환한다고 해서, 능력치까지 복제되는 것은 아니었다.

더미가 복제할 수 있는 것은 오로지 대상의 생명력.

때문에 더미는, 언데드를 많이 소환할 수 없는 초보 흑마법사들이 시간을 벌거나 임시 탱커가 필요할 때 쓰는 마법이었던 것이다.

게다가 이 더미에는 커다란 약점이 있었다.

더미에게는 적아敵我에 대한 판단 능력이 없기 때문에, 시스템상 '중립'의 존재로 인식되는 것이다.

때문에 적에게 딱히 어그로를 끌 수도 없으며, 심지어 아군의 광역 스킬들에 맞아도 피해를 입는 무능력한 존재인 것.

그러나 이안이 떠올린 '기막힌 생각'의 포인트는 바로 여기에 있었다.

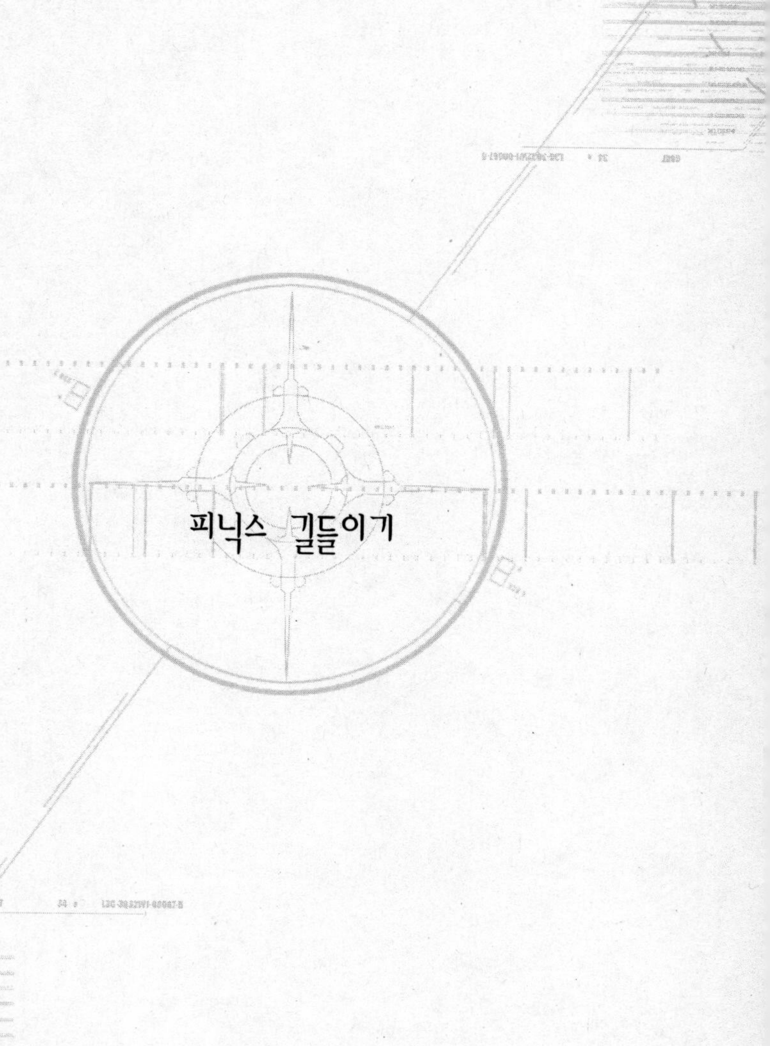

피닉스 길들이기

Taming
Master

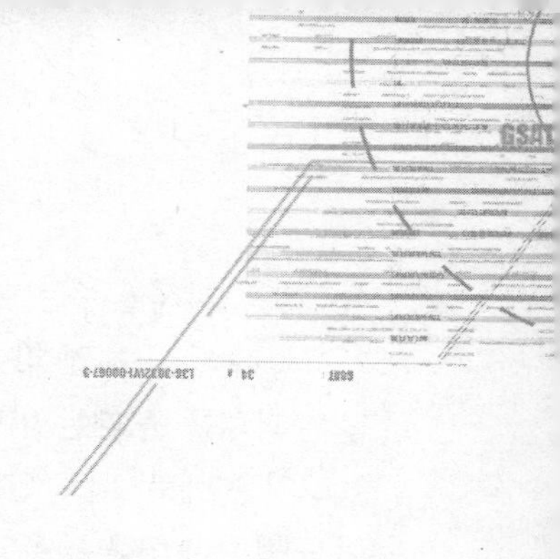

마법사 유저라면, 아니, 카일란과 같은 RPG 게임을 한 번이라도 제대로 플레이해 본 사람이라면 누구나 알 법한 유명한 마법이 하나 있다.

그것은 바로 체인 라이트닝Chain Lightning.

전격계 마법사라면 응당 가지고 있을 법한 이 체인 라이트닝 마법은, 전류를 쏘아 내어 대상에게 피해를 입히는 공격마법이다.

하지만 이 체인 라이트닝이 다른 논타깃 공격 스킬들과 다른 점은, 쏘아진 전류가 피격하는 대상이 하나에 그치지 않는다는 점이었다.

체인chain이라는 말 그대로, 여러 대상을 타고 움직이며 연속적으로 피해를 주는 마법이 바로 이 기술인 것.

그렇다면 이 체인 라이트닝 스킬이 특정 대상에게 최대한 많은 피해를 줄 때는 어떤 경우일까?

그것은 바로, 더도 말고 덜도 말고 딱 두 개체의 공격 대상이 근접하여 있을 경우였다.

대상이 두 개밖에 존재하지 않기 때문에, 힘을 전부 잃을 때까지 계속해서 번갈아 가며 피해를 주게 되는 것이다.

그리고 이안의 가신인 헬라임이 가지고 있는 고유 능력 중에 하나가, 바로 이 체인 라이트닝과 흡사한 발동 방식을 가지고 있었다.

이름만 떠올려도 바로 알 수 있겠지만, 그 스킬의 이름은 '체인 다크펄스Chain Darkpulse'였다.

'크, 왜 이 생각을 못 했을까?'

지금 이안이 상대해야 하는 대상은 '피닉스' 단 하나였다.

때문에 원래대로라면, 이 체인 다크펄스는 제대로 된 위력을 발휘할 수 없다.

주변에 다른 대상이 없다면, 다크펄스는 튕겨 나가는 대신 소멸하고 말 것이기 때문이었다.

그래서 이안이 생각해 낸 방법이 바로, 기초 흑마법 중 하나인 더미.

피닉스를 복제하여 바로 옆에 더미를 만들어 놓고, 그와 동시에 체인 다크 펄스를 쏘아 보내는 것이었다.

'다크 펄스의 최대 공격 횟수가 10회니까…….'

다크 펄스는 피닉스와 더미를 오가며 10회의 피해를 전부 입힌 뒤에야 사라질 것이었고, 피닉스는 연속으로 다섯 번의 어둠 피해를 입게 되는 것이다.

이렇게 되면 헬라임은, 다크 펄스를 발동시켜 입힐 수 있는 이론상 최대의 피해를 피닉스에게 입히게 된다.

그리고 여기서 끝이 아니었다.

헬라임의 고유 능력들 중 이안이 가장 잘 써먹고 있는 능력인 다크 비전.

다크 펄스가 피닉스에게 닿는 횟수만큼, 다크 비전의 괴랄한 단일 공격이 연속으로 피닉스의 머리 위에 떨어져 내릴 것이었다.

'좋아, 이 정도면 생명력이 오백만이 아니라 천만이라도 순식간에 지워 버릴 수 있겠어.'

빠르게 생각을 정리한 이안은 곧바로 실행에 옮기기로 했다.

"루가릭스, 버프 다시 걸어 줘!"

"알겠다. 다크니스 블레싱!"

위이잉-!

이안의 주변으로, 예의 그 어두운 기운이 피어올랐다.

이어서 이안의 시야에, 두 줄의 메시지가 떠올랐다.

-어둠의 신룡 '루가릭스'가 '다크니스 블레싱' 고유능력을 발동합니다.

–일시적으로 '어둠' 속성의 추가 공격력을 얻었습니다.

그것이 스킬 연계의 시작이었다.

피핑– 핑–!

깨끗한 소리와 함께, 너댓 발의 화살이 피닉스를 향해 쏘아졌다.

'자, 한 대만 맞아라!'

그리고 이미 한번 성공했던 공격이라 그런지, 이안의 화살은 어렵지 않게 피닉스에게 명중했다.

퍼퍽.

끼요오–!

깃털 사이를 파고드는 화살을 느꼈는지, 피닉스가 성난 목소리로 이안을 노려보며 울부짖었다.

하지만 그런다고 해서, 이안이 주춤할 리는 없었다.

"헬라임, 다크 비전!"

"알겠습니다, 주군!"

화르륵–!

조금 전에 그랬듯이, 헬라임의 신형이 허공에 녹아들더니 순식간에 피닉스의 바로 앞에 나타났다.

이어서 헬라임의 대검이 피닉스의 위에 떨어졌다.

콰득– 콰쾅–!

여기까지는 조금 전의 스킬 연계와 다를 바 없는 순서였다.

하지만 이제부터가 문제였다.

지금부터는 단 한 번의 실수도 하지 않고, 스킬을 연계해 내야 이안이 생각한 완벽한 그림을 그려 낼 수 있었다.

"루가릭스, 더미! 헬라임, 체인 다크펄스!"

헬라임은 하늘을 날 수 있는 재주가 없다.

때문에 다크 비전을 명중시킨 후, 바닥으로 낙하할 수밖에 없었다.

그 말인 즉 피닉스와의 거리가 멀어진다는 소리였고, 헬라임의 장기인 평타를 넣을 수 없다는 이야기였다.

하지만 허공을 격해서 어둠의 기운을 쏘아 보내는 스킬인 다크 펄스라면 이야기가 달랐다.

거리가 벌어지기 전 최대한 가까운 위치에서 다크 펄스를 쏘아 보낸다면, 이동속도가 빠른 피닉스도 피해 내기 힘들 것이기 때문이었다.

하지만 이안은 더욱 완벽을 기하기 위해, 다크 펄스의 타깃을 피닉스가 아닌 더미에게로 지정했다.

콰아아아-!

'체인'류의 논 타깃 마법의 경우, 첫 번째 대상만 맞추고 나면 다음 대상부터는 타깃팅 스킬처럼 들어가기 때문이다.

피닉스의 바로 옆에 소환된 채, 허공에서 가만히 날갯짓을 하고 있는 복제품 더미.

체인 다크펄스가 향한 곳은 바로 그곳이었고, 한 위치에 가만히 고정되어 있는 더미를 맞추지 못할 이유는 전혀 없었다.

스하아아-!

헬라임이 쏘아 보낸 다크 펄스가 더미를 관통하자 음산한 소리가 울려 퍼졌다.

이어서 이안의 눈앞에, 새로운 시스템 메시지가 떠올랐다.

–가신 '헬라임'의 고유 능력 '체인 다크펄스'가 발동하였습니다.

–가신 '헬라임'이 '더미'에게 치명적인 피해를 입혔습니다!

–'더미'의 생명력이 3,782,681만큼 감소합니다.

그리고 당연한 이야기겠지만, 어둠의 기운이 향한 다음 타깃은 바로 옆에 있던 피닉스였다.

스하앗-!

순식간에 많은 스킬들이 발동되었지만, 여기까지의 상황이 전개되는 데 걸린 시간은 채 1초도 안 되는 찰나의 시간이었다.

다크 비전을 맞춘 뒤 낙하하기 시작한 헬라임의 신형이 아직까지도 바닥을 향해 떨어지는 중이었으니 말이다.

그런데 이안은 조금 전과 달리 낙하하는 헬라임에 을 신경 쓰지 않고 있었다.

원래대로라면 바닥에 떨어지기 전, 핀이나 카르세우스를 컨트롤해 헬라임을 받아 주었을 이안이었다.

한데 헬라임의 신형은 속절없이 떨어져 내려가고 있었고, 이안의 소환수들은 그쪽에 신경조차 쓰고 있지 않았다.

그렇다면 이안이 헬라임이 받을 낙하 대미지를 까먹은 것일까?

그것은 당연히 아니었다.

이안의 시야에 기다렸던 메시지가 떠올랐고…….

–가신 '헬라임'의 고유 능력 '체인 다크펄스'가 '피닉스'에게 치명적인 피해를 입혔습니다!

–'피닉스'의 생명력이 1,891,340만큼 감소합니다.

그 즉시 이안의 오더가 이어졌다.

"헬라임, 다크 비전!"

파하앗–!

시커먼 연기가 솟아오르며, 바닥으로 낙하하는 듯 보였던 헬라임의 신형이 허공에서 그대로 사라졌다.

더미에서 튕겨 나간 체인 다크 펄스가 피닉스에게 적중되었고, 덕분에 어둠피해가 다시 한 번 묻은 것이다.

그 말인 즉, 헬라임이 다크 비전을 또 한 번 사용할 수 있게 되었다는 이야기.

스하아.

어느새 순간 이동한 헬라임의 검이, 피닉스의 머리 위로 또 한 번 떨어져 내렸다.

콰쾅– 쾅–!

–가신 '헬라임'의 고유 능력 '다크 비전'이 발동하였습니다.

–가신 '헬라임'이 '피닉스'에게 치명적인 피해를 입혔습니다!

–'피닉스'의 생명력이 2,874,621만큼 감소합니다.

이안의 화살이 피닉스의 몸에 틀어박힌 순간부터 지금까지의 시간은 고작 1~2초 남짓.

그 사이에 틀어박힌 대미지는 거의 750만에 육박하는 어마어마한 수준이다.

이안의 화살이 입힌 피해는 미미한 수준이었지만, 다크 비전 두 방에 다크 펄스까지 들어갔으니 말이다.

하지만 그 2초 사이에 세계수가 회복시킨 피닉스의 생명력도 만만치 않았다.

750만의 피해를 입혔음에도 불구하고, 아직까지 피닉스의 생명력이 가득 차올라 있었던 것이다.

그러나 이안은 무척이나 득의어린 표정을 하고 있었다.

세계수의 안에 있는 '생명의 구슬'의 생명력 게이지를 확인했기 때문이었다.

–생명력 : 2,175,120/5,000,000

피닉스의 생명력만 본다면 조금의 피해도 입히지 못한 것 같이 느껴질 수 있지만, 실상은 막대한 피해를 입힌 것이나 마찬가지였다.

줄어들기 무섭게 엄청난 속도로 회복되는 생명의 구슬 게이지가, 절반 이하로 떨어져 있으니 말이다.

물론 지금 이 순간에도 생명의 구슬은 차오르고 있었다.

하나 이안의 공격 또한 끝난 것이 아니었다.

스하앗– 스하하하–!

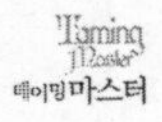

체인 다크펄스가 피닉스에게 입힐 다섯 번의 피해 중, 이제 고작 한 번의 피해를 입혔을 뿐이니까.

끼아아오오!

피닉스의 입에서 고통에 찬 비명이 흘러나왔다.

그리고 다음 순간, 이안의 눈앞에 연속적으로 메시지가 떠오르기 시작했다.

-가신 '헬라임'의 고유 능력 '체인 다크펄스'가 '피닉스'에게 치명적인 피해를 입혔습니다!

-'피닉스'의 생명력이 945,670만큼 감소합니다.

-가신 '헬라임'의 고유 능력 '다크 비전'이 발동하였습니다.

-'피닉스'의 생명력이 2,874,621만큼 감소합니다.

-가신 '헬라임'의 고유 능력 '체인 다크펄스'가…….

체인 다크펄스가 튕겨 나올 때마다, 여지없이 하늘에서 떨어져 내리는 헬라임의 묵빛 대검.

체인 다크펄스의 위력은 한 번 튕길 때마다 절반으로 줄어 큰 피해를 입히지 못했지만, 그것은 전혀 상관이 없었다.

어차피 메인 대미지는, 연속해서 떨어져 내리는 다크 비전의 몫이었으니 말이다.

그리고 헬라임의 네 번째 다크 비전이 떨어져 내렸을 때였다.

끼요오오오-!

절대로 잦아들지 않을 것만 같았던 시뻘건 피닉스의 불길이 까맣게 죽어 가기 시작했다.

화르르륵.

그것을 확인한 이안이, 두 주먹을 불끈 뒤며 쾌재를 불렀다.

"좋았어!"

이안의 머릿속 가상의 공간에서 구상되었던 대로, 완벽하게 재현된 그림 같은 스킬의 연계.

핀과 버금갈 정도로 커다란 몸집을 가진 피닉스가 점점 작아지기 시작하더니, 이내 타원 모양의 알이 되어 허공에 두둥실 떠올랐다.

우우웅-!

주황빛의 불길에 휩싸인 채, 은은한 빛을 내뿜는 피닉스의 알.

어느새 임무를 완수한 헬라임은 카르세우스의 등에 올라타 있었고, 이안은 핀을 컨트롤하여 천천히 알에게로 다가갔다.

'크흐흐, 이제 이 녀석도 내 거라고!'

알의 바로 앞까지 다가간 이안은 오랜만에 포획 스킬을 발동시키기 위해 두 손을 뻗었다.

그런데 그때, 지상에서부터 레무스의 다급한 목소리가 들려왔다.

"알을 포획하기 전에 차갑게 만들어야 해!"

그에 화들짝 놀란 이안이 두 손을 멈추고는 아래를 내려다보았다.

"차갑게 만들라고?"

"그래! 알에서 타오르는 불길을 최대한 제압해야 포획이 더 쉬워질 거다!"

"그걸 왜 이제 말해 주는 건데?"

"그야 성공하기 힘들어 보였으니까……."

"칫."

레무스에게 한차례 핀잔을 준 이안이, 뿍뿍이를 향해 오더를 내렸다.

그러자 본체로 현신해 있던 뿍뿍이의 거대한 몸집이 천천히 줄어들기 시작했다.

폴리모프 마법을 사용한 것이다.

그런데 새삼스러운 것은 폴리모프한 뿍뿍이의 생김새가 거북의 형태가 아니라는 점이었다.

"저 알을 얼리면 되는 거냐, 주인아?"

건방진 꼬마아이의 모습이 되어 이안의 앞에 나타난 뿍뿍이.

심연의 드래곤인 뿍뿍이가 냉기 계열의 마법을 사용할 줄 알았기 때문에, 마법을 캐스팅하기 편한 인간의 형태로 폴리모프시킨 것이다.

지능 스텟이 낮은 뿍뿍이의 마법은 위력이 약한 편이었지만, 이런 작은 알을 얼리는 정도는 가능할 것이었다.

"그래, 부탁해."

이안의 말이 떨어지자마자, 뿍뿍이의 양손에서 새파란 한기가 흘러나왔다.

그것은 빙계 마법사의 기본 마법 중 하나인 프리징Freezing.

이름 그대로 대상을 얼리는 마법이었다.

꾸득– 꾸드득–!

서리가 맺히는 소리와 함께, 주홍빛으로 타오르던 피닉스의 알이 점차 하얗게 변해 갔다.

그리고 잠시 후.

"포획!"

무척이나 오랜만에, 이안의 손에서 '포획' 스킬이 발동되었다.

'불사조'라는 명성에 걸맞게 끈질긴 생명력을 보여 준 피닉스.

덕분에 이안은 제법 많은 시간을 소모했으나, 그에 반해 포획은 너무도 쉽게 성공했다.

–신수, '피닉스'를 포획하는 데 성공하셨습니다.

–신수를 포획하는 데 성공하여, 15만 만큼의 명성을 획득합니다.

–'태양의 세계수'가 당신을 인정합니다.

–화염 저항력이 5만큼 증가합니다.

주르륵 떠오르는 시스템 메시지를 보며, 이안은 씨익 미소를 지었다.

"좋았어!"

처음 '피닉스'라는 소환수에 대해 몰랐을 때는, 막연히 핀과 같은 공격형 소환수인 줄로 예상했다.

일반적으로 화염 속성의 소환수가 공격에 특화되어 있는 경우가 많았으니 말이다.

하지만 직접 상대해 본 피닉스는, 결코 단순한 공격형 소환수가 아니었다.

'바람의 가호'를 발동시켰을 때의 할리와 버금갈 정도로 빠른 이동속도에 끈질긴 생명력.

거기에 순간적으로 모든 공격 스킬들을 무효화시키는 특별한 고유 능력까지.

이안은 이 피닉스가 지금 자신에게 딱 필요한 녀석이라고 생각했다.

'공격형 서포터가 하나 필요하긴 했지. 생존력까지 좋으니 금상첨화고 말이야.'

지금 이안의 파티에는 서포팅형 소환수가 둘 존재한다.

그 둘은 바로, 신룡인 엘카릭스와 뿍뿍이.

하지만 그 둘은 피닉스와 확실히 다른 포지션을 가지고 있었다.

뿍뿍이의 경우 탱킹형 서포터였고, 엘카릭스의 경우 후방 지원형이었으니 말이다.

반면에 이 피닉스는 완벽한 공격형 서포터였다.

전장의 최전방에서 강력한 딜을 뿌리며 활약하고, 높은 이동속도와 끈질긴 생명력 덕에 쉽게 죽지 않으며, 한 방에 위기 상황을 반전시킬 수 있는 특별한 고유 능력까지 가지고 있다.

'자, 구체적인 정보 창을 한번 확인해 볼까?'

이안은 실실 웃으며, 포획된 피닉스의 정보 창을 오픈해 보았다.

피닉스

레벨 : 95　　**분류 :** 신수
등급 : 전설　　**성격 :** 쾌활함
진화 가능(봉인)
공격력 : 3,375　　**방어력 :** 1,798
민첩성 : 3,409　　**지능 :** 2,989
생명력 : 933,000/933,300
고유 능력
–꺼지지 않는 불꽃 (패시브)
불사의 상징인 피닉스는, 꺼지지 않는 불꽃과 같이 끈질긴 생명력을 가지고 있다.
*피닉스의 생명력이 매 초당 1퍼센트만큼씩 회복됩니다.
*피닉스의 생명력이 전부 소진되었을 시 '홍염의 알'로 변하며, 일정 시간(46초)이 지나면 부활합니다.
(알의 생명력과 방어력은 피닉스의 능력치에 비례합니다.)
(부활에 필요한 시간은 1레벨 기준 55초이며, 레벨이 10만큼 상승할 때마다 1초씩 감소합니다.)
–태양신의 비호
태양신의 수호신수인 피닉스는 위급할 때 한시적으로 그의 힘을 빌려올 수 있다.

태양신의 비호를 받는 동안 그 누구도 피닉스를 해칠 수 없다.
*지속 시간 동안, 피닉스의 생명력이 초당 30퍼센트만큼씩 회복됩니다.
*지속 시간 동안, 피닉스를 중심으로 반경 50미터 이내에 걸쳐 있는 모든 공격 스킬이 무효화됩니다.
(지속 시간 : 3초)
(재사용 대기 시간 : 10분)
–홍염의 날갯짓
작열하는 화염 속에서 태어난 피닉스는 온몸이 불꽃으로 뒤덮여 있다.
분노한 피닉스가 사납게 날갯짓을 한다면, 사방이 불바다로 변하고 말 것이다.
*피닉스가 크게 날갯짓을 하여 화염을 쏟아냅니다.
*부채꼴 모양으로 전방 30미터의 범위에 강력한 화염 피해를 입힙니다.
(공격력의 950퍼센트만큼의 피해를 입힙니다.)
(적의 화염 저항을 50퍼센트만큼 무시합니다.)
(재사용 대기 시간 : 12분)
–불사조의 분노 (패시브)
화염의 신수인 피닉스는 불같은 성격을 가지고 있다.
만약 피닉스가 분노한다면, 그에게서 살아남기 힘들 것이다.
*피닉스의 생명력이 35퍼센트 이하로 떨어지면, 30초 동안 '분노' 상태가 부여됩니다.
*'분노' 상태일 시, 피닉스의 공격력이 30퍼센트만큼 증가합니다.
*'분노' 상태일 시, 피닉스의 생명력 회복 속도가 두 배만큼 증가합니다.
*'분노' 상태일 시, 피닉스의 일반 공격 사정거리가 세 배만큼 증가합니다.
모든 것을 태워 버릴 수 있는 강력한 화염에서만 태어난다는 전설의 신수이다.
화염의 신수이자 태양신의 수호신수이며, 강력한 공격력과 끈질긴 생명력을 가지고 있다.

전설의 신수답게 화려한 정보 창을 가지고 있는 피닉스.

그리고 당연한 이야기겠지만, 이안이 가장 마음에 든 부분은 '진화 가능'이라는 부분이었다.

'크, 지금도 이 정돈데 진화하면 어떻게 될까?'

진화 가능이라는 문구 옆에 특이하게 '봉인'이라는 글귀가 쓰여 있기는 했지만, 그런 것은 아무 상관없었다.

진화가 가능하기만 하다면, 언젠가는 해낼 수 있을 것이라고 생각했기 때문이었다.

오랜만에 새로운 소환수를 얻은 이안은 진지한 표정으로 피닉스의 정보창을 정독하며 곱씹기 시작했다.

'꺼지지 않는 불꽃이라……. 이름 한번 잘 지었네.'

이안이 상대해 본 결과, 피닉스는 정말 꺼지지 않는 불꽃이라는 말이 어울리는 녀석이었다.

물론 세계수의 생명력 지원이 가장 큰 영향을 미치기는 하였지만, 그것을 감안하더라도 까다로운 녀석임은 분명했다.

'이게 부활 패시브였네. 그나저나 알에서 다시 부활하는데 걸리는 시간은……. 1레벨 기준 55초?'

이안의 머리가 빠르게 회전하기 시작했다.

'1레벨 기준 55초에 10레벨당 1씩 감소면……. 551레벨이 되면 0초가 되는 건가? 뭐지? 이게 말이 돼?'

현재 피닉스가 부활하는 데 걸리는 시간은 46초이다.

피닉스의 알이 크게 튼튼하지 않다는 것을 감안하면, 딱히 사기적이라고 할 수는 없는 능력이다.

하지만 레벨이 오르면 이야기가 달라진다.

이안의 계산처럼, 551레벨이 된다면 부활에 걸리는 시간이 0초까지 내려가 버리기 때문이다.

죽으면 바로바로 부활하는, 진정한 불사조가 되어 버리는 것이다.

쉽게 말해 죽일 방법이 없어지는 셈이다.

이안의 미간에 깊은 골이 패였다.

'카일란 기획 팀이 밸런스를 이렇게 엉망으로 만들었을 리 없는데……. 그렇다고 버그는 아닌 것 같고.'

이안의 생각이 이 패시브가 진정한 힘을 발휘할 시점은, 대충 부활에 필요한 시간이 10초 이내로 줄어들었을 때다.

10초 정도의 짧은 시간이라면, 어지간한 공격력으로는 피닉스의 알을 부술 수 없기 때문이었다.

하지만 여기서 시간이 더 줄어들어서 3초 이내까지 내려가 버린다면, 이건 확실히 오버 밸런스라고 할 만했다.

'분명히 어느 시점까지 내려가면 더 이상 줄어들지 않게 만들어 놨을 건데…….'

잠시 생각하던 이안은, 우선 다음 고유 능력을 향해 시선을 돌렸다.

이것은 지금 고민해 봐야 알 수 없는 부분이었기 때문이었다.

그리고 오버 밸런스라고 한들, 이안의 입장에서는 이득이었으면 이득이었지 손해 볼 것도 없었고 말이다.

'자, 이제 다음 능력을 볼까? 태양신의 비호 이건 아까 발동됐던 그 스킬 흡수 능력인 것 같고…….'

'꺼지지 않는 불꽃'과 '태양신의 가호'.

그리고 '홍염의 날갯짓'까지는 이안이 전투 중에 겪어 보았던 고유 능력이었다.

하지만 마지막 능력인 '불사조의 분노'는, 전투할 때 한 번도 발동되지 않았던 능력이었다.

'그럴 수밖에. 35퍼센트 이하로 생명력이 떨어지는 순간 곧바로 사망해 버렸으니…….'

불사조의 분노가 발동하기 위해서는 피닉스의 생명력이 35퍼센트 이하로 떨어져야만 하는데, 이안이 한 번에 폭발적인 대미지로 생명력을 지워 버렸으니 미처 발동시킬 시간이 없었던 것이다.

때문에 이안은 이 스킬을 더욱 꼼꼼히 읽어 보았고, 다 읽은 뒤에는 더욱 만족스러운 표정이 되었다.

'크, 신수라는 이름이 아깝지 않은 녀석이군.'

이안은 뿌듯한 표정으로 크게 기지개를 켰다.

이제는 이 마음에 쏙 드는 녀석을 소환해 볼 차례였다.

"피닉스, 소환!"

이어서 이안의 눈앞에 새로운 메시지가 떠오르며, 커다란 불새가 모습을 드러내었다.

끼요오오-!

-'피닉스'를 처음 소환하셨습니다. 이름을 지을 수 있습니다.

소환수를 새로 얻을 때면 항상 거쳐야만 하는, 고통스러운 작명의 시간이 찾아온 것이다.

"으……. 맞다. 이름 지어야 되지."

물론 이름을 짓지 않아도 소환하는 데는 문제가 없었지만, 그럼에도 불구하고 작명은 필수에 가까웠다.

소환술사가 고유한 이름을 지어 줬을 때, 소환수와의 친밀도가 훨씬 빠르게 상승하기 때문이다.

물론 애초에 고유한 이름을 가지고 있었던 소환수의 경우에는 제외였지만 말이다.

'엘이나 카르세우스를 얻었을 때는 이런 게 없어서 좋았는데…….'

두 눈을 감은 채 고뇌에 빠진 이안.

그리고 잠시 후, 이안이 자신 있게 입을 열며 피닉스를 불렀다.

"닉! 네 이름은 이제부터 닉이다."

피닉스를 소환하여 이름까지 지어 준 이안은, 다시 녀석을 아공간으로 돌려보냈다.

어차피 98레벨인 녀석이 이 퀘스트를 진행하는 동안 할 수 있는 것은 거의 없었기 때문이다.

게다가 이제 결계를 지나가고 나면 엘리카 왕국의 왕성이기 때문에, 인원을 최소화시켜야 하기도 했다.

왕성으로 들어가기 전 이안이 남겨 놓은 소환수는 총 넷.

엘카릭스와 카르세우스 그리고 라이와 뿍뿍이 정도였다.

몸집이 조금이라도 큰 소환수는 잠입할 때 짐이 될 수 있었기에, 폴리모프할 수 있는 세 드래곤과 라이만 남겨 놓은 것이다.

물론 루가릭스와 헬라임, 그리고 카카는 함께였다.

이안 일행은 거대한 세계수의 뒤쪽으로 빙 돌아 들어갔고, 기둥으로 둘러싸인 공간을 지나자 거대한 성벽이 시야에 들어왔다.

이안이 레무스에게 물었다.

"여기가 엘리카 왕국의 왕성인가?"

"그렇다, 이안. 이쪽으로 오라."

레무스는 선두로 나서며 이안 일행을 인도했다.

그렇게 성벽을 따라 10분 정도 걸었을까?

성벽의 지하로 파고드는 조그만 계단이 나타났고, 그 앞의 공간은 붉은 빛으로 일렁이고 있었다.

레무스가 이안을 향해 다시 입을 열었다.

"여기가 바로 결계다."

그에 이안이 뒷머리를 긁적이며 물었다.

"흠, 결계를 지나기 위해선 피닉스를 다시 소환해야 하는 거야?"

레무스가 고개를 저으며 말했다.

"아니, 그럴 필요 없다. 그대는 이미 피닉스의 주인. 이 결계는 그대를 위해 기꺼이 문을 열어 줄 것이다."

말을 마친 레무스는, 결계를 향해 손짓했다.

이어서 이안은 그 안을 향해 조심스레 다가갔고, 그와 동시에 작은 공명음이 울려 퍼졌다.

우웅- 우우웅-!

둥근 타원을 그리며 조용히 회전하던 붉은 기운들이, 점차 물결처럼 퍼져 나가더니 공간을 벌리기 시작했다.

그리고 이안의 눈앞에, 새로운 시스템 메시지가 떠올랐다.

띠링-!

-'엘리카 왕국의 꼭두각시 II (히든)(연계)'퀘스트가 발동합니다.

엘리카 왕국의 꼭두각시 II (히든)(연계)

지하 뇌옥 던전을 클리어한 당신은, 뇌옥에 갇혀 있던 엘리카 왕국의 국왕 '레무스'를 구출했다.
레무스의 사연을 들은 당신은 그를 도와 엘카릭 왕국의 '꼭두각시' 국왕을 처치하기로 하였고, 레무스만이 알고 있는 비밀 통로를 지나 엘리카 왕성에 도착하였다.
리치 킹 샬리언의 주술에 의해 만들어진 꼭두각시 국왕을 처치하고, 레무스를 다시 왕좌에 앉히도록 하자.

*'꼭두각시 레무스'를 처치하기 전에, 그를 조종하는 어둠의 심령술사들을 먼저 처치해야 합니다. 만약 심령술사를 전부 처치하기 전에 그를 먼저 처치한다면, 샬리언이 꼭두각시 레무스의 죽음을 알아차릴 것입니다.
(처치한 어둠의 심령술사 : 0/5)
*퀘스트가 완전히 끝나기 전에 왕국군에게 발각된다면, 퀘스트에 실패하게 됩니다.
퀘스트 난이도 : SSS
퀘스트 조건 : 전설의 신수 피닉스의 인정을 받은 유저.
엘리카 왕국의 국왕, 레무스의 신임을 얻은 유저.
'라타펠 지하 뇌옥' 던전을 클리어한 유저.
제한 시간 : 없음
*어둠의 성소를 파괴하면 퀘스트가 완료됩니다.
보상 : 레무스와의 친밀도 +10
대마법사의 기록서

띠링—!

—'엘리카 왕성 지하' 던전에 입장하였습니다.

—던전을 최초로 발견하였습니다.

—지금부터 24시간 동안, 던전에서 획득하는 모든 경험치가 두 배로 적용됩니다.

—지금부터 24시간 동안, 던전 보스에게서 아이템을 획득할 확률이 100퍼센트만큼 증가합니다.

—지정된 적을 처치할 시, 경험치를 1,000퍼센트만큼 추가로 획득합니다(지정된 적 : 경비병, 경비대장, 어둠의 심령술사, 꼭두각시 레무스).

결계를 통과하여 들어선 곳은, 어두컴컴한 왕성의 지하

였다.

그리고 눈앞에 떠오른 '최초 발견' 메시지를 보며, 이안은 흡족한 표정이 되었다.

최초 발견으로 인해 기본적으로 적용되는 두 배의 경험치도 만족스러웠지만, 그 아래 나타나 있는 처음 보는 콘텐츠가 무척이나 마음에 든 것이었다.

'이런 식으로 보너스가 붙는 건 처음 보는데……. 지정된 적이라는 게 퀘스트와 관련된 몬스터들을 얘기하는 건가?'

기본적으로 두 배의 경험치가 적용된 상태에서 1,000퍼센트의 추가 경험치가 지급된다 함은, 곧 스무 배의 경험치를 의미했다.

경비병을 한 녀석만 처치해도, 한 번에 스무 명을 처치한 것과 같은 효과를 볼 수 있는 것이다.

물론 이렇게 미친 듯한 보너스 경험치가 책정되어 있는 것을 보면, 경비병의 숫자가 많거나 처치하기 쉽지는 않을 테지만 말이다.

'이 던전 클리어하는 동안 잘하면 400레벨 찍을 수 있겠어.'

399레벨에서 400레벨이 되는 데 필요한 경험치가 워낙 많았기 때문에, 이안은 다른 랭커들에게 레벨이 따라잡힌 상태였다.

때문에 얼른 400레벨을 찍고, 다시 훌쩍 달아나야만 했다.

그리고 이 상황에서 보너스 경험치는 꿀 같은 것이었다.

'보자, 일단 이 구역에는 몬스터가 없는 것 같은데…….'

퀘스트가 퀘스트인 만큼, 조심스레 주변을 살피며 전진하는 이안.

그런 그의 뒤를 바싹 붙어 따라오던 레무스가 낮은 목소리로 입을 열었다.

"통로 끝에 있는 두 개의 문 중 왼쪽 문을 열고 들어가면 된다."

"알겠어."

"내가 왕으로 있을 때는 비어 있던 방이지만, 이제는 어떻게 되었을지 모르니 조심하도록."

레무스의 경고에, 이안은 고개를 끄덕이며 속으로 중얼거렸다.

'당연히 몬스터가 득실거리겠지. 그렇지 않으면 여기가 던전이겠어?'

문의 앞에 도착한 이안은 문을 열기 전에 먼저 루가릭스에게 오더를 내렸다.

"루가릭스, 다크 일루전 좀 띄워 줘."

"알겠다, 이안."

문의 안쪽에 일반적인 몬스터만 있다면 문제될 것이 없겠으나, 경비병들이 있을 것을 대비하여 만전을 기하는 것이었다.

이런 퀘스트에서는 정말 잠깐의 방심이 그대로 퀘스트 실패로 이어지는 경우가 많았기 때문이다.

우우웅-!

루가릭스의 손에서 칠흑같이 어두운 기운이 뿜어져 나오더니, 점점 일행을 감싸기 시작했다.

그리고 잠시 후, 모든 일행의 몸이 그림자처럼 새카만 실루엣으로 변하였다.

-신룡 '루가릭스'가 '다크 일루전'을 발동시켰습니다.

-'루가릭스'를 중심으로 반경 5미터 안에 위치한 모든 파티원들이 인비저블invisible 상태가 됩니다.

-레벨500 이상의 강력한 흑마법사가 아니라면, '다크 일루전'을 꿰뚫어 볼 수 없습니다.

다크 일루전은 전장에서 가끔 전략적으로 쓰이는 흑마법이었다.

상대의 진영보다 고레벨인 흑마법사를 보유하고 있다는 확신만 있다면, 적진의 뒤로 침투하기에 이보다 좋은 마법이 없기 때문이었다.

물론 디텍팅 타워가 도처에 깔려 있는 공성전에서는 무용지물에 가까웠지만 말이다.

'좋아, 이제 슬슬 움직여 볼까?'

이안은 조심스레 철문 앞으로 다가가 슬쩍 문고리를 잡아당겼다.

끼이익-!

그러자 듣기 거북한 마찰음과 함께 낡은 철문이 천천히 열렸다.

그리고 이안의 어깨 위에 앉아있던 카카가, 조금 열린 문 틈 사이로 먼저 쑥 들어가 정찰을 시도했다.

이안에게 시야를 공유해 주기 위해서였다.

'역시, 경비병들이 있군.'

카카의 시야를 통해 보이는 경비병은 총 세 명.

하지만 그들은 무언가를 지키고 있는 모습이 아니었다.

추측컨대 근무 중에 몰래 도망 나와 쉬고 있는 듯한 모습이었다.

스르륵.

다크 일루전으로 모습을 감춘 채 완벽히 문 안으로 들어온 이안은, 통로의 구조를 찬찬히 살폈다.

'저 녀석들을 무시하고 몰래 반대편 통로까지 이동하는 게 가장 쉬운 방법이겠군.'

세 경비병들의 레벨은 440정도.

결코 만만히 볼 수 있는 레벨도 아니었거니와, 함부로 덤벼서는 안 되는 상황이었다.

경비병이 소리를 지르거나 한 녀석이라도 이 공간을 빠져나간다면, 그대로 퀘스트를 실패해야 할 테니 말이다.

문득, 던전의 경험치 보상을 떠올린 이안이 한쪽 입꼬리를 슬쩍 말아 올렸다.

'생각해 보면, 그런 미친 보너스 경험치를 거저 쥐여 줄 리

없는 게 당연하단 말이지.'

무려 '스무 배'라는 엄청난 보너스 경험치의 유혹.

이것은 결국, 유저들로 하여금 퀘스트의 난이도를 자체적으로 상승시키게 하려는 기획자들의 덫과 같은 것이었다.

지금 이안만 하더라도 다크 일루전을 사용해 그냥 지나가면 간단할 구간에서 입맛을 다시고 있으니 말이다.

'역시, 이걸 그냥 지나갈 수는 없겠어.'

소환수들과 헬라임에게 오더를 내린 이안은, 성큼성큼 경비병의 뒤로 다가가기 시작했다.

그리고 그 모습에 당황한 레무스가 다급한 표정으로 이안의 옷자락을 잡아당겼다.

"……!"

소리가 나면 경비병이 알아차릴 수 있었기에 입은 열지 않았으나, 표정만으로도 그의 심정을 알아차릴 수 있는 수준이었다.

사실 퀘스트의 주체인 레무스의 입장에서는, 경비병을 건드리려는 이안이 이해될 리 없는 게 당연했다.

이안은 씨익 웃어 준 뒤, 레무스의 아련한 눈빛을 가볍게 외면했다.

'뭐, 퀘스트만 성공해 주면 될 것 아냐.'

이어서 이안이 내려두었던 오더대로, 소환수들의 스킬이 발동되기 시작했다.

시작은 '엘'의 마법이었다.

"사일런스Silence!"

마법의 이름 그대로, 적을 '침묵'시키는 하위 티어의 빛 속성 보조 마법.

평소 같았더라면 이 사일런스 마법은 경비병에게 시전해봐야 아무 쓸모없는 스킬이라고 할 수 있었다.

창검을 휘둘러 공격하는 경비병들은 '침묵' 상태에 빠진다고 해서 생기는 페널티가 아무것도 없기 때문이었다.

애초에 사일런스라는 마법 자체가 마법을 영창해야 하는 마법사 클래스들을 카운터 칠 때 사용하는 스킬이었던 것.

하지만 쥐도 새도 모르게 경비병들을 처치해야 하는 지금의 상황에서라면, 물리 딜러인 경비병들에게도 사일런스를 걸어 줘야만 했다.

–소환수 '엘카릭스'가 '사일런스' 마법을 시전하였습니다.

–'경비병'에게 약간의 피해를 입혔습니다.

–'경비병'이 '침묵' 상태에 빠집니다.

그리고 그와 동시에, 흑마법사가 가진 최강의 디버프 스킬 중 하나인 '소울 커스Soul Curse 스킬이 발동되었다.'

–어둠의 신룡 '루가릭스'가 '소울 커스' 마법을 시전하였습니다.

–'경비병'의 마법 저항력이 85퍼센트만큼 감소합니다.

–'경비병'의 물리 저항력이 55퍼센트만큼 감소합니다.

–'경비병'의 어둠 저항력이 90퍼센트만큼 감소합니다.

거의 동시에 발동된 두 가지의 디버프 마법.

바닥에 앉은 채 히히덕거리던 경비병들이, 당황한 표정으로 자리에서 벌떡 일어났다.

하지만 그때는 이미 '헬라임'의 고유 능력인 체인 다크펄스가 지척까지 다다랐을 때였다.

스하아아-!

여러 번 들어도 적응되지 않을 정도로 스산한 소리가 허공에 울려 퍼졌다.

그리고 항상 그랬듯, 어두운 기운이 훑고 지나간 자리에는 거대한 묵빛 대검이 떨어져 내렸다.

쾅- 쾅- 쾅-!

일정한 간격으로 정확히 세 번 울려 퍼지는 벼락같은 타격음.

다크 펄스와 연계되어 발동된 헬라임의 다크 비전은, 강력한 어둠의 저주에 걸린 경비병들을 순식간에 지워 버렸다.

"……!"

가장 적은 피해를 입은 한 녀석이 살아남아 도주를 시도하였으나, 그것을 그냥 두고 볼 이안이 아니었다.

촤아악-!

어느새 그의 뒤편에 나타난 이안이, 정령왕의 심판을 휘둘러 그대로 베어 버린 것이다.

쿵-!

새카만 연기를 피워 내며 힘없이 쓰러지는 경비병에 이어서 이안의 시야에 기분 좋은 메시지들이 떠올랐다.

띠링—!

—엘리카 왕성의 '경비병'을 성공적으로 처치하셨습니다!

—'지정된 적'을 처치하셨으므로, 1,000퍼센트만큼의 경험치가 추가로 지급됩니다.

—경험치를 78,752,500만큼 획득하였습니다.

한 녀석당 거의 8천만에 가까운 경험치를 획득한 이안.

일개 경비병을 잡았다고는 믿을 수 없는 어마어마한 경험치량에, 이안의 양쪽 입꼬리가 귀 밑까지 걸려 올라갔다.

엘리카 왕성의 지하는 생각보다 복잡한 구조를 가지고 있었다.

비상시 대피 및 왕성의 방어를 목적으로 설계된 것인지, 레무스의 안내 없이는 적잖이 헤매었으리라 생각될 만큼 길이 어지러웠던 것이다.

그리고 이안은 이 구조물이 무엇인지 깨달을 수 있었다.

'이게 왕성 증축 옵션에 있던 지하벙커인가 보네.'

이렇게 최전방에서 구르고 있기는 하지만, 이안 또한 일국의 '왕'인 신분이었다.

때문에 왕성 증축에 관련된 콘텐츠들을 대부분 알고 있었다.

'비용이 너무 많이 들어서 보류해 두었는데……. 다음 달에 세금이 걷히면 예산을 책정해 봐야겠어.'

일반적인 성이 그렇듯 엘리카 왕성 또한 넓은 범위에 둘러진 외성의 안쪽에 다시 내성이 존재하는 구조였다.

그리고 이 지하 벙커는 외성이 뚫렸을 때 큰 효과를 발휘할 수 있는 방어 시설이었다.

외성과 내성 사이를 적군이 쉽게 지날 수 없도록 지하에서 적을 공격할 수 있도록 만들어 놓은 방어 구조물.

만약 이안이 지하 뇌옥으로부터 시작된 퀘스트들을 진행하지 않았더라면, 로터스의 군대들이 직접 이 방어 시설을 뚫어야 했을 터였다.

아무리 로터스의 군대가 강력하다고 하더라도, 정보가 없는 상태에서 이러한 방어 시설을 마주했더라면 제법 큰 피해가 있었으리라.

어쨌든 왕성의 지하를 통과하는 중에 약간의 수확을 얻은 이안은 다시 퀘스트 진행에 정신을 집중하기 시작했다.

'왕성 지하' 던전에 등장하는 대부분의 몬스터들은 300레벨대의 언데드들로 허약하기 그지없었지만, 간간히 등장하는 경비병들 때문에 한시도 긴장을 놓쳐서는 안 되었기 때문이었다.

특히 450레벨이 훌쩍 넘어가는 '경비대장'의 경우, 처치하는 데 제법 애를 먹어야 했다.

경비대장의 전투 클래스가 탱커인 '기사'에 가까웠기 때문에, 경비병들을 처치할 때처럼 순식간에 해치우기 힘들었던 것이다.

최대한 빠르게 처치하기 위해 디버프란 디버프를 있는 대로 발랐음에도, 경비병을 처치할 때에 비해 세 배 이상의 공격을 퍼부어야 했다.

게다가 경비대장은 보통 경비병들의 엄호를 받고 있는 경우가 많았기 때문에, 처치 난이도로 따지면 열 배는 까다로운 느낌이었다.

콰앙-!

경비대장의 등짝에 창극을 꽂아 넣은 이안이, 낮은 목소리로 투덜거렸다.

"이 짜증나는 놈은 좀 안 나왔으면 좋겠네."

상대하기는 훨씬 까다로운 반면, 주는 경험치는 일반 경비병들의 한 배 반밖에 되지 않는 경비대장.

이안으로서는 피하고 싶은 적인 것이 당연했다.

하지만 이안이 투덜거리는 것과 별개로, 퀘스트는 순조롭게 진행되고 있었다.

'좋아, 적응이 되니 공략 속도도 점점 빨라지는 것 같고.'

기대했던 것에는 조금 못 미치지만, 경험치도 제법 쏠쏠히

얻고 있었다.

몬스터의 숫자가 일반 던전의 절반 정도밖에 되지 않음에도, 경험치 버프량이 워낙 큰 덕분이었다.

그렇게 한 시간 정도 왕성의 지하를 쑤시고 다녔을까?

레무스를 따라 움직이던 이안 일행의 앞에, 뻥 뚫린 높은 공간이 나타났다.

지상은 물론, 왕의 내성까지 이어진 듯 보이는 높다란 계단실.

이안이 레무스를 향해 물었다.

"이 계단으로 올라가면 되는 건가?"

그리고 잠시 뜸을 들이던 레무스가 천천히 고개를 끄덕이며 대답했다.

"맞아, 이 계단을 타고 맨 위층까지 올라가면 된다. 여기부터가 본격적인 왕성의 내부라고 할 수 있지."

"그렇군."

간결하게 대답한 이안이, 성큼성큼 걸음을 옮기기 시작했다.

하지만 그때, 레무스가 그의 앞을 막으며 고개를 저었다.

"잠깐!"

"음? 왜 그러지?"

"그냥 올라가면 그대로 고슴도치가 되어 버리고 말 테니까."

이안이 미간을 살짝 찌푸리며 다시 물었다.

"함정이라도 설치되어 있는 거야?"

레무스가 고개를 끄덕이며 대답했다.

"맞다. 이 계단실에는 기관장치가 설치되어 있지."

이어서 레무스는, 손가락을 뻗어 계단실의 반대편에 있는 커다란 철문을 가리켰다.

"저기 저 문 안쪽에, 기관의 작동을 멈출 수 있는 관리실이 있다."

"그래? 그럼 저 안으로 들어가야겠네."

이안은 대수롭지 않은 표정으로 가던 걸음을 돌려 철문을 향했다.

그리고 그 순간, 이안의 눈앞에 새로운 시스템 메시지가 떠올랐다.

–강력한 어둠의 기운이 느껴집니다.

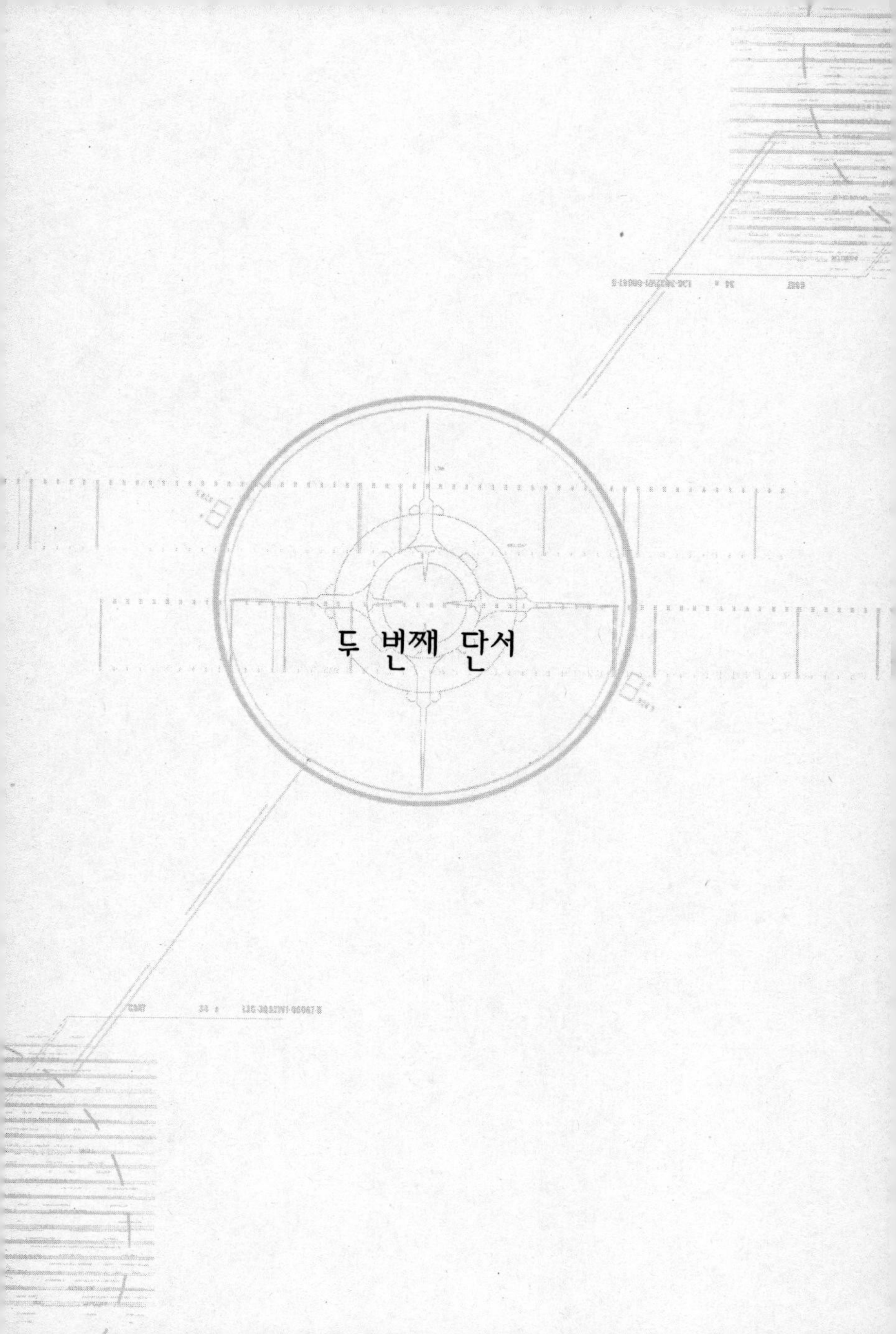

두 번째 단서

Taming
Master

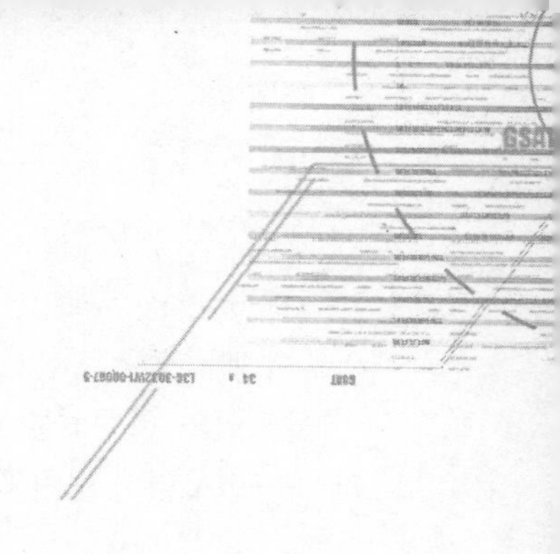

강력한 어둠의 기운이 느껴진다는 시스템 메시지가 떠오르자마자, 철문 안쪽에서 새카만 어둠의 기운이 뿜어져 나왔다.

순간적으로 놀란 이안은 걸음을 멈춘 채 주춤하였고, 옆에 있던 레무스가 두 눈을 크게 뜨며 탄식했다.

"이, 이럴 수가……!"

레무스가 탄식하는 이유를 모르는 이안이, 그에게 물었다.

"왜 그래, 레무스?"

잠시 동안 아무 말 없이 퍼져 나오는 어둠의 기운을 응시하던 레무스의 입이 천천히 열리기 시작했다.

"라데우스, 이건 분명 라데우스의 힘이다."

"라데우스……라고? 그게 누군데?"

이안의 물음에, 잠시 몸을 부르르 떨던 레무스가 입술을 깨물며 대답했다.

"샬리언의 하수인들 중 하나이자, 과거 우리 엘카릭 왕국의 대마법사였던 남자."

"음……?"

"그러니까, 이안 그대가 뇌옥에서 처치했던 라카메르를 생각하면 된다. 라데우스는 라카메르의 사형이기도 하니 말이다."

"……!"

'라카메르'라는 말에, 이번에는 이안 또한 당황하지 않을 수 없었다.

아무리 이안이라 하더라도, 혼자서 라카메르 급의 어둠술사를 상대하는 것은 버거운 일이었으니 말이다.

'여기에 등장했다면 보스 몬스터는 아니겠고……. 에픽 몹으로 등장한 건가?'

카일란에서는 같은 등급에 같은 레벨의 몬스터라고 하더라도, 던전 안에서 어떤 포지션으로 등장하느냐에 따라 전투력에 차이가 있다.

때문에 라데우스가 라카메르보다는 조금 약할 테지만, 그래도 부담되는 것은 사실이었다.

'어쩌지. 퀘스트만 아니었어도 한번 해볼 만했을 텐데.'

일단 이안은, 가장 중요한 한 가지 사실을 확인해 보기로 했다.
"레무스."
"음?"
"혹시 '라데우스'라는 녀석, 꼭두각시 왕을 조종하고 있다는 심령술사 중에 한 명이야?"
만약 라데우스가 심령술사 중 한 명이라면, 빼도 박도 못하고 무조건 싸워야만 하는 상황이다.
때문에 이안은 우선 그것부터 물어본 것이었다.
이안의 물음에, 조금 놀란 표정이 된 레무스가 고개를 저으며 대답했다.
"아니, 라데우스는 심령술사가 아니다. 그들은 내성의 더 깊숙한 곳에 있지."
"그렇군. 다행인 건가……."
"그런데 심령술사의 존재는 어떻게 알았지?"
레무스가 놀란 것은 당연한 일이었다.
그는 아직 이안에게 심령술사에 대해 이야기해 준 적이 없었기 때문이었다.
'퀘스트 창'의 존재를 모르는 NPC로서는 놀라는 것이 당연한 것.
이안은 그에 대해 대충 얼버무리고는, 화제를 돌렸다.
"아무래도 다른 방법을 찾아야 할 것 같다, 레무스."
"다른 방법이라면……?"

"저 기관실에 들어가는 건 무리인 것 같다. 지금 상황에서 라카메르만큼 강력한 어둠술사를 상대하는 것은 리스크가 너무 커."

그에 라데우스가 고개를 끄덕이며 대답했다.

"확실히…… 그대의 말이 맞는 것 같군."

이안의 말이 이어졌다.

"내성으로 진입할 수 있는 다른 길은 없을까?"

이안의 질문을 들은 레무스는 생각에 잠겼다.

"흐음, 다른 길이라……."

그런데 그때, 이안의 귓전에 생각지 못했던 메시지가 울려 퍼졌다.

띠링-!

-'명왕의 목걸이 파편(A)(봉인)' 아이템이 어둠의 기운에 감응하기 시작합니다.

-거대한 어둠의 힘이 당신을 감지합니다.

-돌발 퀘스트가 발생하였습니다!

"……!"

이어서 이안의 눈앞에 새로운 퀘스트 창이 떠올랐다.

라데우스의 야망(히든)(돌발)

리치 킹 샬리언의 하수인이자, 과거 엘리카 왕국의 대마법사였던 라데우스.

그는 샬리언의 힘에 굴복하여 그의 하수인이 되었지만, 한 가지 커다란 야망을 가지고 있었다.
언젠가 흑마법으로 샬리언을 뛰어넘고 그를 굴복시켜, 리치 킹의 모든 것을 빼앗으려는 원대한 계획.
하지만 어둠의 신 카데스마저 타락시킨 샬리언은 점점 더 강력하게 성장했고, 라데우스의 야망은 멀어져만 갔다.
하여 라데우스는 샬리언 몰래 금단의 비술을 연성하기로 결심했다.
샬리언은 자신 외에 다른 누군가가 리치 킹이 되는 것을 결코 용납하지 않을 것이기 때문이었다.
라데우스는 인적이 드문 엘리카 왕성 구석진 곳에 숨어들어, 샬리언의 눈과 귀를 피해 '리치 킹'이 되기 위한 연구를 시작했다.
샬리언만큼 강력해지는 것은 쉽지 않겠지만, 적어도 벌어진 차이를 많이 메울 수 있으리라 생각한 것이다.
라데우스는 천재적인 머리를 가지고 있었고, 때문에 그의 비술은 오래지 않아 완성되었다.
하지만 비술이 완성되었음에도 불구하고, 그는 리치 킹이 되지 못했다.
결정적인 문제가 하나 있었기 때문이었다.
리치 킹이 되기 위해서는 리치 킹의 영혼을 담을 수 있을 만한 강력한 어둠의 그릇이 필요한데, 그것을 만들기 위한 재료를 구하지 못한 것이다.
인간계에는 존재하지 않는 강력한 어둠의 집약체.
리치 킹의 영혼을 담을만한 영혼의 그릇을 만들기 위해서는, 순도 높은 어둠의 힘을 가진 재료가 필요했다.
하여 라데우스는 직접 '명계'에 들어가 어둠의 재료를 구하고자 했다.
때문에 그의 사제인 '라카메르'까지 동원하여, 흩어진 '명왕의 목걸이 파편'들을 찾기 시작했다.
파편을 전부 모아 명왕의 목걸이를 완성하면, 명왕을 소환하여 명계로 가는 길을 인도받을 수 있기 때문이다.
그런데 지금, 라데우스가 당신에게서 명왕의 힘을 발견했다.
때문에 그는, 어떻게든 당신에게서 목걸이 파편을 빼앗으려 할 것이다.
라데우스를 처치하고, 그의 위험한 욕망을 저지하라.

퀘스트 난이도 : SSS
퀘스트 조건 : '명왕의 목걸이 파편' 아이템 보유.
'라타펠 지하 뇌옥' 던전을 클리어한 유저.
제한 시간 : 25분
*라데우스를 처치하면 퀘스트가 완료됩니다.
*거부할 수 없는 퀘스트입니다.
***보상 :** '명왕의 목걸이 파편(B)(봉인)'
라데우스의 스컬 완드.
어둠의 영혼석.

전혀 예상하지 못했던 타이밍에, 갑작스럽게 등장한 새로운 퀘스트.

'돌발'이라는 말 그대로 기습적으로 등장한 퀘스트였으나, 그 안에 담긴 내용들은 간단한 것이 아니었다.

때문에 이안은, 시간이 많지 않음에도 불구하고 퀘스트 창을 정독해서 읽어 내려갔다.

'역시, 내 예상이 맞았어!'

이 돌발 퀘스트를 등장하게 한 원인인, '명왕의 목걸이 파편' 아이템.

명계로 가는 길목을 지키는 파수꾼인 '명왕'을 소환할 수 있다는 이 목걸이는, 이안이 짐작했던 대로 명계로 갈 수 있는 단서였던 것이다.

처음 그리퍼에게 들었을 때는 어떻게 가야 할지 막막하기만 했던 '명계'라는 곳이, 숨겨진 퀘스트들을 진행하면서 조금씩 수면 위로 떠오르기 시작했다.

"후, 이렇게 된 이상 다른 방법은 없는 건가?"

낮은 목소리로 중얼거리며, 천천히 기관실을 향해 걸음을 옮기는 이안.

놀란 레무스가 이안을 만류하려 하였지만, 그는 움직이다 말고 그대로 굳을 수밖에 없었다.

어느새 기관실의 문을 열고 나온 라데우스가 이안의 앞에 나타나 있었기 때문이었다.

이안이 정령왕의 심판을 고쳐 쥐며 라데우스를 향해 입을 열었다.

"네가 라데우스인가?"

새하얀 백발에 기다랗게 늘어뜨린 하얀 수염.

그와 상반되는 온통 새카만 로브를 입은 남자가 살짝 놀란 표정으로 입을 열었다.

"그렇다, 나는 라데우스. 네놈은 어떻게 나를 알고 있는 거지?"

샬리언의 하수인이 된 이후 라데우스는 음지를 벗어난 적이 없었다.

때문에 라데우스는, 자신을 알아본 이안이 신기했던 것이다.

하지만 이안이 대답하기도 전, 라데우스는 자신의 물음에 대한 답을 찾아낼 수 있었다.

"레무스, 네 녀석이 입을 놀린 모양이로구나."

레무스는 엘리카 왕국의 국왕이었고, 라데우스는 엘리카 왕실의 대마법사였다.

원래대로라면 당연히 라데우스가 존대를 해야 하는 것이 맞는 상황.

하지만 두 사람의 관계는 국왕과 황실마법사 이전에 동등한 관계에서 엘리카 왕국을 세웠던 동료였다.

게다가 엘리카 왕국이 리치 킹의 손에 넘어간 결정적인 이유가 바로 라데우스의 배신이었다.

하니, 지금의 상황에서 두 사람의 관계는 그저 원수 그 이상도 이하도 아닐 뿐이었다.

레무스가 부르르 떨며 라데우스를 향해 입을 열었다.

"놈, 뚫린 입이라고 말은 잘하는구나. 리치 킹의 개가 되어본 소감은 어떠한가."

하지만 라데우스는 레무스의 분노와 비아냥에도 전혀 아랑곳하지 않았다.

오히려 이안의 앞으로 한 발짝 성큼 다가오며, 씨익 웃어 보일 뿐이었다.

"후후, 레무스와 함께 있는 것을 보니 어떻게 된 것인지 감이 오는군."

"뭐가?"

"어째서 일개 인간에 불과한 네놈에게 명왕의 파편이 있는

지 궁금했었거든."

그가 알기로 레무스는 라타펠 영지의 지하 뇌옥 깊숙한 곳에 갇혀 있었다.

그리고 그곳을 지키고 있는 이는, 자신의 사제인 라카메르였다.

한데 레무스가 이안과 함께 이곳에 있다는 이야기는 뇌옥을 지키는 라카메르가 죽었다는 말과 다름없었다.

그렇다면 라카메르를 죽인 것은 바로 이안일 것이고, 그의 손에 명왕의 파편이 들려 있는 것까지 설명이 되는 것이다.

자신을 도와 명왕의 파편을 수집하고 있던 것이 바로 라카메르였으니 말이다.

라데우스의 말이 다시 이어졌다.

"어떤 방법을 사용했든, 내 사제를 이겼다면 보통 녀석은 아니겠군."

라데우스가 분노와 호기심이 섞인 묘한 표정으로 이안을 노려보았다.

하지만 이안은 귀찮을 뿐이었다.

그저 빠르게 진행해서 얼른 이 연계 퀘스트를 모조리 완수하고 싶은 생각뿐.

"아저씨, 생긴 것과 다르게 말이 아주 많네. 난 시간이 별로 없으니까 어서 덤비라고."

그리고 이안의 도발에, 지금껏 크게 감정이 드러나 보이지 않았던 라데우스의 얼굴이 시뻘겋게 달아오르기 시작했다.

"놈, 사제를 이겼다고 눈에 뵈는 게 없는 모양이로구나!"

쿠오오오-!

라데우스의 주변으로 거대한 어둠의 파장이 뿜어져 나오기 시작했다.

대충 보아도 무척이나 강력한 힘이 느껴지는 라데우스의 모습.

하지만 어째서인지 이안의 표정은 오히려 종전보다 편안해 보였다.

'발각될 걱정을 할 필요가 없다면, 한바탕 싸워 보는 것도 나쁘지 않겠지.'

이안이 퀘스트 창을 통해 얻은 정보는 '명왕의 목걸이'가 명계로 가는 단서라는 사실뿐만이 아니었다.

그 안에는 라데우스와 관련된 스토리가 담겨 있었고, 덕분에 그가 이곳에 있는 이유까지 파악할 수 있었던 것이다.

퀘스트 창의 내용대로라면 라데우스 또한 리치 킹의 눈을 피해 이곳에 숨어 있는 것이었고, 그렇다면 적어도 이 계단실만큼은 경비병들의 이목으로부터 안전한 곳이라는 얘기였으니 말이다.

이안은 피식 웃으며 라데우스를 한차례 더 도발했다.

"안타깝지만 네놈이 가지고 있는 다른 파편도 내가 접수해야겠어."

"……!"

"나도 명계에 좀 볼일이 있어서 말이지."

라데우스의 두 눈이 크게 확대되었다.

이안의 말 속에는 평범한 '인간'이라면 절대로 알 수 없는 정보들이 여러 가지 담겨 있었기 때문이었다.

"내 예상보다도 훨씬 위험한 놈이었군."

고오오오-!

라데우스가 지팡이를 치켜들자, 그의 주변으로 거대한 어둠의 소용돌이가 몰아치기 시작했다.

둥글게 회오리치던 어둠의 기운은 점점 흩어졌고, 이어서 작은 덩어리가 되어 하나 둘 형상을 만들어 갔다.

데스나이트를 비롯해 다크골렘과 스켈레톤 등 이안이 지금까지 질리도록 보아 왔던, 각종 언데드들의 모습.

그런데 그 어둠의 형체들 중, 이안조차도 처음 보는 의문의 그림자가 하나 모습을 드러내었다.

'이놈은 대체 뭐지?'

마치 스켈레톤처럼 온통 뼈로 이루어진 몸을 가진 몬스터.

하지만 스켈레톤과 비교하기 미안할 정도로 어마어마하게 거대한 몬스터가 이안의 앞에 나타났다.

거의 떡대와 비견될 정도의 어마어마한 크기에, 화려한 문양이 새겨진 짙푸른 빛깔의 갑주를 걸친 해골 거인.

이안은 녀석의 머리 위에 떠 있는 이름을 확인해 보았다.

–스컬 자이언트 킹 : Lv 475

딱 봐도 무척이나 단단해 보이는 몸체에, 번쩍거리는 판금 갑옷까지 둘둘 감은 거대 스켈레톤.

라데우스의 특이한 소환수는 온몸으로 자신이 '탱커'임을 어필하고 있었다.

이안은 그에 대한 호기심이 일었지만, 더 이상 생각할 겨를이 없었다.

곧바로 전투가 시작되었기 때문이다.

'흠, 저 라데우슨지 뭔지 하는 녀석을 잡고 나면 뭐라도 알 수 있겠지.'

퀘스트의 보상으로 명시되어 있는 '라데우스의 스컬 완드'와 '어둠의 영혼석'.

그 둘 중 하나가 왠지 저 녀석과 관련되어 있을 거라는 추측을 하며, 이안은 창을 휘두르기 시작했다.

콰광– 쾅–!

잠입을 위해 소환 해제해 두었던 소환수들까지 전부 소환한 이안은, 빠르게 몸을 움직여 라데우스를 향해 접근했다.

소환물들이야 처치해 봐야 다시 소환해 내는 것이 어둠술사들의 특징이었으니, 본체를 먼저 건드려 봐야 공략법이 나오기 때문이었다.

물론 어둠술사인 라데우스는 이안의 접근을 쉽게 허용하

지 않았지만, 산전수전을 다 겪은 이안에게는 대부분 예상했던 스킬 패턴이었다.

할리를 타고 라데우스의 지근거리까지 다가간 이안이, 라데우스의 다크 실드를 깨부수며 입을 열었다.

"쩝, 넌 왜 어둠의 심령술사가 아닌 거냐?"

이안의 뜬금없는 물음에 라데우스가 어이없는 표정으로 되물었다.

"놈, 그게 무슨 말이냐?!"

"아니, 경험치가 아까워서 그러지."

"……?"

이 와중에도, 라데우스가 스무 배의 경험치 보너스를 주는 심령술사가 아닌 것이 아쉬운 이안이었다.

전투는 시간이 갈수록 격렬했지만, 라카메르 때보다는 확연히 수월히 진행되고 있었다.

라데우스가 약했기 때문은 아니었다.

그는 충분히 강력한 에픽 몬스터였지만, 일반적인 어둠술사에 비해 딱히 차별되는 능력을 가지고 있지 않았던 것이다.

쉽게 말해, 스텟만 월등한 어둠술사를 상대하는 느낌이랄까.

그리고 라데우스가 아무리 강력한들, 이미 꿰고 있는 패턴에 당할 정도로 이안의 컨트롤은 녹록하지 않았다.

"엘, 드라고닉 배리어!"

"알겠어요, 아빠!"

이안은 딜이 집중된다 싶으면 배리어를 통해 흡수해 버리고, 소환물은 쌓이기를 기다렸다가 광역 마법을 한 번에 발동시켜 쓸어 버렸다.

"뿍뿍이, 카르세우스, 브레스! 핀, 분쇄!"

콰아아아─!

언데드라면 이제 이골이 날 정도로 상대해 온 이안의 능숙한 공격에, 라데우스는 속수무책으로 당할 수밖에 없었다.

"이, 인간 놈 주제에……!"

이를 부득부득 갈아 보지만, 라데우스로서는 뾰족한 방법이 없었다.

스텟이 아무리 높아 봐야 뭘 해 보기도 전에 족족 차단당하니, 거의 농락당하는 수준으로 속절없이 생명력이 깎여 나가는 것이다.

라데우스가 활용하는 스킬의 패턴이 죄다 이안의 예측범위 안에 있었던 것.

다만 이안의 예상을 벗어나는 부분이 있다면, '스컬 자이언트 킹' 이라는 조잡한(?) 이름을 가진 언데드의 생명력이 생각보다 어마어마하다는 부분이었다.

'뭐, 이리 미친 소환수가 다 있어? 이거 완전 고기방패. 아니, 뼈 방패잖아?'

스컬 자이언트 킹은 덩치에 걸맞게 무척이나 둔한 움직임을 가지고 있었다.

공격 패턴도 엄청나게 단순했으며, 심지어 가지고 있는 고유 능력도 한두 개밖에 없는 듯 보였다.

'자가 회복 패시브에 액티브는 도발 스킬 하나 정도. 뭐 이런 무능한 소환수가 다 있지?'

물론 이안과 소환수들에 집중 공격을 당하는 데도 불구하고 버텨 내는 엄청난 생명력만큼은 이안으로서도 인정할 만했다.

하지만 그뿐이었다.

이런 스타일의 소환수는 이안이 가장 싫어하는 부류였다.

'후, 저런 녀석만 데리고 게임하라고 하면 재미없어서 하루 만에 접어 버리고 말겠어.'

너무 느려터진 데다 활용할 스킬조차 없어서, 컨트롤이라곤 하고 싶어도 할 수 없는 소환수였다.

어쨌든 남의 소환수를 속으로 열심히 씹어 대는 와중에도 이안은 맹활약을 펼쳤다.

"크르르, 영혼 잠식!"

"크르륵, 크아아오!"

–소환마수 '크르르'의 고유 능력 '영혼 잠식'이 발동하였습니다.

–파괴의 발록 '크르르'가 허약해진 영혼(잔여 생명력 5퍼센트 미만)의 잠식을 시도합니다.

–언데드 '스켈레톤 워리어 (Lv.433)'의 영혼을 잠식하는 데 성공하였

습니다!

–언데드 '다크 레이스 (Lv.425)'의 영혼을 잠식하는 데 성공하였습니다!

–언데드 '데스 나이트 (Lv.452)'의 영혼을 잠식하는 데 성공하였습니다!

……중략……

–총 11개체의 영혼을 잠식하였습니다.

–영혼잠식이 지속되는 동안, 대상은 발록의 명령에 의해 움직이게 되며, 모든 공격 능력이 30퍼센트만큼 강화됩니다. 또, 발록이 사망할 때까지 '무적' 상태가 지속됩니다.

다수와의 전투에서 항상 강력한 힘을 발휘하는 크르르의 '영혼 잠식'이 펼쳐졌으며…….

"라이, 메이지들부터 처치해 줘!"

"알겠다, 주인!"

'펜리르의 분노'에 '어둠 잠식' 고유 능력까지 발동시킨 라이가 후방에서 서포팅하던 스켈레톤 메이지들을 잘라 내었다.

"키에에에엑!"

"펜리르를 막아!"

그리고 모든 소환수들이 고유 능력을 쏟아부은 결과, 이안은 예상했던 것보다도 더욱 쉽게 돌발 퀘스트를 마무리할 수 있었다.

"크윽, 인간 따위에게 당하다니……!"

마지막 남은 생명력까지 모두 소진되어, 힘없이 주저앉는 라데우스.

이안은 분한 표정을 하고 있는 녀석을 가볍게 비웃어 주었다.

"저런 멍텅구리 소환수를 데리고 다니니까 나한테 지는 거야, 짜샤. 딱 봐도 통솔력 엄청 들어가게 생겼구만, 저런 걸 대체 왜 키우는 거야?"

바닥에 힘없이 쓰러진 채 부서져 있는 스컬 자이언트 킹을 가리키며, 이안은 고개를 절레절레 저었다.

한편 이안의 조롱에 더욱 분한 표정이 된 라데우스는 씩씩거리며 대꾸했다.

"크윽, 나라고 저런 녀석을 키우고 싶어서 키운 줄 아는가!"

"엥, 이건 또 무슨 소리래?"

"어떤 멍청한 대장장이 놈이 최상의 재료를 가지고 저런 쓰레기를 만들었기에, 재료가 아까워 데리고 있었을 뿐이다!"

"뭐?"

전혀 예상치 못했던 라데우스의 답변에 이안은 반사적으로 반문했다.

하지만 이안은 더 이상 그의 대답을 들을 수 없었다.

생명력이 완전히 소진된 라데우스가, 그대로 소멸해 버렸기 때문이었다.

띠링-!

-'라데우스의 야망(히든)(돌발)' 퀘스트를 성공적으로 클리어하셨습니다!

-'명왕의 목걸이 파편(B)(봉인)' 아이템을 획득하셨습니다.

–'라데우스의 스컬 완드(전설)' 아이템을 획득하셨습니다.

–'어둠의 영혼석(전설)' 아이템을 획득하셨습니다.

퀘스트를 완료하고 꼭 필요했던 명왕의 목걸이 파편까지 손에 넣었지만, 이안은 개운한 표정이 아니었다.

라데우스가 했던 알 수 없는 말들에 담긴 정보들을 알아내고 싶었기 때문이었다.

'뭐지? 대장장이? 그럼 저 자이언트 스컬 어쩌고를 직접 만들었다는 얘긴가?'

온통 의문투성이인 라데우스의 이야기들.

그런데 그때, 이안의 뇌리에 번뜩 스치는 것이 하나 있었다.

라카메르의 분노 퀘스트를 완수하고 얻었던, '어둠의 뼛조각 꾸러미' 아이템이 떠오른 것이다.

'맞아! 뼛조각을 조립해서 소환수를 만들어 낼 수 있는 아이템이 있었지!'

제대로 완성하기만 하면 통솔력을 들이지 않고도 부릴 수 있는, 활용하기에 따라 엄청난 가치를 가진 소환수를 얻을 수 있는 특별한 아이템.

그리고 이 스컬 자이언트가 뼛조각 꾸러미로 만들어진 소환수라면 통솔력도 필요하지 않았을 테니, 라데우스 입장에서는 쓰지 않을 이유가 없었을 것이었다.

"하, 그나저나 내 뼛조각 꾸러미도 이런 쓰레기로 탄생하면 곤란한데……."

쓰러져 있는 거대한 해골 거인에게 다가간 이안은, 그를 발로 툭툭 차며 고개를 절레절레 저었다.

그런데 그 순간, 이안의 눈앞에 생각지 못했던 새로운 시스템 메시지가 떠올랐다.

띠링—!

—'어둠의 영혼석' 아이템을 보유하고 있습니다.

—'어둠의 영혼석' 아이템을 사용한다면, 쓰러진 언데드 소환수에게 어둠의 생명력을 부여할 수 있습니다.

—살아난 소환수는 유저에게 귀속되며, 당신의 명령을 따를 것입니다.

—'스컬 자이언트 킹' 소환수를 되살리시겠습니까? (Y/N)

—소환수를 한 번 되살리면, '어둠의 영혼석' 아이템은 소멸됩니다.

메시지를 전부 읽은 이안은 거의 반사적으로 고개를 저으며 아이템 사용을 취소했다.

"어후, 내가 미쳤냐? 한 번뿐인 기회를 이런 고물을 되살리는 데 쓰게."

그러자 이어서 두 줄의 메시지가 추가로 떠올랐다.

—'어둠의 영혼석' 아이템 사용을 취소하셨습니다.

—'스컬 자이언트 킹' 소환수가 완전히 소멸합니다.

이안은 헛웃음을 지으며 고개를 절레절레 저었다.

하지만 덕분에 라데우스로부터 방금 얻은 아이템인 '어둠의 영혼석'이 어떻게 사용되는 아이템인지 알 수 있게 되었다.

'다음에 좀 좋아 보이는 언데드 소환수와 싸우게 되면 써

먹어야겠어.'

아직까지는 '스컬 자이언트 킹'과 같은 케이스를 처음 본 이안이었지만, 어쩐지 앞으로는 자주 만나게 될 것 같았다.

인간계에서는 볼 수 없을 것 같았지만, 차후 '명계'에 가게 되면 많이 보게 될 거란 생각이 든 것이다.

언젠가는 이 어둠의 영혼석을 사용해도 아깝지 않을 정도로, 마음에 드는 소환수가 나타날 것이 분명했다.

"후, 이제 좀 더 안으로 들어가 볼까?"

기관실에 들어가 레버를 내린 이안은, 조심스러운 발걸음으로 계단실을 걸어 올라갔다.

그리고 라데우스와의 전투를 위해 소환했던 소환수들은, 원래 세팅해 두었던 멤버들을 제외하고 전부 아공간으로 돌려보냈다.

이제부터는 정말 왕성의 핵심적인 구역에 진입하게 될 것이기 때문이다.

"이제 조금만 더 힘내면 된다, 이안. 라데우스조차 처치한 그대라면, 심령술사들 따위는 어렵지 않게 제거할 수 있을 것이다."

레무스의 격려에, 이안이 피식 웃으며 가슴을 팡팡 쳤다.

"알겠어, 나만 믿으라고."

그리고 레무스의 호언처럼, 심령술사들은 라데우스에 비해 무척이나 허약한 존재들이었다.

이안은 어렵지 않게 다섯 명의 심령술사들을 전부 처치해 내었고, '꼭두각시 레무스'가 있다는 왕의 거처까지 순조롭게 이동할 수 있었다.

'이거 너무 쉬운 거 아냐? 그래도 트리플S 난이도 퀘스트인데……. 라카메르 퀘랑 너무 비교되잖아.'

하지만 이안의 생각은 잘못된 것이었다.

이안이 이 퀘스트를 쉽게 클리어할 수 있었던 이유는, 어디까지나 500레벨의 흑마법사나 다름없는 루가릭스와 함께 했기 때문이었으니 말이다.

엘리카 왕성 내에는 심령술사들을 제외하고도 450레벨이 넘는 흑마법사들이 수두룩했고, 만약 루가릭스가 아닌 다른 흑마법사와 함께했다면 그들의 눈을 피하기 무척이나 힘들었을 것이었다.

유저들 중에는 그 어떤 흑마법사도, 아직 400레벨조차 넘은 이가 없었으니까.

어쨌든 왕의 거처에 도착한 이안은, 긴장의 끈을 놓지 않은 채 퀘스트의 종착역을 향해 다가갔다.

그리고 그곳에는, 퀭한 눈을 한 채 용포를 두르고 있는 또 한 명의 레무스가 왕좌에 앉아 있었다.

-꼭두각시 레무스 : Lv ?

'이제 저 녀석만 처치하면 되는 건가?'

녀석을 확인한 이안은 속으로 침음성을 삼켰다.

레벨이 비공개 처리되어 있는 것이 라데우스보다 강력한 상대일 것 같았기 때문이었다.

게다가 던전 자체를 예상보다 너무 쉽게 뚫고 들어왔으니, 마지막 보스로 보이는 이 녀석이 더욱 강해보일 수밖에 없었다.

조심스레 그를 향해 걸음을 떼는 이안.

그런데 그때, 이안의 뒤쪽에 서 있던 레무스가 불쑥 튀어나오며 검을 뽑아 들었다.

"마지막은…… 내게 맡겨 줄 수 있겠나?"

"응?"

"저 녀석은 나의 영혼의 일부를 긁어 내어 만든 어둠의 분신이라네. 흑마법사들의 용어로 더미라고도 부르더군."

"에?"

더미라는 이야기는, 아무런 전투 능력도 갖지 못한 허수아비라는 소리.

이안이 당황하는 동안 성큼성큼 녀석에게로 다가간 레무스가 뽑아 든 검을 크게 휘둘렀다.

콰아아악-!

경쾌하게 울려 퍼지는 파공성과 함께 힘없이 왕좌에 앉아 있던 '꼭두각시 레무스'가 새카만 잿빛으로 변하고 말았다.

이안은 멍한 표정으로 그 광경을 지켜보고 있을 뿐이었다.

'어…… 그러니까…… 이게 끝이야?'

그리고 검에 맞은 꼭두각시 레무스가 채 쓰러지기도 전, 이안의 시야에 퀘스트의 완료를 알리는 시스템 메시지들이 주르륵 떠오르기 시작했다.

–'엘리카 왕국의 꼭두각시(히든)(연계)' 퀘스트를 성공적으로 완수하셨습니다!

–명성을 30만 만큼 획득하셨습니다!

–경험치를 597,089,812만큼 획득하셨습니다!

……중략……

–레벨이 올랐습니다. 400레벨이 되었습니다.

–최초로 400레벨을 달성하셨습니다.

–명성이 70만 만큼 증가합니다.

–'소환술사의 탑' 탑주인 '바그너'가 당신을 찾습니다.

이안의 시야에 수많은 메시지가 떠올랐다.

하지만 그중에서도 가장 눈에 띄는 것은 역시 '최초'라는 두 글자짜리 단어였다.

'후후, 역시 내가 처음인가?'

카일란에서는 비공개 랭커들의 레벨을 절대로 유출하지 않는다.

이렇게 '최초'라는 수식어가 붙지 않는 이상 랭킹 리스트만 가지고는 랭킹 1위를 확신할 수 없는 것이다.

때문에 이 최초는 여러모로 이안을 기분 좋게 만들어 주었다.

'크으, 이제 엘리카 왕국은 다 잡은 고기나 다름없겠고……. 샬리언을 치는 것만 남았군.'

이안이 잠시 생각을 정리하는 사이 가짜 왕을 베어 버린 레무스가 왕좌로 가 자연스레 앉았다.

지금까지의 다소 지질하던 모습과는 달리 제법 일국의 왕다운 분위기를 풍기는 레무스였다.

"고맙다, 이안. 이제 내가 약속을 이행할 차례로군."

그에 이안은 씨익 웃으며 고개를 끄덕였다.

"그래. 부탁해, 레무스. 난 돌아가는 즉시 군대를 움직일 거야."

이안은 레무스와 간단하게 계획을 정리한 뒤, 귀환석을 사용하기 위해 인벤토리를 오픈했다.

이제 로터스 왕국으로 돌아가 본격적으로 군대를 일으킬 시간이 되었으니 말이다.

그런데 그때, 이안의 눈앞에 몇 줄의 새로운 시스템 메시지가 추가로 떠올랐다.

–400레벨이 되었으므로, 위격을 '초월'할 수 있는 최소한의 조건을 충족시켰습니다.

–'용사의 마을'의 촌장 '르보로'를 찾아간다면 '초월자의 시험'에 대해 알려 줄 것입니다.

"어?"

이안의 입에서 자신도 모르게 탄성이 새어 나왔다.

'용사의 마을'이라는 단어가 낯이 익었기 때문이었다.

'카미레스가 줬던 용기사의 징표! 그 중간계에 있다던 마을이잖아?'

게다가 '위격의 초월'이라는 말도 이안에게 반갑기 그지없는 단서였다.

아마 며칠 전이었더라면 이안은 이 말에 대한 의미를 알지 못했을 것이다.

하지만 지금은 이게 무엇을 의미하는 말인지 정확히 알고 있었다.

'중간자!'

이안의 머릿속에, 순간적으로 사흘 전의 기억이 떠오르기 시작했다.

일반적으로 카일란을 플레이하는 유저들의 '퀘스트 창'은 한 바닥 정도 빼곡하게 들어차 있는 경우가 많았다.

레벨이 높은 유저일수록 그런 경향이 더 많았는데, 그 이유는 간단하다.

클리어하기 힘들거나, 혹은 오래 걸리는 퀘스트들이 높은 레벨이 될 수록 많아지기 때문이다.

특히 퀘스트를 귀찮아하는 단순 노가다 족속들의 경우, 퀘스트창을 아예 거들떠보지도 않은 채 죽어라 사냥만 하는 경우도 있다.

물론 퀘스트의 비중이 큰 카일란에서 그런 플레이는 그다지 효율적이지 못하지만 말이다.

하지만 레벨이 최상위급임에도 불구하고 항상 10줄 이하의 깔끔한 퀘스트 창을 유지하는 유저도 있었다.

그리고 그들 중 하나가 바로 이안이었다.

이안은, 퀘스트 창에 'N'이라는 붉은 글씨가 떠올라 있는 것을 병적으로 싫어하는 변태 중 한 명이었다.

'저렇게 떠 있으면 하루 종일 거슬린다니까.'

이안은 짧게 한숨을 내쉬며 고개를 절레절레 저었다.

최근 이안에게는 고민이 하나 있었다.

벌써 몇 주일 이상 훌쩍 지났음에도 불구하고, 아직까지 클리어는커녕 방향성조차 찾지 못하고 있는 퀘스트 하나가 퀘스트 창에 박혀 있었기 때문이었다.

게다가 이것은 이안으로선 절대로 포기할 수 없는 퀘스트였다.

그렇다면 시도조차 해 보지 않았느냐?

그건 당연히 아니었다.

'어떻게 하면 클리어할 수 있을까?'

레무스로부터 받은 '엘리카 왕국의 꼭두각시' 퀘스트를 진행하기 전, 로터스 왕성에서 전투 준비를 하던 이안은 한숨

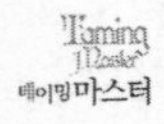

을 푹푹 내쉬었다.

진행 중인 퀘스트는 무척이나 순조로운 상황이었건만, 미뤄 둔 퀘스트가 계속 눈에 밟혔기 때문이었다.

그 퀘스트는 바로…….

어둠의 신룡, 루가릭스 길들이기(히든)(돌발)

제한 시간 : 없음 **난이도 :** SSSSS
상태 : 진행 중
보상 : 어둠의 신룡 루가릭스, '테이밍 마스터' 히든 클래스 티어 상승
(자세히 보기)

신화 등급의 소환수이자, 지금껏 이안이 보아 온 어떤 소환수보다도 강력한 최강의 소환수인 루가릭스.

아직 카일란 역사상 단 한 번도 포획된 적 없는 신화 등급의 소환수를 테이밍해야 하는, 펜타S 등급 난이도의 퀘스트가 이안의 퀘스트 창에 알 박기 되어 있는 것이다.

그러니 이안으로서는 시종일관 그곳이 신경 쓰일 수밖에 없었다.

'N'이라는 글씨에 고정되어 있던 이안의 시선이 슬쩍 옆을 향해 움직였다.

그리고 그곳에는 낯익은 한 쌍의 어린이가 오순도순 놀고 있었다.

둘의 앞에는, 손바닥만 한 크기의 바비인형 같은 것이 놓

여 있었다.
“자, 오빠, 빨리이! 아르나샤 성녀님을 제대로 만들어 달라구!”
“자, 봐! 여기 만들었잖아. 봐, 하얀 사제복에 은빛 스태프까지. 완벽히 재현했는걸?”
“아니, 아니야! 아르나샤 성녀님은 이런 생김새가 아니셨을 거야.”
“음? 그걸 네가 어떻게 알아? 기억도 없다면서.”
“기억은 없지만, 콜로나르 역사서에 기록되어 있다구! ‘그야말로 미의 여신이 강림하신 듯한’이라구.”
루가릭스가 점토를 빚어 정성스럽게 만든, 성녀 ‘아르나샤’의 인형.
루가릭스가 무려 마법까지 동원해 가며 만들어 낸 인형은, 엄청난 퀄리티를 자랑하고 있었다.
거의 ‘하이퍼 리얼리즘’이라 하여도 손색이 없을 정도의 사실감.
하지만 엘카릭스는 인형이 마음에 들지 않는 모양이었다.
“맞아, 성녀 아르나샤는 무척이나 아름다웠지.”
“그런데 이렇게 만들어 놓으면 어떻게 해?”
“왜? 예쁘게 만들었는데? 뭐가 어때서?”
“아르나샤 성녀님이 이렇게 머리가 크셨을 리 없잖아! 머리 크기 좀 줄여 줘, 오빠.”

엘카릭스는 작품 수정을 요구했지만, 루가릭스는 받아들이지 않았다.

"그럴 수 없어."

"어째서?"

"왜냐면…… 이건 아르나샤 성녀의 정체성이거든."

"……?"

"성녀는 아름다웠지만, 정확히 4등신이었어."

"에?"

"있는 그대로를 완벽히 표현한 나의 작품을 고칠 수는 없지."

두 드래곤 어린이의 대화를 들으며, 이안은 고개를 절레절레 저었다.

'쳇, 저 고집 하고는…….'

처음 '루가릭스 길들이기' 퀘스트를 받았을 때, 이안은 무척이나 막막했었다.

하지만 '엘'이라는 든든한 조력자를 얻은 뒤로는 퀘스트가 무척이나 순조롭게 풀려 나가기 시작했다.

소환수를 테이밍하기 위한 가장 기본적인 조건인 '친밀도'를 엘카릭스 덕에 빠른 속도로 올릴 수 있었던 것이다.

그리고 바로 몇 시간 전.

이안은 루가릭스와의 친밀도가 MAX수치가 되었다는 메시지를 확인했고, 드디어 테이밍을 시도하기에 이르렀다.

테이밍 마스터 클래스의 티어 상승과 신화 등급의 소환수 루가릭스라는 어마어마한 보상에 대한 기대감에 부풀어서 말이다.

"루가릭스."

"이안, 불렀어?"

"넌 정말 훌륭한 드래곤인 것 같아."

"물론이지. 난 어둠의 신룡이니까."

"그렇다면 루가릭스."

"음?"

"네가 보기에 난 어떤 소환술사인 것 같아?"

'답은 정해져 있고 너는 대답만 하면 돼.'라는 뒷말을 대놓고 숨기고 있는 이안의 대사였다.

하지만 단순하기 그지없는 드래곤인 루가릭스는 정해진 대답을 충실히 수행해 주었다.

"이안, 너는 엄청 뛰어난 소환술사야."

"그렇지?"

"적어도 내가 본 인간 소환술사 중에는 가장 뛰어나지."

"후후, 짜식, 보는 눈이 있구만!"

루가릭스를 영입하기 위한 떡밥을 조금씩 깔기 시작하는 이안.

그리고 완벽한 타이밍이 왔다고 생각되었을 때, 이안은 과감히 행동을 개시했다.

"루가릭스, 그……래서 말인데."

"왜 그래?"

"포획, 아니, 내 소환수가 되어 주지 않을래?"

"음?"

"강력한 네 마법과 함께라면 샬리언도 충분히 물리칠 수 있을 것 같아서 말이야."

"물론 그렇겠지."

하지만 그 결과는…….

"그, 그럼 내 소환수가 되어 주는 거야?"

"아니, 그럴 수는 없어."

"왜?"

"나는 '인간'의 소환수가 되고 싶지 않기 때문이지."

"그게 무슨 말이야?"

"나보다 '격'이 낮은 존재의 소환수가 될 수 없다는 뜻이야."

"……?"

루가릭스의 설명은 간단했다.

신룡으로서 차원을 중재하는 자신은 '중간자'의 위격을 가지고 있는데 반해, 이안은 평범한 '인간'이기 때문에 소환수가 되어 줄 수 없다는 것이다.

일전에 루가릭스에게 인간계와 중간계 그리고 천상계에 관한 설명을 어느 정도 들었던 이안은, 루가릭스가 무슨 말을 하는지 어렴풋이 이해할 수 있었다.

"그러니까…… 내가 중간자의 위격을 갖지 못해서 내 소환수가 될 수 없다는 뜻이지?"

"맞아."

"그게 유일한 이유고?"

"응."

하지만 그럼에도 불구하고, 이해되지 않는 부분이 하나 있었다.

"그런데 루가릭스, 차원을 중재하는 '신룡'들은 전부 중간자의 위격을 갖고 있는 거야?"

"맞아."

"그렇다면 엘이나 카르세우스, 뿍뿍이도 중간자의 위격을 가지고 있겠네?"

루가릭스가 고개를 끄덕이며 대답했다.

"응. 영혼의 기억을 잃었기 때문에 온전하지는 않지만, 어쨌든 위격을 가지고는 있지."

"그렇다면, 중간자의 위격이 있다고 해서 인간의 소환수가 될 수 없는 건 아니잖아? 얘들은 이미 내 소환수니까 말이야."

"네 말이 맞아."

루가릭스의 대답에, 이안은 어이없는 표정이 되었다.

"그럼 왜 안 된다는 거야?"

하지만 루가릭스의 다음 말을 듣는 순간, 이안은 할 말을 잃어버리고 말았다.

"그냥. 내 마음이야."

"……?"

"난 적어도 소환술사 '에오스' 정도의 격은 갖추고 있어야 나를 부릴 자격이 있다고 생각하거든."

'에오스'는 이안도 잘 알고 있는 인물이었다.

이안에게 '셀라무스' 부족의 퀘스트를 주었던, 고대의 소환술사.

사막부족의 여덟 절대자 중 하나가 바로 에오스였던 것이다

'에오스? 그가 중간자였나?'

하지만 지금, 사막부족의 절대자가 중간자였다는 사실은 이안에게 크게 중요한 것이 아니었다.

다만 '루가릭스 길들이기' 퀘스트를 성공하느냐 마느냐가 가장 큰 문제였으니 말이다.

"그럼……. 내가 중간자의 위격을 얻으면 내 소환수가 되어 줄 거야?"

이안의 물음에, 잠시 고민하던 루가릭스가 천천히 고개를 끄덕였다.

"음……. 이안, 너 정도의 소환술사라면 자격이 있지. 좋아, 네가 중간자의 위격을 얻는다면 한번 고려해 보도록 하겠어."

이안의 루가릭스 길들이기 1차 시도는 여기까지였다.

그 '위격'이라는 것이 어떤 것인지는 정확히 알 수 없지만, 정해진 룰이 아님에도 불구하고 루가릭스의 뜻이 완고했기 때문이었다.

밑도 끝도 없이 '중간자'가 되어야 한다는 루가릭스의 단순하지만 막막했던 요구.

물론 아직까지도 길을 찾았다고 할 수는 없지만, 이제는 최소한의 '방향성'을 알게 되었다.

이안은 천천히 회상에서 벗어났다.

'레벨 업이 그 단서를 가져다줄 줄이야.'

이안의 한쪽 입꼬리가 슬쩍 말려 올라갔다.

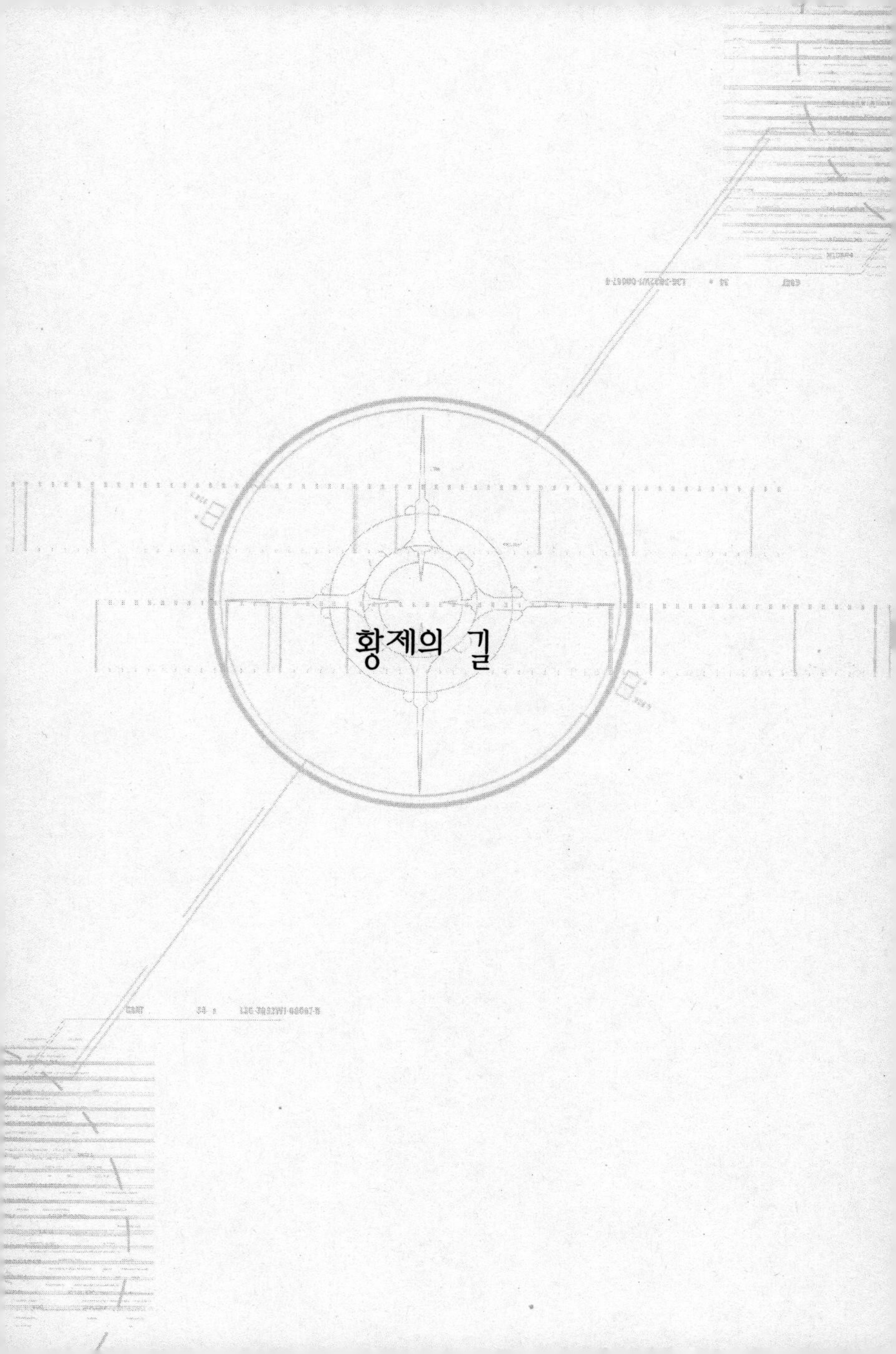

황제의 길

Taming
Master

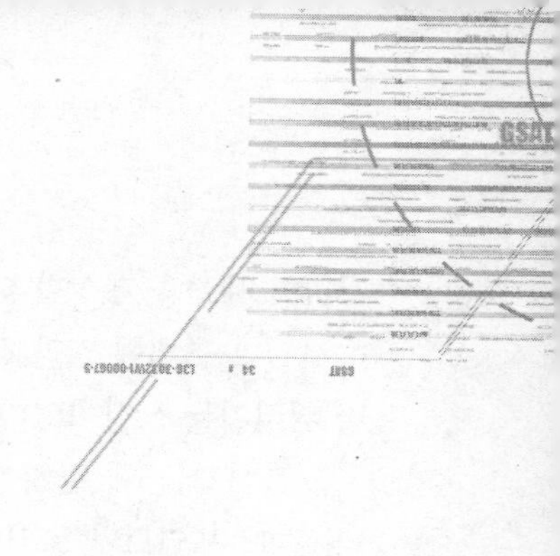

"마스터, 보고드립니다."

"말해 봐, 에밀리."

"방금 세일론으로부터 레프론 왕성 점령에 성공했다는 연락이 왔습니다."

"그렇군. 이로서 첫 번째 정복 전쟁은 마무리된 건가?"

"그렇습니다. 왕성 뒤쪽에 남작령급 영지가 두어 군데 남아 있기는 하나, 앞으로 이틀이면 정리될 겁니다."

"그렇겠지."

로터스 왕국이 콜로나르 대륙 동부의 패자라면, 서부에는 그에 필적할 만한 힘을 갖춘 타이탄 왕국이 있다.

길드 랭킹 또한 로터스와 1, 2위를 엎치락뒤치락할 만큼,

강력한 세력을 형성한 타이탄 길드.

사실 2~3개월 전만 하더라도, 타이탄 길드는 로터스에 제법 뒤쳐지는 상황이었다.

그런데 최근에 갑자기 성장세가 급물살을 타기 시작하더니, 길드 포인트가 로터스를 앞질러 버린 것이다.

그렇다면 타이탄 길드는, 빠른 성장세를 보이고 있는 로터스 길드를 어떻게 따라잡은 것일까?

그것에 대한 답은 바로, 주변 환경에 있었다.

타이탄 길드가 왕국을 세운 위치의 입지가, 로터스에 비해 많이 유리했던 것이다.

'서남부에 자리를 잡은 건 정말 탁월한 선택이었어.'

현재 콜로나르 대륙의 북동부에는, 샬리언의 영향으로 인해 강성한 세력을 갖춘 왕국들이 즐비했다.

현재 로터스 왕국이 전면전을 펼치고 있는 엘리카 왕국부터 시작해서, 그 동쪽과 서쪽에 자리 잡고 있는 이카룬과 라마리스 왕국까지.

그 왕국 하나하나가 로터스나 타이탄에 필적할 만큼 강력한 세력을 가진 왕국들이었던 것이다.

반면에 리치 킹의 퀘스트로부터 상대적으로 자유로운 서남부에는, 비교적 약소국들이 포진되어 있다.

덕분에 타이탄 길드는 신나게 정복 전쟁을 펼칠 수 있었다.

그리고 길드 포인트를 가장 많이 올릴 수 있는 콘텐츠가 바로 정복 전쟁이었다.

영지의 숫자가 하나 늘어나는 것만큼 길드 점수가 많이 올라가는 것은 없었으니 말이다.

샤크란이 에밀리를 향해 천천히 입을 열었다.

"에밀리, 현재 로터스의 정복 전쟁 상황은 어느 정도 진척이 됐지?"

샤크란의 물음에 에밀리가 곧바로 대답하였다.

로터스 왕국과 관련된 정보는 언제나 1순위였기에, 길드에 들어오는 모든 정보를 관리하는 그녀로서는 기계처럼 대답이 나오는 게 당연했다.

"산술적인 비율로 계산하자면 절반 정도 진행이 됐어요."

"산술적? 그게 무슨 의미지?"

"그러니까, 엘리카 왕국을 구성하는 총 서른여덟 곳의 영지 중에서 로터스가 정확히 열아홉 곳을 수복하였다는 이야기죠."

"그냥 절반이라고 하면 되지 굳이 '산술적'이라는 단어를 쓴 이유를 묻는 거야."

"그것은……."

잠시 뜸을 들인 에밀리가 지도의 한쪽을 가리키며 다시 입을 열었다.

"이곳과 이곳. 라타펠 영지와 엘리카 왕성 등 뚫기가 무척이나 난해한 요새들이 많이 남아 있기 때문이에요."

"음?"

"특히 라타펠 영지는…… 어지간한 공작령 이상의 방어력을 갖추고 있죠."

"그러니까 남아 있는 영지들의 방어력이 뛰어나기 때문에, 실질적인 진척 상황은 절반 이하라는 이야기군."

"그렇습니다, 마스터. 절반은커녕 전 3할 정도라고 보고 있어요."

"흐음, 이것 참 희소식이로군."

로터스의 성장이 정체되어 있다는 것은, 타이탄 길드의 입장에서 그 무엇보다도 반가울 수밖에 없는 호재였다.

로터스 말고는 딱히 타이탄 길드에 견줄 만한 곳이 없기 때문이었다.

로터스가 정체되어 있는 동안 최대한 빨리 세력을 확장시켜 '제국' 선포의 조건을 만들어 내는 것이, 지금의 타이탄 길드에게는 급선무라 할 수 있었다.

'제국 콘텐츠만 선점한다면, 다시 로터스와 차이를 벌릴 수 있겠지.'

인벤토리를 열어 옥새를 꺼낸 샤크란이 그것을 만지작거리며 흐뭇한 미소를 지었다.

왕국 콘텐츠를 선점한 것은 로터스가 먼저였지만, 제국 선포를 가장 먼저 하는 길드는 타이탄이 될 것이었다.

모든 정황이 그렇게 말해 주고 있었으니 말이다.

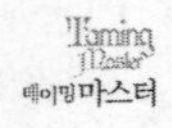

로터스 왕성의 꼭대기에 자리한, 화려한 왕의 집무실.

그리고 그 왕좌에는 한 사내가 앉은 채로 꾸벅꾸벅 졸고 있었다.

당연한 이야기겠지만, 남자의 이름은 이안이었다.

―'왕좌의 권능' 효과가 발동합니다.

―피로도가 0.5만큼 회복됩니다.

―포만감이 0.2만큼 회복됩니다.

……중략……

―'왕좌의 권능' 효과가 발동합니다.

―피로도가…….

이안의 시야 한쪽 구석에 일정 간격으로 떠오르는 시스템 메시지들.

왕좌의 권능은 일국의 '왕'에게만 주어지는 소소한 특권 같은 것이었기 때문에, 이안은 이것을 종종 애용했다.

'졸릴 때 앉아서 피로도나 회복시키면 꿀이라니까.'

카일란에서 피로도는 컨트롤 '감도'에 영향을 준다.

즉, 캐릭터가 유저의 움직임을 따라가는 반응 속도와 같은 개념인 것이다.

'피로도'는 그 존재조차 아예 느끼지 못하는 유저가 있을 정도로 게임 플레이에 미미한 영향을 주는 콘텐츠였으나, 이안과 같은 랭커들에게는 달랐다.

약간의 반응 속도 차이가 크게는 생사를 좌우하기도 하고 작게는 사냥 속도에도 영향을 미치기 때문이었다.

해서 랭커들은, 제법 가격이 나가는 소모품들임에도 불구하고 피로도를 회복시켜 주는 음식이나 포션을 항상 구비해서 다녔다.

때문에 10분 정도면 피로도와 포만감을 전부 회복시켜 주는 이 왕좌의 권능 효과는, 은근히 쏠쏠한 이득을 주는 특권이라고 할 수 있는 것이다.

하지만 지금 이안이 이 왕좌에 앉아 있는 것은 그러한 이유 때문이 아니었다.

"하아암."

입을 쩍 벌리며 하품을 한 이안이 시간을 확인했다.

그는 지금 이곳에서 누군가를 기다리는 중이었다.

"그나저나 약속 시간이 다 되어 가는 것 같은데……."

적어도 카일란 안에서만큼은 시간 약속을 무척이나 중요하게 생각하는 이안이었다.

그리고 이안의 중얼거림이 끝나기가 무섭게 방 문이 벌컥 열리며 누군가 들어왔다.

"헉, 헉. 다행히 늦지는 않았군요."

숨을 거칠게 몰아쉬며 방 안으로 들어오는 사내.

염색이라도 한 것인지 샛노란 머리를 한 남자를 보며, 이안이 고개를 절레절레 저었다.

"늦지 않았다니. 늦었거든?"

"에? 약속은 2시 정각 아니었습니까?"

"정확히 25초 늦었어."

"……."

따끔하게 핀잔을 준 이안이 천천히 자리에서 일어났다.

그리고 방의 중앙에 있는 테이블 앞으로, 남자에게 자리를 권하였다.

"앉아. 다음부턴 늦지 말고."

"예? 예……."

식은땀을 삐질삐질 흘리며 자리에 앉는 남자는 다름아닌, 로터스 전속의 BJ인 라오렌이었다.

'후우, 그렇게 갑자기 불러 놓고 25초 늦었다고 핀잔이라니…….'

라오렌은 속으로 투덜거렸지만, 감히(?) 이안에게 그 속내를 내보일 용기는 없었다.

물론 반발한다고 해서 이안이 해코지를 하거나 하는 것은 아니었다.

다만 돈줄이 끊어질 뿐.

이안과 로터스의 전속 BJ 자리를 유지하기 위해서, 이 정도의 핀잔쯤은 대수로운 것이 아니었다.

불만 따위는 1초 만에 잊어버린 라오렌이 두 눈을 반짝이며 입을 열었다.

"형님, 오늘은 또 어쩐 일이신지요?"

이안이 이렇게 개인적으로 부를 때면, 백이면 백 좋은 일이 있기 마련이었다.

가령 채널 구독자 숫자가 한 배 반 증가한다든가 하는, 그런 좋은 일 말이다.

잠시 뜸을 들인 이안이, 은근한 목소리로 입을 열었다.

"딜 하나 하자, 오렌아."

"딜…… 말입니까?"

라오렌의 두 눈이 살짝 확대되었다.

이안은 어지간한 콘텐츠를 들고 오지 않는 이상, '딜'이라는 단어를 쉽게 꺼내지 않는다.

이안이 이렇게 진지한 표정으로 '딜'이라는 말을 꺼냈다는 것은, 생각보다 거물급 콘텐츠를 물어 왔다는 말과 다를 게 없었다.

"그래, 딜이다."

"……!"

말을 마친 이안이, 인벤토리에서 두 장의 종이를 꺼내 들었다.

–'카일란의 계약서' 아이템을 오픈합니다.

LB사가 공증해 주는, 법적 효력이 있는 계약서.

두 장의 계약서를 라오렌에게 넘긴 이안이 씨익 웃으며 입을 열었다.

"A, B. 둘 중 하나 골라서 도장 찍어."

"……!"

그리고 잠시 후, 이안으로부터 계약서를 받아 든 라오렌의 동공이 가늘게 떨리기 시작했다.

계약서의 내용은 무척이나 간단했기 때문에, 읽는 것은 순식간이었다.

이안과 눈이 마주친 라오렌의 입이, 천천히 열렸다.

"이거 0하나 잘못 붙이신 거 아니죠, 행님?"

"그럴 리가. 형 계산 철저한 거 모르냐."

"알죠."

"정확히 5천만 골드. 뒤에 붙어 있는 0은 총 일곱 개다."

"……!"

라오렌은 손에 들린 두 장의 계약서를 다시 한 번 확인했다.

–A : 계약금 50,000,000골드/수익 배분 0:100

–B : 계약금 0골드/수익 배분 30:70

글자 자체는 간단하지만 그 안에 담긴 내용은 결코 간단하지 않은 두 장의 계약서.

라오렌의 머리가 빠르게 회전하기 시작했다.

'5천만 골드면, 대체 얼마야? 지금 골드 시세가 일만 골드당 1만2천 원 정도니까…….'

당장 A계약서에 도장만 찍으면, 무려 현금으로 6천만 원이 앉은 자리에서 생겨나게 되는 것이다.

지금까지 이안과의 계약에서 벌었던 돈이 최대 1천5백만 원 정도였던 것을 생각한다면, 이것은 분명 엄청난 딜이었다.

반면에 B계약서의 경우, 오히려 지금까지의 계약 조건보다 더 나쁜 조건이었다.

라오렌이 이의를 제기했다.

“형 B계약서는 뭔가 이상한데요?”

“뭐가?”

“평소보다 비율이 15퍼센트나 낮잖아요.”

“그렇지.”

“A계약서에 비해 조건이 너무 안 좋은 거 아니에요?”

하지만 이안은 고개를 절레절레 저으며 대답했다.

“아니, 내가 가져온 콘텐츠가 평소보다 훨씬 좋으니까, 당연히 비율이 조정되는 거지.”

“음……!”

이안의 말이 억지라고 반론하기에는, 본인이 직접 내건 A계약서의 조건이 너무도 좋았다.

이안이 자선사업가도 아니고, 콘텐츠의 내용이 좋지 않은데 수익금을 전부 가져가겠다고 ‘5천만 골드’ 라는 거금을 내걸 리는 없기 때문이었다.

때문에 라오렌의 머릿속에서는 갈등이 시작되었다.

‘이거 안전하게 A로 가는 게 맞는 건가……. 아니면 도박

한번 걸어 봐?'

라오렌은 눈을 질끈 감은 채 수지타산을 열심히 계산했다.

이안은 눈을 감은 채 그의 결정을 기다렸고, 라오렌이 다시 입을 열었다.

"형님, 혹시 힌트라도 좀 주시면 안 됩니까?"

"무슨 힌트?"

"가령 이번 방송에 타이틀로 띄울 만한 '가제목'이라든가……."

하지만 이안은 감은 눈을 뜨지도 않은 채 고개를 절레절레 저었다.

"놉. 그러면 재미없지."

"……!"

"네가 계약서 도장 찍는 순간, 곧바로 콘텐츠 오픈한다."

그리고 잠시 후, 라오렌은 결국 눈을 질끈 감은 채 A계약서에 도장을 찍고 말았다.

'후, 그래 쓸데없이 도박하지 말자, 라오렌. 지난번에도 저 형한테 한 번 속았잖아.'

사실 라오렌은 두 장의 계약서를 받는 것이 처음이 아니었다.

다만 이 정도의 극단적인 계약서가 처음이었을 뿐.

나름의 도박(?)도 몇 번 해 봤지만 항상 실패했기 때문에, 이번에는 안전하게 5천만 골드를 택한 것이다.

'그래, 이번에는 저 형 꼬임에 넘어가지 않겠어! 5천만 골드만 해도 충분히 대박이잖아?'

떨리는 손으로 도장이 찍힌 계약서를 집어 든 라오렌이 그것을 이안에게 건네었다.

이어서 그것을 받아 든 이안이, 계약서의 상단에 콘텐츠의 타이틀을 써 내려가기 시작했다.

슥— 스슥.

일필휘지로 계약서의 상단을 채우는 이안의 손길.

그런데 마른침을 삼키며 그것을 지켜보던 라오렌의 두 눈이, 점점 확대되었다.

—켠 김에 엘리카 왕성까지/영지 19개 점령 24시간 컷.

한가롭기 그지없는 어느 주말의 오후.

오랜만에 업무에서 벗어나게 된 나지찬은 게임 방송을 시청하며 휴식을 즐기기로 결정했다.

"역시 카일란은 보는 게 재미지단 말이지."

장시간 카일란 방송을 시청하기 위해 감자칩까지 세 봉지 준비한 나지찬은 얼마 전 구입한 빔 프로젝터를 컴퓨터에 연결했다.

프로젝터를 구매한 이유는 답답한 모니터를 벗어나 대형

스크린으로 카일란 방송을 보기 위해서였다.

나지찬이 선호하는 게임 방송은 TV의 게임 채널에서 나오는 정규 방송이 아니었다.

변수도 많고 콘텐츠도 더욱 다양한, 게다가 특정 유저의 플레이 위주로 시청할 수 있는, 날것에 가까운 인터넷 BJ들의 방송이 나지찬에게는 더욱 재미있었던 것이다.

아그작-!

바삭바삭한 감자칩의 식감을 음미하며 천천히 방송 목록을 살피기 시작하는 나지찬.

그리고 언제나 그랬듯 그의 첫 번째 타깃은 이안의 방송이었다.

'최근에 이안갓 방송을 본 지가 좀 된 것 같은데……. 오늘은 또 뭘 하고 있으려나?'

나지찬은 이안의 일거수일투족을 항상 꿰고 있었지만, 근 일주일 동안은 그러지 못하였다.

그리고 아이러니하게도 그 이유의 제공자가 바로 이안이었다.

'후, 새 콘텐츠 만든다고 피똥 싼 걸 생각하면…….'

심지어 이안 덕분에 생긴 새 일거리는, 아직 마무리되지도 않은 상태였다.

오늘 하루 쉬고 나면 다시 야근 지옥이 펼쳐질 예정이었던 것이다.

이안이 뮤란으로부터 받은 '영웅의 책임' 퀘스트를 완료하기 전에, 즉 이안이 리치 킹을 처치하기 전에, 꼭 완성해 내야만 하는 '유니크 듀얼 클래스' 콘텐츠가 기획 팀에게 생각보다 더 큰 골칫덩이였던 것이다.

"생각 같아서는 퀘스트 실패하라고 고사라도 지내고 싶다."

탁- 타탁- 탁-!

능숙하게 인터넷 방송으로 접속한 나지찬은, 곧바로 검색창에 'BJ 라오렌'을 입력하였다.

'이안'을 검색어로 사용하여 검색하면, 너무 방대한 양의 영상이 쏟아져 나오기 때문이었다.

심지어 이안의 플레이 영상 외에도, 이안과 전혀 관련되지 않은 쓸모없는 영상도 비일비재했다.

가령…….

–이안갓 따라잡기(소환술사 지침서)

–BJ 케인의 이안급 매드무비

……라든가, 심지어는 낚시성 제목도 종종 눈에 보였다.

–이안과의 24시간 파티 사냥

"어? 이안이랑 파티 사냥을 한다고?"

혹해서 클릭해 보면…….

—헐, 님들, 이건 사기죄로 고소각 아님?

—그러게. 당장 고객센터에 문의 때려야겠음.

—ㅋㅋㅋ 왜요. 재밌기만 하구만.

—……이안이랑 파티 사냥이라고 해서 들어왔더니 소환수 이름이 이안일 줄이야…….

소환수나 가신의 이름을 이안이라고 지어 놓고 '이안과의 파티 사냥' 따위의 낚시성 제목을 올려 놓는 BJ가 있을 정도였던 것이다.

하지만 이안의 전속 BJ인 '라오렌'을 검색하여 들어가면 곧바로 이안의 최신 영상을 만나 볼 수 있다.

"라오렌 이 친구는 줄 한번 기가 막히게 잘 섰지……."

나지찬은 피식 웃으며 라오렌의 개인 방송 채널에 곧바로 접속하였다.

방송이 시작된 지 20분도 채 지나지 않은 걸 보니, 앞으로 최소 12시간 정도는 방송을 즐길 수 있을 게 분명했다.

이안이 카일란 접속 후 12시간 안에 게임을 종료할 확률은, 나지찬이 내일 칼퇴근 할 확률과 비슷한 수준이었으니 말이다.

"타이밍 좋고……!"

흡족한 표정으로 쇼파에 몸을 기댄 나지찬은 느긋하게 영상을 시청하기 시작했다.

오랜만에 느끼는 여유인지라, 본격적인 게임 방송이 시작되기 전 송출되는 광고조차도 재밌게 느껴질 지경이었다.

하지만 그것도 잠시…….

"……!"

문득 라오렌의 방송에 걸려 있는 타이틀을 확인한 나지찬은 어처구니없다는 표정이 되고 말았다.

"뭐? 켠 김에 엘리카 왕성까지?"

원래대로라면 방송에 접속하기 전, 타이틀을 확인하지 않는 경우는 흔치 않았다.

하지만 나지찬은 방송의 제목을 보고 들어온 게 아니라 BJ 라오렌의 이름을 보고 들어왔기 때문에, 뒤늦게 타이틀을 확인한 것이다.

"이게 말이야, 방구야? 영지 열아홉 개 점령 24시간 컷이라니."

일반적으로 아무리 허접한 영지라도, 공략하는 데 반나절 정도는 잡아야 하는 게 상식이었다.

로터스의 전력이 막강하다는 사실을 감안하더라도 이것은 말이 되지 않는 수준인 것이다.

"허……."

순간적으로 말문이 막혀 버린 나지찬의 두 눈동자에 깊은 불신이 차올랐다.

'뭐지? 내가 모니터링 하지 않은 사이에 이안갓이 또 무슨 사고를 친 거지?'

불안으로 인해 가늘게 떨리는 나지찬의 동공.

'유니크 듀얼 클래스 완성하려면, 아무리 일정을 타이트하게 잡아도 보름은 더 필요한데……. 이 타이밍에 벌써 엘리카 왕성을 점령하겠다고?'

게다가 계획 자체도 비현실적이기 그지없었다.

24시간 안에 열아홉 개의 영지를 점령하겠다는 말은, 거의 1시간에 한 곳씩 격파하겠다는 의미나 마찬가지다.

기획자인 나지찬이 보기에 이 계획은, 버그성 플레이가 아니고서야 불가능한 계획이었던 것이다.

만약 이 타이틀을 걸고 방송하는 BJ가 라오렌이 아니었더라면 나지찬은 콧방귀를 끼며 넘겨 버렸을 것이다.

그저 어그로를 끌기 위해 허황된 제목을 올려 놓은, 흔하디 흔한 게임 방송이라고 생각하면서 말이다.

하지만 BJ가 라오렌인 이상 이것은 절대로 허투루 생각할 수 없는 방송 제목이었다.

"후우."

짧게 심호흡을 한 나지찬이 광고 하단에 떠 있는 –SKIP 버튼을 클릭했다.

"어디, 이안갓이 또 무슨 미친 짓을 하는지 구경이나 해 볼까?"

스크린 가득 게임 화면을 띄운 나지찬이, 푹신한 쇼파에 몸을 더욱 깊숙이 묻어 버렸다.

아무래도 이번 주말은 소파에서 한시도 엉덩이를 뗄 수가 없을 것 같았다.

여러 번 설명하지만, 엘리카 왕국은 어떤 왕국과 비교해도 그 규모나 세력이 뒤떨어지지 않는 강력한 왕국이었다.

때문에 방송을 시청하는 유저들은, 지금 그들의 눈앞에서 펼쳐지는 '기적'을 도무지 믿기 힘들었다.

—니, 님들. 지금 방송 시작한지 몇 분 지난 거죠?

—정확히 42분 지났음.

—ㄴㄴ 43분 지났음. 내가 정확히 재고 있음.

—그래. 니 똥 굵다.

—아니, 그게 중요한 게 아니고……. 지금 이거 공성전 끝나가는 거 맞죠?

—ㅇㅇ 맞는 듯하네요.

—저기 내성만 파괴하면 끝인 것 같은데, 아직 50분도 안 지났다고요.

—그러니까요. 나도 지금 내 두 눈을 의심하는 중임.

—지난번에 타이탄 길드 공성전 최고 기록이 몇 분이었죠? 2시간 조금 안 됐던 걸로 기억하는데…….

—맞아요. 1시간55분이었나?

—그때도 진짜 엄청나다고 난리였는데, 로터스는 한술 더 뜨네요. 이거 진짜 24시간에 왕성까지 점령할 각 나오나요?

—맞음. 게다가 그때 타이탄에서 점령했던 영지는 이상한 듣보 남작령이었는데, 방금 로터스가 점령한 영지는 심지어 자작령임.

—헐, 그러네. 마이카 영지, 여기 자작령이었네.

—미친; 당연히 남작령인 줄 알았는데…….

BJ 라오렌의 방송의 80퍼센트 정도는, '로터스' 길드, 혹은 '이안'과 관련된 영상이다.

때문에 라오렌의 방송이 오픈되기만 하면, 알림을 설정해 둔 수많은 시청자들이 순식간에 들어차곤 했다.

오픈한 지 30분 정도 지났을 즈음해서 5만 명 정도의 시청자가 모이는 것이 평균 수치.

그런데 오늘은 30분이 지나는 시점에 무려 세 배가 넘는 시청자들이 모여들었다.

어지간한 인기 BJ들이 방송 피크 타임에도 달성하기 힘든 15만 시청자를, 고작 30분 만에 달성해 낸 것이다.

이것은 라오렌으로서도 믿기 힘든 수준이었다.

'와, 씨. 제목 어그로 때문에 어느 정도 예상하기는 했지

만……. 그래도 이건 너무한데?'

라오렌이 땀까지 삐질삐질 흘리며 방송하는 이 순간에도, 시청자들은 미친 듯이 유입되고 있었다.

시청자들에게 추천을 유도해서 방송 랭킹을 올리는 따위의 진행은 할 필요조차 없었다.

각종 커뮤니티를 통해 방송에 대한 정보가 퍼져 나가기 시작하자, 트래픽이 터질 지경에 이르렀기 때문이었다.

개인 방송 홈페이지의 메인에 노출되는 각종 랭킹 순위는 이미 전부 1위를 석권한 지 오래.

라오렌의 머릿속에 불안이라는 감정이 스멀스멀 피어오르기 시작했다.

'이거, 이러다가……. 매출 억대 찍는 건 아니겠지?'

라오렌이 이안으로부터 받은 계약금은 현금으로 환산하면 총 6천만 원 정도.

반면에 수익 분배로 제시받았던 정산 비율은 전체 수익의 30퍼센트였다.

즉, 이번 방송의 매출이 2억을 돌파하지 못해야만 라오렌의 선택이 옳은 선택으로 증명되는 것.

라오렌은 이번 콘텐츠의 매출이 2억을 돌파하는 순간, 매출 1만 원당 1분씩 배가 아파 올 것만 같았다.

'후, 그렇다고 열심히 하지 않을 수도 없는 노릇이고…….'

라오렌은 어질어질한 정신을 가다듬으며 다시 방송에 몰

두했다.

그리고 본인이 해설하면서도, 로터스의 이 미친 공성전에 연신 감탄할 수밖에 없었다.

"아, 이게 뭔가요? 히든 게이트Hidden Gate 좌표는 대체 로터스에서 어떻게 알아낸 거죠?"

"피올란! 피올란의 프로즌 메테오가 떨어집니다! 어떻게 이런 플레이가 가능한 걸까요? 성벽 뒤쪽에 지원 부대가 있는 걸 예측이라도 한 걸까요? 정확히 그 위치에 메테오가 연속해서 세 번 떨어집니다!"

"말씀드리는 순간……. 내성이 전부 파괴됐어요! 자작령 외성부터 내성까지 뚫리는 데 걸린 시간이 정확히 49분이에요! 이 정도면 방어벽이 아니라 고속도로라고 봐야죠!"

침까지 튀겨 가며 해설에 몰입 중인 라오렌.

그의 방송은 항상 열정적이었지만, 오늘은 그 어느 때보다도 흥분한 상태였다.

최상위 랭커들로 구성된 로터스 유저들의 화려한 컨트롤이나 강력한 스킬들도 충분히 놀라웠지만, 그보다 더 놀라운 것은 귀신같은 공성 능력이었다.

기다렸다는 듯 지원부대의 퇴로를 끊어먹으며, 숨겨진 진입로를 찾아 잠입하는 등 로터스의 군대는, 마치 방어성 내부의 사정을 속속들이 아는 듯한 움직임을 보여 주고 있었기 때문이었다.

시청자들의 채팅 창도 폭발 직전이 되었음은 당연한 수순이었다.

-이거 실화임?

-자작령이 아니라 무슨 주인 없는 일반 거점에 깃발 꽂는 느낌인데요, 이거?

-LB사에서 잠수함 패치라도 한 거 아닌가요?

-무슨 잠수함 패치요?

-공성전 난이도 하향 조정이라던가…….

-노노, 그건 아닌 듯. 바로 옆방에서 라피레스 길드 공성전 보다 들어왔는데, 거긴 지금 남작령에서 피똥 싸는 중임.

-크, 역시 이안갓인가……?

-기승전 이안임?

방송이 오픈된 지 1시간도 지나기 전에 영지 하나를 점령해 버린 이안과 로터스 길드.

라오렌은 목이 타는지, 미리 준비해 두었던 냉수를 꿀꺽꿀꺽 들이켰다.

다음 공성전이 시작되기까지 5분 정도는 쉴 수 있었기에, 그동안 잠시 방송을 꺼 두고 휴식을 취할 생각이었다.

쉬지 않고 계속 떠들어 댄다면, 내일부터는 목소리가 나오지 않을 게 분명했으니 말이다.

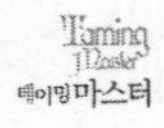

"후아, 이제 곧바로 다음 공성전인가?"

라오렌조차도 비현실적인 제목이라 여겼던, '켠 김에 왕성까지' 타이틀.

하지만 이제는, 적어도 이 방송을 보고 있는 유저라면 누구도 그것이 비현실적이라 생각지 않을 것이었다.

"자, 다음 영지는 어디지? 라팔렘인가?"

라오렌은 엘리카 왕국의 지도를 훑으며, 로터스 왕국의 다음 루트를 예측해 보았다.

그런데 그때, 라오렌의 스마트폰이 요란하게 진동하기 시작했다.

위잉- 위이잉-!

이어서 라오렌의 시선이 자연스레 스마트폰을 향해 돌아갔다.

'뭐지? 지금 전화 올 데가 마땅히 없을 텐데?'

발신자를 확인해 보니 저장되어 있지도 않은 알 수 없는 번호.

만약 방송 중이었다면 라오렌은 가차 없이 전화를 끊어 버렸을 터였지만, 마침 쉬는 시간이었기에 한번 받아 보기로 하였다.

"여보세요?"

별생각 없이 스마트폰을 귀에 가져다 댄 라오렌.

그리고 전화 너머에서는 청량한 여성의 목소리가 들려왔다.

–아, 안녕하세요?

순간 라오렌은 습관적으로 전화를 끊어 버릴 뻔했다.

평소 라오렌의 번호에 전화를 거는 사람은, 동업자인 소진을 제외하고는 여자 사람이 없었기 때문이었다.

소진 외에 여자가 전화를 한다면, 대출 상담이나 보험 회사 광고 전화인 경우가 99퍼센트였기 때문.

하지만 '그녀'의 다음 말을 듣는 순간, 스마트폰의 종료 탭을 향해 움직이던 라오렌의 엄지손가락은 그대로 멈춰 버릴 수밖에 없었다.

–게임 방송국 YTBC의 리포터 임은영인데요, 혹시 BJ 라오렌 씨 전화번호 맞나요?

YTBC는 게임 방송 채널 중에도 선두주자라고 할 수 있는 방송국이다.

대부분의 게임 방송 시청자들이 방송을 보고 싶을 때 가장 먼저 틀어 보는 채널이 바로 YTBC라고 해도 과언이 아닐 정도.

그리고 라오렌에게 전화온 리포터인 임은영은, YTBC에서도 가장 유명한 인물이었다.

게임 방송계의 연예인이랄까.

'바, 방금 임은영이라고 했지? 지금 루시아가 나한테 전화를 한 거야?'

임은영은 사실 본명보다 '루시아'라는 아이디로 훨씬 유명한 리포터였다.

YTBC 카일란 방송을 초창기부터 이끌어 온 리포터인 데다 빼어난 외모를 가지고 있어 제법 두터운 팬층을 가지고 있는 것이다.

그리고 라오렌 또한 그녀의 열렬한 팬이었다.

"큼, 크흠."

빠르게 목소리를 가다듬은 라오렌이, 스마트폰에 대고 천천히 입을 열었다.

"아, 안녕하세요. 제가 라오렌이 맞습니다. 한데 임은영 씨라면…… YTBC의 간판 리포터 루시아 님이 맞으신지요?"

한 마디 한 마디 이어 갈 때마다 쿵덕거리는 라오렌의 심장.

그리고 이어진 그녀의 목소리에 라오렌은 흡사 심장이 떨어지는 착각이 들 정도였다.

–아, 네. 맞아요. 제가 리포터 루시아예요. 보통 제 아이디는 기억하셔도 본명들은 잘 모르시던데……. 호호, 알아봐 주시니 감사하네요.

쿵–.

심장이 떨어진다는 게 바로 이런 기분일까.

라오렌은 잠시 동안 머릿속이 하얘지는 듯한 착각을 느꼈고, 이어서 루시아의 목소리가 흘러나왔다.

—저기요, 라오렌 님? 제 목소리 안 들리시나요?

그녀의 목소리가 들리자 그제야 정신을 차린 라오렌이 황급히 대답했다.

“아, 아닙니다. 목소리 잘 들립니다.”

—갑자기 아무 말 없으시기에 끊어진 줄 알았네요.

“하, 하핫. 제가 지금 잠시 뭐 좀 하느라……. 그런데 YTBC에서 어쩐 일로 제게 연락을 주신 건지요?”

—아, 그게 말이죠.

겨우 정신을 추스른 라오렌과 루시아의 대화는 제법 길게 이어졌다.

그런데 어쩐 일인지, 대화가 이어질수록 라오렌의 표정은 점점 굳어지고 있었다.

“아, 그러니까…… 이안 형한테는 방금 허락을 받으셨다는 거죠?”

—네, 맞아요. 이미 협상은 다 끝났고요. 라오렌 님만 오케이 사인 보내면 바로 진행될 거예요.

하나 남은 사탕을 바닥에 떨어뜨린 초등학생의 표정이 이러할까.

어느새 라오렌의 두 눈에는 초점이 사라졌으며, 온몸은 축 처지기 시작했다.

처음의 황홀하던 표정이 전화가 끝날 쯤이 되자 오간 데 없이 사라져 버린 것이다.

—그럼 잘 부탁드릴게요, 라오렌 님.

"아, 네. 그럼……. 지금 바로 YTBC 채널로 송출되는 건가요?"

—바로 당장은 어려울 것 같고, 아마 1시간쯤 뒤부터나 가능할 것 같아요.

"그, 그렇군요."

반면, 라오렌과 다르게 무척이나 해맑은 목소리로 재잘거리는 루시아였다.

—우리 잘해 봐요, 라오렌 님. 최고 시청률 한번 만들어 보자고요.

"노력……해 보겠습니다."

—지금 광고주들이 아주 난리가 났어요. 라오렌 님 개인 방송 따 오기만 하면 곧바로 최고가 제시한다고요.

"아, 그런가요?"

—모르긴 몰라도 아마 광고 수익만 수십억 나올 것 같아요.

"시, 십억이라고요?"

—노노, 그냥 십억이 아니고 수십억이에요. 이안 님이랑 정산 비율을 어떻게 설정하셨는지는 잘 모르겠지만, 아마 최저 비율로 계약하셨어도 라오렌 님 몫으로 몇억은 돌아갈걸요?

"……."

—아, 부러워요 라오렌 님. 저야 이거 성공해 봐야 보너스 받는 게 전부지만, 라오렌 님은 이 한 방으로 제 연봉만큼 벌어 가시겠어요.

"어……. 그게…… 으음……."

라오렌은 거의 울먹거리기 일보직전이었다.

'오늘 아침으로 회귀할 방법 없을까?'

사실 이안이 제시했던 3 : 7의 정산 비율도, 그렇게 나쁘다고 할 수는 없었다.

유명 랭커들이 BJ와 계약하는 경우, 종종 찾아볼 수 있는 비율이었으니 말이다.

하지만 평소에 45퍼센트 정도의 수익을 정산받던 유명 BJ인 라오렌으로서는 30퍼센트의 수익은 무척이나 아쉽게 느껴졌다.

반면에 당장 눈앞에 있던 5천만 골드라는 현금이 너무 크게 느껴졌다.

5천만 골드라는 액수는 고작 30퍼센트의 정산 비율만 가지고는 절대로 넘을 수 없는 거액이라고 판단한 것이다.

그리고 그 한순간의 잘못된 판단이 이런 대참사를 초래하고 말았다.

–전 그럼 방송 준비하러 가 볼게요. 잘 부탁드려요, 라오렌 님.

"아, 네, 알겠습니다. 수고하세요, 루시아 님!"

루시아는 마지막까지 해맑은 목소리로 인사한 뒤 전화를 끊었다.

뚜– 뚜–.

전화가 끊어지자마자 라오렌은 반사적으로 이마를 턱 짚으며 울부짖었다.

"억! 억이라니! 으어억……!"

파죽지세.

로터스 왕국군의 기세는 그야말로 파죽지세라 할 수 있었다.

1시간도 걸리지 않고 자작령을 점령했던 첫 번째 공성전의 퍼포먼스는 단지 시작에 불과했던 것이다.

오히려 기세를 타기 시작하자 왕국군의 진격 속도는 점점 더 빨라지고 있었다.

그리고 그 중심에는 핀을 탄 채 전장을 누비고 있는 로터스의 국왕, 이안이 있었다.

"뿍뿍이, 심연의 가호!"

"알겠뿍!"

"정문에서는 뿍뿍이 힐 받으면서 버티고, 헤르스 네가 측면 침투해 줘!"

"오케이!"

"피올란 님, 좌표는 미리 전달받았죠?"

"그럼요."

"C섹터에 관리실이 있어요. 마법병단 데리고 가서 거기 요격 좀 해 주세요."

"맡겨만 주시죠, 폐하."

전장에서 이안의 역할은, 언제나 그랬듯 전체적인 지휘와 통제였다.

더해서 판이 잘 짜이고 난 다음부터는, 이안 또한 전장에 직접 뛰어들어 활약하는 것이 일반적인 패턴이었다.

하지만 엘리카 왕국과의 전면전에서 이안은 지금까지와 조금 다른 양상을 보이고 있었다.

무슨 전쟁의 신이라도 빙의한 듯 핀을 타고 허공에 떠오른 채 계속해서 오더만 쏟아내고 있었던 것이다.

심지어 항상 이안의 손에서 번쩍이던 정령왕의 심판조차 인벤토리 안에 넣어 놓은 것인지 어디에도 보이지 않았다.

단지 소환해 둔 소환수들 정도만 컨트롤할 뿐이었다.

"2분 뒤에 서쪽 측면에 있는 성문 오픈이야. 클로반 형, 침투해서 정문 좀 따 줘. 카윈이가 뒤에서 엄호해 주고."

"성문이 열릴 거라고?"

"응. 그렇다니까."

"짜샤, 네가 그걸 어떻게 알아? 무슨 예지력이라도 있는 거냐?"

"지금 전투병력 움직이는 거 보니까, 곧 그쪽에서 지원병력 빠져나올 차례야."

"뭐?"

"일단 오더나 좀 따라 줘, 형. 설명은 나중에 실컷 해 줄 테니까!”

평소에 로터스의 길드원들은 이안의 오더라면 토 한번 달지 않고 그대로 수행한다.

이안에 대한 깊은 신뢰가 가장 큰 이유였지만, 사실 그것만이 전부는 아니었다.

그의 오더가 항상 합리적이고 깔끔했기 때문에 의문을 품을 여지조차 없었던 것이다.

하지만 오늘만큼은 달랐다.

이안의 오더는 여전히 군더더기 없이 깔끔하고 완벽했지만 도무지 이해할 수 없는 오더들이 너무 많았던 것이다.

그리고 이안의 오더를 길드원들이 이해할 수 없었던 이유는 간단했다.

‘어떻게 이해가 되겠어? 내부 정보 미리 다 빼돌려서 내리는 오더인데 말야.’

이안이 ‘꼭두각시 레무스’와 관련된 퀘스트에 대해 길드원들에게조차 언질을 주지 않았던 것이다.

그 말인 즉, 이안이 레무스로부터 엘리카 왕국 내부의 모든 정보들에 대해 전달받고 있다는 사실을 길드원들은 모른다는 말이었다.

그러니 모든 것을 예측하고 숨겨진 약점들을 파훼하는 이안의 오더가 일반적인 시각에서 이해될 수 있을 리 만무했다.

“훈이, 그쪽으로 들어가면 안 돼.”

"왜? 저기 성곽 무너지고 있잖아. 언데드 먼저 투입하고 따라 들어가면 될 것 같은데?"

"함정이야. 그쪽에 트랩이 잔뜩 설치되어 있을 거라고."

"에?"

"잔말 말고 이쪽으로 일단 내려와!"

"아, 알겠어, 형."

그렇다면 이안은 어째서 자신이 정보를 가지고 있다는 사실을 길드원들에게마저 숨긴 것일까?

그 이유는 간단했다.

지금 이 공성전이 실시간으로 게임 방송에 송출되고 있기 때문이었다.

만약 로터스 길드와 적대 혹은 경쟁 관계에 있는 길드에서 이 사실을 알게 된다면, 엘리카 왕국에 길드원을 보내 로터스를 방해할 게 분명한 것이다.

'샤크란이 직접 엘리카에 잠입해서 레무스의 목을 따 버릴지도 모를 일이지.'

때문에 이안은 '그냥' 알고 있는 정보로 인해 내리는 오더들을 그럴싸한 이유를 담아 포장하기 시작했다.

물론 길드원들의 입장에서는 대부분 여전히 이해하기 힘들 정도로 뜬금없는 오더들이었다.

하지만 시간이 조금씩 흐르고, 말도 안 되는 속도로 영지를 점령하기 시작하자 길드원들 중 그 누구도 이안의 명령에

토를 달지 않았다.

이안의 오더를 이해할 수 없는 것은 여전했지만, 이해하기를 그냥 포기해 버린 것이다.

어쨌든 시키는 대로만 하면 거짓말처럼 방어선이 무너져 버리니 의문을 가질 이유가 없었다.

승승장구 중인 로터스의 길드원들은 그저 이안에게 무한히 감탄할 뿐이었다.

"키야! 진짜 엄청난데? 거기 매복이 있을 거라는 건 대체 어떻게 안 거야?"

"와, 역시 이안 님! 대박!"

"진짜 방금은 소름 돋았다."

그리고 이러한 전개는 이안조차 생각지 못한 방향으로 포장되어 방송을 통해 퍼져 나가고 있었다.

–이건 한 수, 아니, 두세 수는 앞을 내다봐야만 할 수 있는 오더인 듯.

–진짜 돌았다. 저기서 어떻게 그런 생각을 하는 거지?

–와, 저는 지원군 성안에서 빠져나올 타이밍 예측해서 기병들 밀어넣는 오더 보고 식겁했어요.

–ㅇㅇ 나도. 진짜 그거 대박이었지.

–사실 그거 엄청 위험한 도박수였는데, 그게 정확히 맞아 들어갈 줄

은 생각도 못했음.

—크으, 이래서 이안 빠들이 그렇게 쉴 새 없이 이안을 빨아 대는 거구나. 오늘만큼은 리얼 인정이다. 이건 사람이 할 수 있는 플레이가 아니야.

—동감요. 나도 원래 이안 팬 아니었는데, 오늘부터 팬 해야겠음.

—엥? 아직도 이안 팬이 아닌 카일란 유저가 존재했나요?

—이안 팬들이 너무 많아서 응원할 다른 랭커들 좀 찾아보려 했었거든요. 샤크란이라든가 레미르라든가. 그런데 그럴 수가 없네요.

—왜요?

—오늘 플레이 보니까……. 이건 대체제가 없네요, 정말.

완벽한 타이밍에 적재적소에 뿌려지는 이안의 오더는 평소에도 시청자들로 하여금 소름이 돋게 만드는 하나의 콘텐츠이자 퍼포먼스였다.

이안이 내리는 오더를 하나하나 해설하는 것만으로도, 라오렌은 쉽게 쉽게 방송 분량을 뽑아낼 수 있었던 것이다.

물론 라오렌의 게임 이해도가 뛰어나기에 그러한 해설이 가능했던 것이지만 말이다.

그런데 오늘은 라오렌조차도 해설이 불가능한 방송이었다.

라오렌이 할 수 있는 것이라고는, 그저 쉴 새 없이 놀라고 감탄하는 것뿐이었다.

"어, 와이번 나이트들이 갑자기 왜 하강하는 걸까요?"

"여기 라토토 영지는 백작령이기 때문에, 아마 잠시 후 지원대대가 튀어나올 겁니다. 백작령부터는 내성으로 이어지는 통로에 보급부대가……. 어? 보급부대 어디 갔죠?"

하지만 그렇다고 해서 방송이 재미없는 것은 아니었다.

-ㅋㅋㅋ 라오렌, 쟤 오늘 삽 엄청 푸는 듯.

-그러게요.ㅋㅋ 아니, 해설을 해야지 해설하다 말고 자꾸 우리한테 물어보면 어쩌자는 건데 ㅋㅋ

-라오렌 눈썰미 저질인 듯. 바로 2분 전에 마법병단이 지원부대 쓸어갔는데, 그것도 못 본 건가?

땀을 삐질삐질 흘리며 당황하는 라오렌을 보는 것 또한 재밌는 콘텐츠가 되어 버린 것이다.

어쨌든 로터스 왕국군은 거침없이 엘리카 영지들을 점령해 나갔고, 그에 비례하여 시청자의 숫자는 점점 불어나기 시작했다.

카일란을 플레이 중인 유저들조차 이안의 방송을 보기 위해 로그아웃하는 초유의 사태가 벌어질 정도였다.

그렇게 15시간 정도가 지나, 아침 10시에 시작되었던 방송이 새벽 1시 경이 되었을 무렵…….

쿵-!

"전군 돌격-!"

"어둠에 물든 엘리카 왕국을 처단하라!"

"이제 남은 것은 왕성뿐이다! 전원 돌격!"

마침내 엘리카 왕국의 총 열아홉 개 영지 중 남아 있는 것은 단 하나.

왕성뿐이었다.

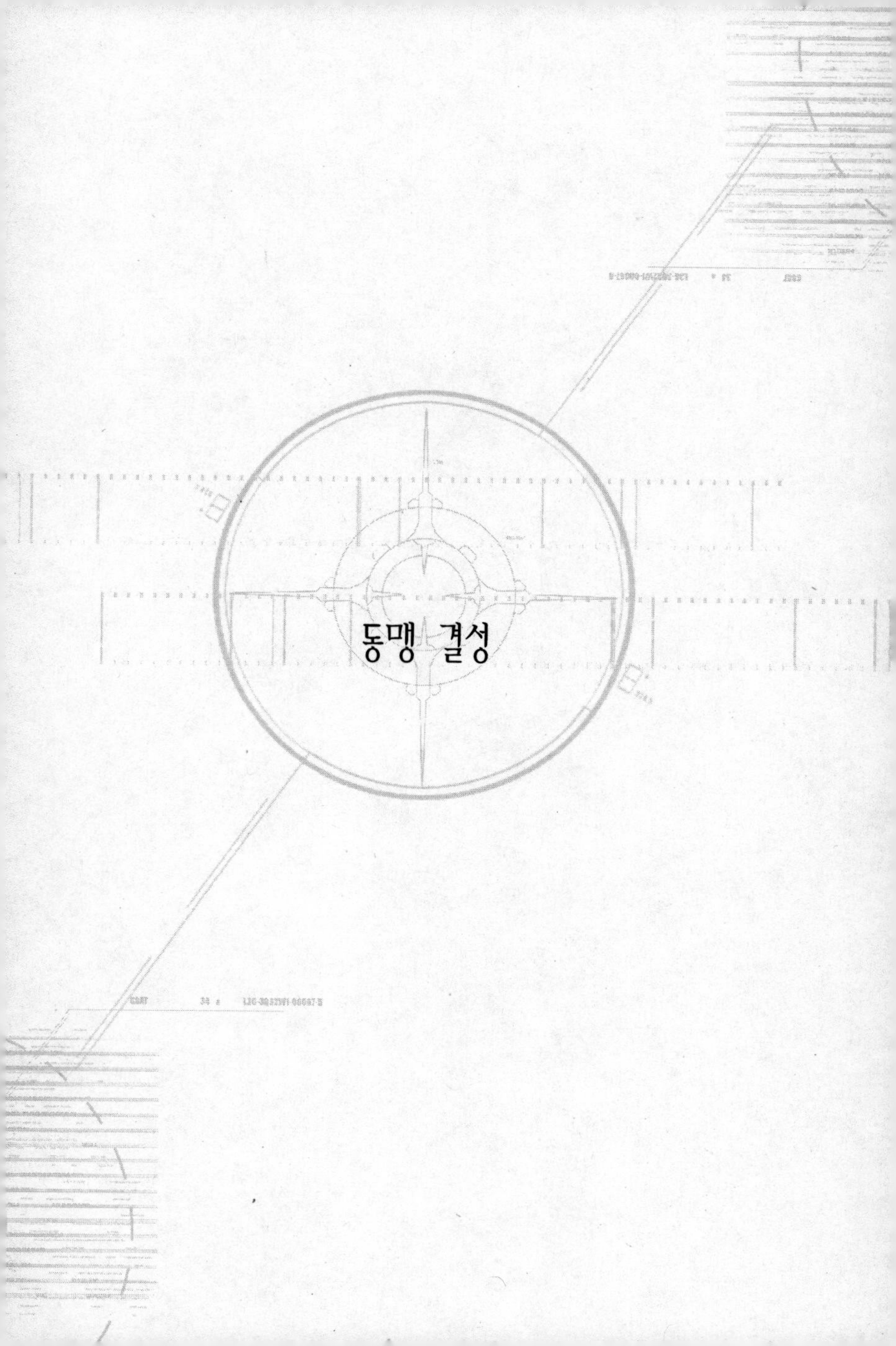

동맹 결성

Taming
Master

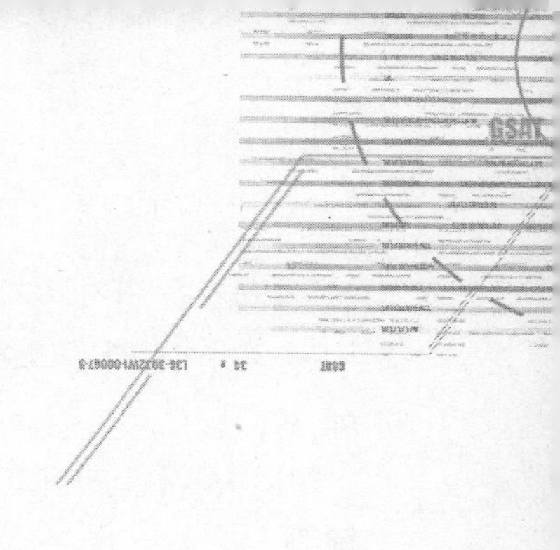

-20초 후, 엘리카 왕성 측면의 성문이 오픈됩니다.

-1분15초 후, 동:245 남:1,728 위치의 지하 요새가 개방됩니다.

-45초 후, 성벽 전체에 라이트닝 트랩이 발동됩니다.

보라색으로 반짝반짝 빛나는, 특이한 형태의 시스템 메시지.

이것은 다름 아닌 이안이 가지고 있는 '특별한 아이템'으로 인한 효과였다.

'크으, 진짜 성능 한번 죽여주는구먼.'

꼭두각시 레무스 퀘스트가 끝난 뒤, 다소 이해하기 힘들었었던 레무스와의 대화가 있었다.

이안은 잠시 당시의 상황을 회상하였다.

"이 물건을 가지고 가시게, 이안."

"음? 방어성의 구조에 대한 정보를 달라니까 웬 뜬금없는 얘기야?"

"이 기록서만 지니고 있으면, 그대는 승리할 수 있을 거라네."

"응? 뭐라고?"

–'대마법사의 기록서' 아이템을 획득하셨습니다.

"엥? 이게 뭔데?"

"시간이 없네. 어서 되돌아 이곳을 빠져나가시게!"

"……?"

"경비병이 몰려오고 있어! 어서!"

–돌발 퀘스트가 발동합니다.

–'엘리카 왕성 점령' 퀘스트가 생성되었습니다.

엘리카 왕성 점령(히든)(연계)

당신은 엘리카 왕성에 침입하여 꼭두각시 레무스를 처치하는 데 성공하였다.
하여 레무스는, 엘리카 왕성의 모든 것이 기록되어 있는 대마법사의 기록서를 당신에게 건네주었다.
이제 레무스의 도움을 받은 당신은 샬리언의 하수인들을 처단하고 어둠에 물든 엘리카 왕성을 점령해야 한다.
엘리카 왕성을 점령하여 샬리언에게 대항할 기반을 마련하자.
*엘리카 왕국에 전면전을 선포할 시 '대마법사의 기록서'의 봉인이 해제됩니다.

퀘스트 난이도 : SSS
퀘스트 조건 : '엘리카 왕국의 꼭두각시' 연계 퀘스트를 전부 클리어한 유저.
'공작' 이상의 작위를 가진 유저.
'레무스'와의 친밀도가 최대치인 유저.
'대마법사의 기록서' 보유.
제한 시간 : 없음
*'대마법사의 기록서' 아이템은 봉인이 풀린 뒤 36시간이 지나면 소멸합니다.
보상 : NPC '레무스'를 가신으로 등용.
'최초의 정복자' 칭호 획득.
'정복자의 왕관'(전설) 아이템 획득.

처음에 이안은, 이 '대마법사의 기록서' 아이템이 대체 뭐 하는 물건인지 알 수가 없었다.

아이템의 정보 창에도 물음표 세 개만 떡하니 박혀 있을 뿐이었기 때문이다.

하지만 전면전을 선포하자 얘기가 달라졌다.

–엘리카 왕국과의 전쟁이 시작됩니다.

–'대마법사의 기록서' 아이템이 작동합니다.

이 두 줄의 메시지와 함께 이안에게 실시간으로 엘리카 왕국 방어 병력에 대한 정보가 쏟아져 나오기 시작한 것이다.

아주 친절하고 상세히, 이안에게 방어병력의 움직임에 대한 모든 것을 알려 주는 마법서.

이안은 이 마법서의 성능을 확인하자마자, 방송국과 라오렌에게 동시에 연락했다.

이 사기적인 아이템만 손안에 있으면, 순식간에 왕성까지 삼켜 버릴 자신이 있었던 것이다.

'크흐, 24시간 컷 말고 15시간 컷이라고 타이틀 달 걸 그랬나? 잘하면 15시간에도 끊을 수 있을 것 같은데 말이야.'

물론 이 정보가 있다고 해서 누구나 이안처럼 해낼 수 있는 것은 아니었다.

실시간으로 계속해서 쏟아지는 정보들을 정확히 캐치해서 전투에 활용해야만, 이러한 미친 퍼포먼스가 가능한 것이니 말이다.

어쨌든 공성전이 시작되자마자 '대마법사의 기록서'는 그 진가를 발휘했다.

—로터스 왕국군이 엘리카 왕성 A섹터를 전부 점령하였습니다!

—A섹터 점령률 : 100퍼센트

—B섹터 점령률 : 58퍼센트

—C섹터 점령률 : 77퍼센트

……중략……

—외성 전체 점령률 : 32.75퍼센트

—외성의 모든 섹터를 점령하면 내성을 공격할 수 있습니다!

공성전이 진행되고 있는 '엘리카 왕성' 맵 안에 있는 모든 유저들의 시야에 붉은색의 시스템 메시지가 떠올랐다.

그것은 당연히 방송을 보는 시청자들의 눈에도 들어왔고, 채팅 창은 또 한 번 불타올랐다.

—뭐지? 시작한 지 5분도 채 안 지났는데 외성 30퍼센트 점령이라고?

—ㅋㅋㅋㅋㅋ 왕성이라고 좀 다를 줄 알았는데, 이건 뭐…….

—아까 왕성은 3시간 이상 걸릴 거라고 장담하던 놈 어디 갔냐? 이거 3시간이 아니라 30분 각인데?

—에이, 윗 님. 30분은 좀 오바고ㅋㅋ 1시간30분 정도 걸릴 각임.

—와, 근데 진짜 관전할 맛 나네요. 이렇게 속도감 쩌는 공성전 처음 봄.

—그나저나 저 섹터별로 점령률 뜨는 건 처음 보는데, 아시는 분 있으면 설명 좀.

—아, 저거요? 저거 방어성 티어가 3티어 넘어가야 오픈되는 콘텐츠예요. 저도 지난번에 타이탄 길드가 공작령 점령하는 거 관전하다가 처음 봤음

—아, 그렇군요. 그런데 저렇게 메시지 뜨는 게 무슨 의미가 있는 거죠?

—섹터가 하나 점령될 때마다 방어 타워 전체에 버프가 걸려요. 그거 버프 이름이 있었는데…….

—그거 '위기 관리 II'였나 그럴 거예요, 아마. 섹터 하나당 방어 타워 전투력 버프 15퍼센트였나?

—헐, 그럼 점점 더 뚫기 힘들어지겠네요?

—일단 이론상으론 그래요. 저 화면 보고 있으면 전혀 그럴 것 같지 않지만 말이죠.

거의 끝이 보이는 상황이었지만, 이안은 침착하기 그지없었다.

수호령을 통해 전달되는 메시지 하나라도 놓치지 않기 위해 정신을 집중하였으며, 온 신경을 곤두세워 길드 병력의 손실을 최소화시키는 데에도 소홀히 하지 않았다.

'엘리카 점령으로 끝이 아니니까.'

엘리카 왕국을 복속시키는 것은, 사실 시간문제일 뿐 어려운 과제는 아니었다.

하지만 이제 남아 있는 과제인 '리치 킹 샬리언 처치'는 이안조차도 장담할 수 없는 엄청난 난이도를 자랑한다.

펜타S 등급이라는 괴랄한 표기 난이도도 압박이었지만, 무엇보다 이안은 샬리언을 이미 만났던 적이 있었다.

때문에 누구보다 그의 강력함을 잘 알고 있는 것이다.

'그러고 보니, 마계에 봉인되어 있던 샬리언을 풀어 준 게 나랑 훈이였네.'

당시에 발동되었던 퀘스트가 '샬리언으로부터 살아남아 도주하라'는 것이었다는 부분만 생각해 봐도, 샬리언이 괴물이라는 건 부정할 수 없는 사실이었다.

그렇기에 녀석을 상대하기 위해서는, 전력을 최대한 보존하는 것이 무척이나 중요했다.

소실된 전력을 보충할 시간적 여유가 있다면 상관없겠지만, 이제 이안에게는 보름 정도의 시간밖에 남아 있지 않았으니 말이다.

'자, 레무스. 이제 슬슬 백기를 들고 나오라고. 난 갈 길이 바쁘니까 말이야.'

엘리카 왕성의 사면을 둘러싸고 있는 거대한 외성에 하나 둘 로터스의 깃발이 꽂히기 시작했다.

그리고 외성의 점령률이 100퍼센트가 되는 순간…….

띠링-!

-엘리카 왕성, 외성의 모든 섹터의 점령률이 100퍼센트가 되었습니다.

-이제부터 내성을 공격할 수 있습니다.

-엘리카 왕성, 내성의 섹터가 새롭게 갱신됩니다.

외성 안쪽을 뿌옇게 휘감고 있던 결계가 사라지더니, 높게 솟아오른 내성이 그 위용을 드러내었다.

원래대로였다면 공성전의 두 번째 국면의 시작일 것이었다.

하지만 이안은 더 이상 오더를 내리지 않았다.

핀에 올라타 내성을 내려다보며 침묵을 지키고 있는 이안.

휘이잉.

병장기 소리와 폭발음으로 시끄럽기 그지없던 전장이, 순간 바람소리마저 들릴 만큼 고요해졌다.

그러자 숨죽이고 공성전을 지켜보던 여러 유저들의 채팅이 올라오기 시작했다.

-왜 오더하지 않는 거지?

—방어군 페이스 말렸을 때 그대로 밀었어야지, 갑자기 왜 멈춘 거임?

—이안갓이 뭔가 생각이 있겠죠. 성질들도 급하시네, 참.

—아니, 답답하니까 그러죠. 이대로 다 뚫어 버릴 기세였는데 갑자기 멈추니까…….

하지만 그것도 잠시였다.

띠링—!

—엘리카 왕성의 첨탑에 백기가 걸렸습니다.

—엘리카 왕국의 국왕 '레무스'가 항복을 선언합니다.

전장에 새로운 시스템 메시지가 울려 퍼지기 시작했다.

—엘리카 왕국의 왕성이 점령되었습니다.

—엘리카 왕국의 모든 영지가 점령되었습니다.

—로터스 왕국과 엘리카 왕국의 전면전에서 로터스 왕국이 승리하였습니다.

—엘리카 왕국의 모든 영토가 로터스 왕국에 귀속됩니다.

……중략……

—로터스 길드가 최초로 '왕국'을 복속시키는 데 성공하였습니다.

—로터스 길드 소속의 모든 유저들에게 '전쟁의 화신(전설)' 칭호가 부여됩니다.

이안의 시야에는 추가로 몇 가지 메시지가 더 떠올랐다.

—NPC '레무스'가 가신이 되기를 청합니다.

—'정복자의 왕관' 아이템을 획득하셨습니다.

-'최초의 정복자(신화)' 칭호를 획득하셨습니다.

15시간에 걸친 정복 전쟁이 끝나자마자 이안이 선택한 것은 달콤한 휴식이었다.

아니, 정확히 말하자면 휴식이라기보다는 수면이었다.

아직까지 체력은 제법 남아 있었지만, 미리 잠을 보충해 둬야만 남아 있는 하드코어한 일정을 소화해 낼 수 있을 것이기 때문이었다.

그리하여 10시간 뒤에 다시 카일란에 접속한 이안은, 곧바로 왕성에 있는 집무실에 틀어박혔다.

리치 킹 '샬리언'을 공략하기 위한 전략을 짜기 위해서였다.

하지만 퀘스트 창을 오픈하자마자 한숨부터 새어 나왔다.

'영웅의 책임은 무슨…….'

지금 이안이 처한 급박한 상황의 이유이자, LB사 기획 팀이 야근하게 된 원흉인 바로 그 퀘스트.

이안은 뮤란의 호의를 거절하고 받아 낸 '영웅의 책임' 퀘스트를 다시 한 번 읽어 보고는 고개를 절레절레 저었다.

"그냥 오버하지 말고 전직할 걸 그랬나."

나지찬이 들었더라면 거품을 물고 쓰러졌을 대사를 중얼거린 이안은 씨익 웃으며 콜로나르 대륙 지도를 인벤토리에서 꺼내 들었다.

"어디 보자……. 최단 시간에 샬리언을 치려면 어떤 루트로 움직여야 할까?"

무려 '퀘스트 실패 시 테이밍 마스터 클래스 티어 하락' 이라는 어마어마한 페널티를 가진 '영웅의 책임' 퀘스트의 제한 시간은, 이제 보름도 채 남지 않았다.

그 강력함을 측정할 수 조차 없는 괴물인 '리치 킹 샬리언'을 처치해야만 완수할 수 있는 이 퀘스트.

그렇다면 이안은 이렇게 급박한 상황에 어째서 엘리카 왕국을 먼저 점령한 것일까?

이미 진행 중인 퀘스트가 있었기 때문에?

당연하게도 그런 일차원적이고 단순한 이유는 아니었다.

이안이 엘리카 왕국과의 전면전을 강행한 데에는, '그래야만 하는' 확실한 이유가 있었다.

'결국 어둠의 성을 치기 위해서는 여길 뚫어야만 했으니까.'

이카룬과 라마리스, 그리고 엘리카 왕국.

이 세 왕국 중 하나를 지나야만 유피르 산맥으로 향할 수 있었는데, 그들 중 가장 만만했던 왕국이 엘리카였던 것이다.

퀘스트의 연계와 잘 맞물려 떨어지기도 했고 말이다.

물론 소규모 파티로 움직인다면, 굳이 왕국을 통하지 않아도 유피르 산맥으로 갈 수 있는 길이 있었다.

그렇지 않았더라면, 지금까지 유저들이 유피르 산맥과 헤인

츠 고원을 사냥터로 애용하는 것이 불가능했을 테니 말이다.

하지만 리치 킹이 있다는 어둠의 성은, 결코 소규모의 전력으로 비벼 볼 수 있는 수준이 아니었다.

때문에 이안은 로터스 왕국의 병력까지 대거 동원할 계획이었고, 그래서 전쟁을 강행한 것이다.

"하지만 아직도 부족하단 말이지……."

이제 남아 있는 시간은 온전히 리치 킹을 공략하는 데 써야만 할 짧은 시간이었다.

하지만 이안이 판단하기에, 로터스의 전력만으로는 도저히 리치 킹을 공략하는 것이 불가능해 보였다.

그리고 사실 그것은 당연한 결론이라고 할 수 있었다.

애초에 '리치 킹' 이라는 보스 몬스터는 에피소드 전체의 보스로 등장한 녀석인 것이다.

최소 반년은 우려먹을 목적으로 만든 보스라는 의미다.

적어도 이 시점에서 단일 세력이 클리어할 수 있도록 설계한 보스는 아니라는 뜻이었다.

고민에 빠진 이안이 고개를 절레절레 저으며 중얼거렸다.

"결국 '아재'를 어떻게든 꼬드겨야 한다는 말인데……."

누군가를 떠올린 이안의 미간에 깊은 골이 패였다.

자신이 만약 그 '아재'라면, 절대로 도와줄 이유가 없기 때문이었다.

"방법이 필요해, 방법이……."

이안은 연신 중얼거리며 방 안을 서성이고 있었다.

그런데 그때였다.

드르륵.

문이 열리는 소리가 들리고, 누군가가 이안의 집무실 안으로 들어왔다.

"부르셨습니까, 폐하."

묵직한 목소리와 어울리는 두툼한 뱃살을 출렁이며 들어오는, 짜리몽땅한 다리를 가진 한 사내.

남자와 눈이 마주친 이안이 자리에서 벌떡 일어나며 반갑게 그를 맞이했다.

"한, 오랜만이야!"

현재 인간계의 거의 모든 길드들은 '동맹' 혹은 '불가침 조약'을 맺은 상태였다.

거기에는 복합적인 여러 가지 이유가 작용하였지만, 그 중에서도 가장 큰 이유는 두 가지가 있었다.

첫째로는 에피소드로 인해 '리치 킹 샬리언'이라는 강력한 주적이 생겨났다는 점이다.

유저들끼리 전쟁을 벌이는 사이 언데드가 침공해 온다면, 서로 손해만 보게 될 확률이 높기 때문이다.

게다가 유저끼리 전투하지 않더라도 상대할 언데드들이 지천에 널려 있기 때문에, 굳이 유저끼리의 전쟁을 고집할 이유가 없었다.

그리고 두 번째 이유는 현재 콜로나르 대륙의 형국과 관련이 있었다.

대륙 각지에 백여 개가 넘는 크고 작은 NPC의 왕국으로 쪼개져 있기 때문에, 영토를 넓히는 과정에서도 딱히 유저들끼리 부딪칠 일이 별로 없었다.

유저들이 세운 왕국은 아직 열 개가 채 되지 않는 반면, NPC들이 세운 왕국은 그 열 배가 훨씬 넘는 숫자이기 때문에, 사실 유저가 세운 왕국끼리 국경을 맞대고 있는 경우도 드물었던 것이다.

어쨌든 이러한 이유로, 현재 인간계의 유저들은 잠정적 동맹 관계라 보아도 무방했다.

'하지만 경쟁 관계인 건 여전하니까.'

이안의 생각에 지금 당장 샬리언을 치기 위해서는 적어도 상위 다섯 개 이상의 길드가 힘을 합쳐야만 한다.

그리고 그들 중에서도 특히 타이탄 길드와의 연합은 필수였다.

하지만 불가침 관계라고 한들 타이탄에서 선뜻 로터스를 도울 리는 없었다.

적대 관계가 아니다 뿐이지 경쟁 상대인 것은 여전했기 때문이었다.

'충분히 구미가 당길 만한 딜을 하지 않는다면 넘어오지 않을 거야.'

만약 타이탄 길드만 확실히 도와준다면 샬리언과의 전쟁도 충분히 해볼 만한 싸움이었다.

퓰리오스 길드와 같이 이안이 명령 한 번에 곧바로 움직여 줄 수 있는 신하 길드도 있었고, 긴밀한 우호 관계를 유지하고 있는 벨리언트 길드도 있었기 때문이다.

게다가 인간계에서 가장 큰 두 개의 길드가 샬리언을 치겠다고 나선다면, 수많은 크고 작은 길드들이 따라붙을 게 분명했다.

로터스와 타이탄이 나선 이상 에피소드가 클리어될 확률이 높다고 생각할 것이었고, 그렇다면 한 숟갈 얹어야만 콩고물이라도 떨어질 것이었으니 말이다.

"바람만 잘 잡으면…… 충분히 해낼 수 있어."

이안의 머리가 빠르게 돌아가기 시작했다.

샤크란을 구워삶을 수만 있다면, 타이탄에서도 구미가 당길 만한 빅딜을 제안할 의향도 있었다.

물론 그렇다고 해서 손해 볼 생각은 없었지만, 적어도 날로 먹기는 힘들 것이라 생각했다.

샤크란은 그렇게 바보가 아니었고, 그를 보좌하는 뛰어난 책사도 있었으니 말이다.

"흐음……. 이제 슬슬 시간이 된 것 같군."

이안은 천천히 자리에서 일어나 어디론가 움직이기 시작했다.

어떤 경우에서든 협상이란, 자신의 패를 전부 내어 보이면 끌려 다닐 수밖에 없게 된다.

하물며 그 패가 불리한 패인 경우에는 어떻게든 감출 필요가 있었다.

지금 이안이 타이탄 길드에 절대로 내보여서는 안 되는 패는 '영웅의 책임' 퀘스트와 관련된 페널티였다.

현 시점에 이안이 어떻게든 리치 킹을 처치해야만 한다는 사실을 샤크란이 알게 된다면, 이안에게 정말 많은 것을 뜯어내려 할 것이기 때문이었다.

게다가 샬리언을 처치할 때까지 타이탄 길드의 페이스에 끌려 다녀야 할 게 분명했다.

'절대로 그럴 수는 없지.'

그렇다면 어떤 식으로 딜을 해야 동등한 관계, 혹은 조금이라도 더 유리한 위치에서 타이탄과 협상을 할 수 있을까?

이안은 자신이 가지고 있는 '고급 정보'들을 적절히 이용해 보기로 결정했다.

“흠, 웬일로 나를 보자 했나 했더니……. 확실히 큰 건을 가지고 왔군.”

이안이 꺼내 든 ‘고급 정보’들에 대해 들은 샤크란의 두 눈에 이채가 어렸다.

이안의 고급 정보란 바로 ‘명계’에 대한 것들이었다.

물론 이 귀한 정보를 이안이 온전히 오픈한 것은 아니었다.

살짝 ‘비틀어서’ 샤크란의 흥미를 끌어낸 것이다.

“아저씨도 느끼겠지만, 이 정도면 나도 큰마음 먹고 정보 공유한 겁니다.”

‘아저씨’라는 단어가 살짝 신경에 거슬렸지만, 지금 중요한 것은 그것이 아니었다.

샤크란의 말이 다시 이어졌다.

“후후, 고급 정보라는 건 확실히 인정한다. 꼬맹이 네가 허튼소리 할 녀석은 아니니까…….”

“물론이죠.”

“하지만 내가 액면가 그대로 믿는다고 생각해서는 곤란해. 사실 이해되지 않는 부분들도 있거든.”

“어떤……?”

“나와 경쟁 관계인 네 녀석이 이런 고급 정보를 선뜻 내어줬다는 것만으로도, 의심할 여지는 충분히 있다고 생각하는데? 게다가 콘텐츠를 공유하겠다라……. 아주 수상하단 말이지.”

이안이 샤크란에게 넘긴 정보는 아주 간결했다.

'명계'라는 차원계가 존재한다는 사실과 함께, 리치 킹 샬리언이 그 열쇠의 한 조각을 쥐고 있는 것 같다고 이야기한 것이다.

더해서 이안 자신에게 명계로 갈 수 있는 열쇠의 나머지 조각들이 있으며, 자신을 도와 샬리언을 처치한다면 명계 입성을 돕겠다고 하였다.

여기까지가 이안이 뿌린 밑밥.

'거짓을 말하지는 않되, 약점을 숨기기 위한 연막은 확실하게 쳐야지.'

샤크란의 관심 자체를 다른 곳으로 조금씩 끌어오는 과정인 것이다.

명계에 관한 정보가 조금 아깝기는 했지만, 샤크란 또한 머지않아 알게 될 정보들이었다.

이 카일란의 콘텐츠들은, 결국 하나의 흐름으로 이어지니 말이다.

그리고 타이탄 길드를 명계에 데려간다 하더라도 어차피 유리한 것은 로터스였다.

이제야 막연히 명계라는 곳이 있다는 걸 알게 된 샤크란와는 달리 이안은 확실한 목적성을 가지고 움직일 것이기 때문이었다.

더해서 타이탄에게 주는 것만큼 추가적인 이득을 확실히

챙기면 될 일이었다.

이안의 말이 이어졌다.

"물론 제가 아무런 대가 없이 아저씨네 길드를 돕는 건 말이 안 되죠."

이안이 순순히 인정하자, 샤크란은 더욱 흥미로운 표정이 되었다.

"그럼 우리에게 원하는 게 있다?"

"당연합니다."

"그거 재미있군. 한번 말해 보도록."

"우선 제가 원하는 첫 번째는, 샬리언이 드롭할 아이템들을 전부 로터스가 가져가는 겁니다."

"흐음, 첫 번째라……. 그럼 두 번째도 있다는 얘기겠군?"

"그렇습니다."

"들어 보도록 하지."

"두 번째는……."

잠시 뜸을 들인 이안이, 천천히 다시 입을 열었다.

"이 보스 레이드 방송 판권의 5할을 로터스에서 가져가겠다는 겁니다."

"음?"

"나머지 5할은 타이탄을 비롯해서 참전한 나머지 길드들이 나눠 가져야겠지요."

"원하는 건 여기까지?"

"그렇습니다."

샤크란의 미간에 깊은 골이 패였다.

머릿속으로 수지타산을 계산해 보는 것이다.

그리고 잠시 후, 샤크란이 감았던 눈을 천천히 뜨며 이안을 응시하였다.

"이건 너무 과한 조건이 아닌가?"

"어째서 그렇죠?"

"에피소드 보스가 드롭할 아이템을 전부 넘겨준다는 조건만 해도, 우리가 충분히 양보하는 것이라고 생각하는데. 거기에 방송 수익까지 절반을 가져가겠다는 건……."

이안이 고개를 절레절레 저으며 곧바로 반론을 펼쳤다.

"그건 그렇지 않습니다."

"흠?"

"신규 콘텐츠 선점의 가치가 얼마나 큰지 아저씨가 가장 잘 알 거라고 생각하는데요?"

참고 있던 샤크란이 결국 인상을 확 구기며 으르렁거렸다.

"거, 아저씨, 아저씨 하지 마라. 형이라니까, 형."

"형……이라기엔……. 뭐, 알겠습니다. 형이라고 치죠."

"……."

삼촌뻘쯤 되어 보이는 샤크란을 형이라고 부르는 것이 내키지 않기는 했지만, 협상을 위해서 이안은 한 발 양보(?)하기로 했다.

"어쨌든, 저는 신규 콘텐츠를 공유한다는 것이 이 정도의 가치는 있다고 판단합니다."

"크흠, 생각하기 나름이겠지만 아주 틀린 말은 아니군."

"어쩌시겠습니까, 형님. 콜 하는 겁니까?"

"하지만 나 혼자 결정할 만한 사안은 아니야. 길드원들의 의견을 좀 들어 보도록 하지."

샤크란의 대답에 이안은 순간 갈등하기 시작했다.

'이거 시간 끌면 곤란한데…….'

한 발 물러서 샤크란의 결정을 이끌어 내야 할지, 아니면 조금 더 강경한 태도로 그의 애를 태워야 할지…….

잠시간의 갈등 끝에, 이안은 결국 후자를 택하였다.

"뭐, 그러시죠. 하지만 오래 기다릴 순 없으니, 오늘이 지나기 전엔 답을 주셔야 합니다."

이안은 쿨하게 고개를 끄덕이며 자리에서 일어났다.

사실 이안의 입장에서는, 조금 더 내어 주더라도 타이탄 길드를 확실히 영입하기만 하면 성공이었다.

지금 이안에게 가장 중요한 것은 시간 내에 리치 킹을 처단할 수 있느냐는 것이었다.

하지만 끝까지 고자세를 유지한 이유는, 이안이 고자세일수록 샤크란의 의심이 줄어들 것이기 때문이었다.

좋은 조건을 주고 협상을 빨리 마무리하려 한다면, 이안이 급하다는 사실을 샤크란이 알아챌 수 있을 것이다.

이안이 자리에서 일어서자 샤크란이 고개를 끄덕이며 따라서 일어섰다.

그런데 다음 순간, 샤크란의 입에서 생각지 못했던 날카로운 질문이 흘러나왔다.

"그런데 꼬마, 궁금한 게 하나 있다."

"말씀하시죠."

"아직 에피소드가 오픈된 지 몇 달 지나지도 않았는데, 이렇게 빨리 움직이는 이유가 뭐지?"

"……!"

"내가 만약 네 녀석이었더라면, 조금 시간을 두고 힘을 키워서 홀로 콘텐츠를 독식했을 것 같거든. 주력 길드원들 레벨까지 전부 400 이상 찍고 나면 최고 레벨인 네 녀석은 450레벨에 근접할 것이고, 그쯤 되면 500레벨의 에피소드 보스 정도는 단일 길드의 힘으로도 충분히 상대해 볼 만할 테니까 말이야."

샤크란의 예리한 의문에, 이안은 등줄기로 식은땀이 흘러내리는 것을 느꼈다.

'역시, 이 아재. 보통내기가 아니란 말이지?'

사실 이러한 의문은 냉철하게 생각해 보면 충분히 떠올릴 수 있을 만한 것이었다.

하지만 이안이 조금 과하다 싶은 조건들까지 제시하며 샤크란을 애 태운 이유가, 바로 이러한 상황을 피하기 위해서였다.

타이탄 길드의 입장에서는 '중간계' 콘텐츠 선점에 어떻게든 한 순갈 얹고 싶을 것이고, 이안과의 협상에서 조금이라도 많은 것을 얻어 내는 데 정신이 팔릴 것이기 때문이었다.

그런데 마지막 순간에 샤크란이 핵심을 짚어 낸 것이다.

이안이 벼랑 끝에 몰린 급한 상황이라는 것을 알아차린 것은 아닐 테지만, 여기서 조금만 말실수를 하면 지금까지의 노력이 물거품이 되어 버릴 수도 있었다.

물론 이 상황에 대한 대책이 없는 것은 아니었지만 말이다.

'결국 불리한 패를 하나 보여 줘야 하겠군. 그래도 어쩔 수 없지.'

잠시 뜸을 들인 이안이 천천히 입을 열었다.

"흠……. 그 부분에 대해서는 솔직하게 말하도록 하죠."

"……?"

그리고 이어진 이안의 말에, 샤크란은 대번에 고개를 주억거렸다.

"형님도 아시다시피, 북동부 지역의 지리적 조건이 열악합니다."

"아……."

"그 이유가 바로 샬리언 때문이죠."

샬리언이 처단되고 어둠의 세력이 무너지면, 강력한 북동부 왕국들의 힘이 쇄락할 것이다.

그리고 그것은 곧 로터스가 빠르게 영토를 넓힐 수 있는 환경을 만들어 줄 것이었다.

충분히 납득할 만한 대답을 얻은 샤크란이 피식 웃으며 고개를 끄덕였다.

"후후, 거기까지. 그 정도면 충분히 이해했다."

타이탄 길드의 입장에서는 리치 킹 에피소드가 클리어되지 않고 오래 지속되어야 로터스와의 경쟁에서 유리하다.

어둠의 세력으로 인해 생긴 서남부 지역의 지리적 이점을 오래 끌고 갈수록, 세력 확장 경쟁에서 우위를 점할 수 있기 때문이다.

때문에 샤크란은 이안에게 곧바로 답을 주지 않은 상태에서 수뇌부 회의를 열었다.

실리를 좀 더 구체적으로 따져 봐야 할 것 같았기 때문이었다.

"그러니까, 마스터. 로터스는 지금 지리적 불리를 극복하기 위해 에피소드를 빠르게 클리어하고 싶어 한다는 거죠?"

"그래. 어둠의 세력들 때문에 어지간히 골치가 아픈 모양이다."

샤크란의 말에 세일론이 의아한 표정으로 입을 열었다.

"흐음, 하지만 바로 엊그제 있었던 로터스와 엘리카의 전쟁 결과를 보면, 로터스는 어둠의 왕국들과 맞설 만큼 충분한 힘을 가지고 있는 것 같은데요.”

샤크란이 고개를 주억거렸다.

“그건 그렇지.”

“그런데 왜 굳이 무리를 해 가면서까지 판을 바꾸려는 것일까요?”

세일론의 물음에 샤크란 대신 에밀리가 대답하였다.

“로터스가 엘리카 왕국을 쉽게 점령할 수 있었던 건, 특별한 퀘스트 때문이었어.”

“그래?”

“내가 그 영상 처음부터 끝까지 보면서 분석해 봤는데, 엘리카 왕국의 내부자가 로터스를 도왔다는 결론이야.”

처음 ‘켠 김에 엘리카 왕성까지’ 영상을 봤을 때 에밀리가 생각한 것은 이안이 버그성 플레이를 하고 있는 것이 아닌가 하는 것이었다.

그 정도로 이안의 공성전 오더는 말이 되지 않는 것이었으니 말이다.

하지만 영상을 여러 번 돌려 보며 분석해 보니 비슷한 패턴을 찾아낼 수 있었다.

너무도 뻔한 상황에서 뻔한 전략을 구사하고 있는 엘리카 왕성의 수성병력들.

이안의 플레이가 버그가 아니라 왕성 방어군의 AI가 버그 수준으로 멍청했던 것이다.

하지만 LB사에 문의해 봐도 버그는 아니라는 답변만 돌아왔고, 때문에 에밀리는 이 멍청한 AI가 어떤 특별한 퀘스트의 영향이라고 판단했다.

에밀리와 세일론의 대화는 계속해서 이어졌다.

"흠……. 그렇군."

"로터스의 저력을 폄하하려는 건 아니지만, 그들의 강력한 전력을 감안하더라도 현재 판이 그들의 입장에서 별로 좋지 않다는 것만은 팩트라고 생각해. 때문에 이안으로서는 판을 뒤집고 싶은 거지."

"알려지지 않은 콘텐츠에 대한 정보까지 공개해 가면서 말이지?"

"그래. 지금 로터스의 영토 확장을 막고 있는 라마리스와 이카룬 왕국은 엘리카보다도 더 강력한 힘을 가진 어둠의 왕국이야. 정확히는 몰라도, 공략하는 데 적잖은 시간과 노력이 필요할 게 분명해."

에밀리가 설명을 이어 가는 동안, 장내의 모든 타이탄 길드원들의 시선은 그녀의 입에 고정되어 있었다.

잠시 탁자에 놓인 냉수로 목을 축인 에밀리가 다시 말을 이어 갔다.

"반면에 우리 타이탄 왕국이 위치한 서남부 지역은, 정말 거리낄 게 하나도 없어. 로터스가 엘리카 왕국을 생각지 못한 방법으로 점령해 내기는 했지만, 그 차이를 메우는 건 앞으로 시간문제라고 할 수 있지."

세일론이 에밀리를 향해 물었다.

"그러니까 에밀리 네 말은, 이 형국이 유지만 된다면 우리 타이탄이 로터스보다 먼저 제국 콘텐츠를 선점할 수 있을 거라는 말이지?"

에밀리가 고개를 끄덕이며 대답했다.

"맞아, 그거야. 때문에 나는 이안의 제안이 영리하다고 생각하는 중이야."

잠자코 두 사람의 대화를 듣고만 있던 샤크란이 낮은 목소리로 입을 열었다.

"그렇다면 에밀리, 너는 이안의 제안을 거절해야 한다고 생각하는 건가?"

"음……."

에밀리는 선뜻 대답하지 못하겠는지 잠시 뜸을 들였다.

그리고 또렷한 어조로 다시 입을 열었다.

"그건 아닙니다, 마스터."

"어째서지?"

"이안은 우리의 도움을 받지 않더라도, 어떻게든 리치 킹을 잡을 인물이라고 생각하기 때문입니다."

"로터스가 우리 없이 리치 킹을 잡을 수 있다고?"

에밀리가 고개를 저으며 대답했다.

"물론 지금 당장은 아닙니다. 적어도 앞으로 한두 달 정도는 우리 없이 리치 킹을 클리어할 만한 전력이 만들어지기 힘들겠죠."

"흐음……."

에밀리는 이안의 잠재력에 대해 무척이나 높게 평가하는 편이었다.

때문에 그에 대한 분석을 할 때는 항상 가능한 최악의 시나리오까지 가정했다.

"그리고 그때가 되면 협상의 주도권은 아마 로터스에게 넘어갈 겁니다."

"확실히 그렇겠지. 우리가 그전에 제국 선포를 할 수 있으면 몰라도 말이야."

"그리고 결정적으로 우리 타이탄에는 있고 로터스에는 없는 것이 있지 않습니까?"

"……?"

에밀리의 뜬금없는 이야기에, 샤크란이 의아한 표정이 되어 반문했다.

"우리에겐 있고, 로터스에는 없는 것……?"

에밀리가 씨익 웃으며 대답했다.

"제국 선포 조건. 벌써 잊으신 건 아니겠죠?"

"아……!"

"설령 리치 킹 에피소드가 클리어되고 로터스가 우리보다 먼저 영토를 확보한다고 하여도, 그들은 제국이 될 수 없습니다."

"역시!"

에밀리의 생각은 간단했다.

로터스를 상대로 협상의 우위를 점할 수 있는 지금, 최대한 많은 것을 뜯어내야 한다는 것이었다.

어차피 옥새가 없는 한 로터스는 결국 제국 선포를 하지 못할 것이었고, 그렇다면 판이 뒤집어져 로터스가 페널티를 극복하게 된다 하더라도 크게 걱정할 이유가 없었다.

어둠의 왕국들이 사라져 로터스의 정복 전쟁에 날개가 달린다고 하더라도, 어차피 제국 선포가 불가능하다면 그것은 크게 의미 없기 때문이었다.

"좋아, 그럼……."

결정을 내린 샤크란이 씨익 웃으며 에밀리를 향해 말하였다.

"에밀리, 협상은 너에게 맡기마."

"알겠습니다, 마스터."

"이안 녀석에게 가서, 최대한 많이 뜯어 와 봐."

드르륵.

로터스 왕성의 회의실.

문이 열리며 이안이 들어오자, 모두의 시선이 그에게로 향했다.

피올란과 훈이, 카윈 등 로터스의 수뇌부가 이안이 돌아오기만을 기다리고 있었던 것이다.

그리고 그중에서도 가장 마음이 급한(?) 훈이가, 쪼르르 뛰어나와 이안에게 물었다.

"어떻게 됐어, 형? 타이탄이랑 협상은 잘된 거야? 샤크란 아재가 도와주겠대?"

훈이 또한 이안만큼은 아니었지만, 협상이 성사되기를 간절히 바라는 인물 중 하나였다.

그 이유는 바로 제한 시간이 열흘도 채 남지 않은 히든 퀘스트인 '리치 킹 샬리언의 야욕 저지' 때문.

4티어의 히든 클래스인 '사령의 군주'로 전직하기 위해서는 타이탄 길드와의 거래가 성사되어 리치 킹을 처단해야만 하는 것이다.

물론 이안처럼 무지막지한 페널티가 있는 것은 아니었지만 말이다.

이안이 훈이를 응시하며 씨익 웃어 보였다.

"후후, 협상이야 잘 마쳤지."

"……!"

"타이탄 길드도 원정대에 합류하기로 했다."

"크, 역시 이안갓!"

훈이는 두 주먹을 불끈 말아 쥐며 환호성을 내질렀다.

가장 어려워 보였던 산을 하나 넘었기 때문이었다.

반면에 피올란과 헤르스의 표정에는 기쁨보다는 신기함에 가까운 감정이 담겨 있었다.

피올란이 이안을 향해 물었다.

"샤크란이 제 생각보다 착한 인물이었던 건가요, 아니면, 멍청한 인물이었던 건가요?"

"네?"

"그렇잖아요. 제가 샤크란이었더라면, 절대 이안 님의 제안을 들어주지 않았을 것 같거든요. 타이탄에서는 구경만 하고 있으면 최강의 경쟁자인 이안 님의 클래스 티어를 떨어뜨릴 수 있는 기회인데, 이걸 이렇게 쉽게 발로 차 버린다고요?"

헤르스도 고개를 주억거리며 대답했다.

"그러게. 나도 이해가 잘 안 되네. 나도 피올란 님이랑 같은 생각이거든."

두 사람의 말에 이안이 피식 웃으며 대꾸했다.

"설마 내가 타이탄에 내 약점을 전부 까발렸겠냐?"

"그럼?"

"타이탄에서는 내 퀘스트에 대해 전혀 모르지. 그러니까 내 제안을 수락하는 멍청한 선택을 할 수 있었던 거고."

이안의 대답에, 헤르스가 혀를 내두르며 반문했다.

"아니, 대체 어떻게 구워삶은 거야? 퀘스트에 대한 얘기를 안 했는데도 우리가 샬리언을 치려 하는 이유에 대해 납득시켰단 말이야?”

이안은 그에 대한 대답 대신 실실 웃고만 있었다.

생각보다 일이 술술 잘 풀리고 있었기 때문이었다.

‘보스 드롭 아이템 지분 좀 쥐어 줬다고 덥석 미끼를 물어 줄 줄이야…….’

어쨌든 타이탄을 끌어들이는 데 성공한 이상, 1할도 채 되지 않는 듯 보였던 퀘스트의 성공률이 거의 절반에 가깝게 끌려 올라왔다.

이제 남은 것은 정말 최선을 다해서 어둠의 군단을 격파하는 일뿐이었다.

어둠의 군단을 격파하고 에피소드의 모든 퀘스트를 완료하고 나면, 이제는 정말 마음 놓고 정복 전쟁을 할 생각이었다.

적어도 카일란 최초의 ‘제국’을 건설하여 황제가 될 때까지 말이다.

타이탄 길드의 ‘착각’과는 달리, 이미 로터스 왕국은 제국으로 승격되기 위한 거의 모든 조건을 충족하고 있었다.

어쩌면 유저들 중 제국의 옥새를 가장 처음 얻은 것이 이안일지도 몰랐다.

어쨌든 가장 큰 산이었던 타이탄 길드와의 협상이 성공적으로 마무리되자, 이안은 일사천리로 어둠의 성을 공략할 계획을 세우기 시작했다.

“일단 헤르스, 네가 길드 마스터의 이름으로 원정대 모집 공고를 내.”

“알겠어. 참가 조건은 어떻게 할까?”

“일단 레벨 제한을 걸자. 350레벨 이상으로.”

“그럼 너무 참가 자격이 제한되지 않을까?”

“아니야. 350레벨보다 낮으면, 사실상 도움이 되기 힘들어. 추가 조건으로, 딜러는 DPS 20만 이상. 탱커는 생명력 200만, 방어력 만 삼천 이상만 받자.”

“으음……. 충분한 인원이 모일 수 있을 지 걱정이네.”

헤르스는 빡빡한 참여 조건 때문에 조금 걱정되는 눈치였지만, 이안은 전혀 불안하지 않았다.

타이탄과 로터스의 연합 공격대.

이 타이틀 하나만으로도 콜로나르 대륙 각지에 있는 수많은 고수들이 모여들 게 분명했기 때문이다.

“자, 어서 움직이자고. 늦어도 내일 아침에는 공격대가 출발해야 해.”

“알겠어, 형.”

“알겠어요, 이안 님.”

각각의 수뇌부들에게 저마다의 역할을 맡긴 이안은 왕성을 나와 어디론가 향했다.

이제 ‘드워프 한’에게 맡겨 놓은 비밀 병기를 찾으러 갈 시간이었다.

'반나절 정도 걸린다고 했으니 슬슬 완성되었겠지? 좀 쓸 만한 녀석으로 만들어졌으면 좋겠는데…….'

이안이 한에게 맡긴 것은 다름 아닌 라카메르를 처치하고 얻은 '어둠의 뼛조각 꾸러미'였다.

조립하여 만들어 낸 언데드를 소환수로 부릴 수 있게 해 주는, 무려 '신화' 등급의 특별한 잡화 아이템.

'한의 손재주는 그야말로 최상이니까……. 믿어도 되겠지.'

엘리카 왕성에서 만났던 '쓸모없는 뼛덩이'를 떠올린 이안은 고개를 절레절레 저었다.

아무리 통솔력 소모 값이 없는 '보너스 전력'이라고 할지라도, 덩치만 크고 쓸모없는 녀석은 사양이었다.

'고스트 드래곤 같은 게 나오면 정말 바랄 게 없는 데 말이야.'

이안이 내심 고스트 드래곤을 바라는 이유는 다른 것이 아니었다.

고스트 드래곤이 가진 최강의 패시브, '물리 공격 면역'이 탐났던 것이다.

다른 종류의 드래곤들에 비해 전체적인 스텟은 떨어지는 편이었지만, 뛰어난 기동성과 '물리 면역'이라는 패시브가 단점을 충분히 커버해 주기 때문이었다.

로터스 왕성 북쪽의 커다란 부지를 차지하고 있는 한의 대장간.

까앙– 까앙–!

그곳에 들어서자, 여기저기서 쨍쨍한 쇳소리가 울려 퍼졌다.

그리고 들어선 이안을 발견한 것인지, 근처에 있던 대장장이 하나가 잽싸게 다가오며 고개를 숙여 보였다.

"폐하, 오셨습니까."

"그래, 한은 지금 어디 있지?"

"한 님이라면 대장간 뒤편의 대형 작업실에 계십니다."

"대형…… 작업실?"

"그렇습니다. 무슨 문제라도……?"

대장간의 대형 작업실은, 거대한 공성병기를 만들 때 주로 사용하는 곳이었다.

때문에 이안은 불길한 생각이 떠오르기 시작했다.

'설마……! 그 거지 같은 거대 해골을 만들고 있는 건 아니겠지?'

작업실을 향해 걸을수록 이안의 발걸음은 더욱 빨라졌다.

그리고 잠시 후, 작업실에 들어선 이안의 눈앞에 거대한 무언가가 모습을 드러내었다.

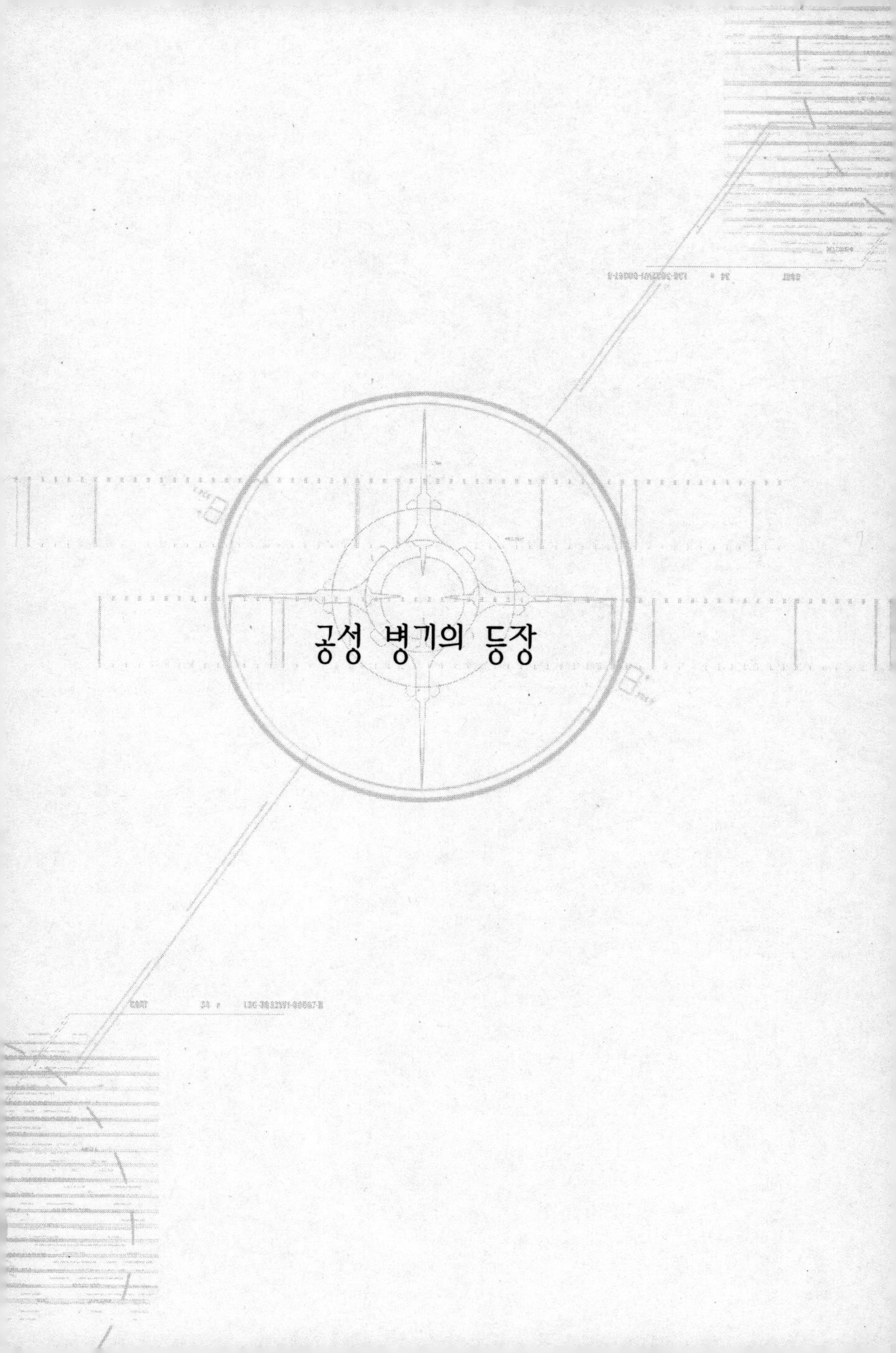

공성 병기의 등장

Taming
Master

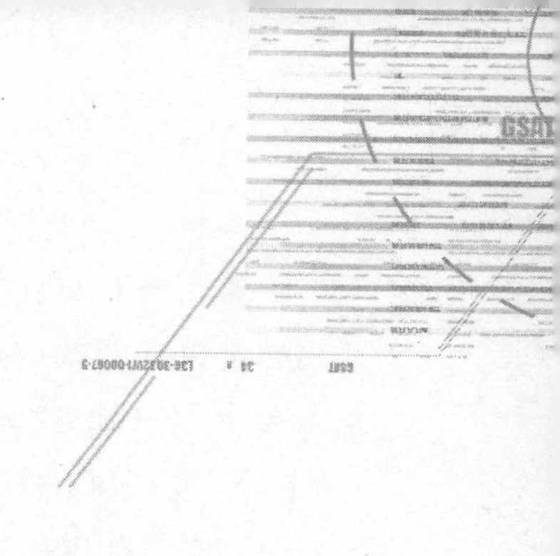

거대하다는 말이 너무도 잘 어울리는, 어마어마한 몸집을 가진 해골 기사.

"아……."

이안의 입에서 망연자실한 듯한 탄성이 흘러나왔다.

드워프 한이 삐질삐질 땀까지 흘려 가며 만들고 있는 소환수의 생김새가, 라데우스를 상대할 때 보았던 '스컬 자이언트 킹'과 너무도 흡사했기 때문이었다.

심지어 라데우스의 스컬 자이언트는 번쩍거리는 판금갑옷으로 무장이라도 하고 있었는데, 이안의 눈앞에 있는 이 녀석은 헐벗은 상태였다.

이안이 떨리는 목소리로 한을 향해 물었다.

"한, 혹시 이 녀석인 거야……?"

신화 등급의 재료 아이템과 한의 손재주에 대한 기대가 컸던 만큼 커다란 허탈감이 밀려왔다.

'이 녀석만 아니기를 바랐는데…….'

아직 완성되지 않은 탓인지 녀석의 이름은 확인할 수 없었지만, 보나마나 녀석은 '스컬 자이언트 킹'일 것이었다.

'왜냐면…… 너무 똑같이 생겼으니까.'

그리고 우울한 표정의 이안을 향해, 한이 깔끔하게 확인 사살을 해 주었다.

"폐하, 오셨습니까?"

"응, 그래. 어제 내가 맡겼던 뼛조각 꾸러미가……."

"맞습니다. 바로 이 녀석입죠. 어떻습니까, 늠름하지 않습니까?"

이안의 우울함을 눈치채지 못한 한이, 뿌듯한 표정으로 자신의 작품을 소개했다.

하지만 그럴수록 이안은 더욱 슬퍼질 뿐이었다.

"크흑."

만약 라데우스의 스컬 자이언트 킹을 상대해 보지 못했더라면, 지금쯤 이안은 황홀한 표정으로 이 해골 기사를 올려다보고 있었을 것이다.

녀석은 지금껏 이안이 보아 온 어떤 소환수와도 비교할 수 없을 정도로 거대한 몸집을 자랑했기 때문이다.

비주얼만 보자면 녀석은 확실히 1티어 소환수처럼 보였다.

우울해진 이안은 한에게 핀잔을 주고 싶었지만, 그간의 우정을 생각해서 한 번쯤 참아 주기로 했다.

'그래, 지금까지 한이 만들어 준 무기가 몇 갠데……. 한도 한 번쯤은 실수할 수 있는 거지.'

필사적인 마인드 컨트롤로 자애의 화신이 빙의한 이안이었다.

앞으로 이 녀석을 어떻게 써먹어야 할지 고뇌하며, 이안의 입이 천천히 열렸다.

"한, 이 녀석. 완성하려면 얼마나 걸릴까?"

"원래의 일정은 내일모레 완성이지만, 밤을 새서라도 내일 오전까지 완성해 내겠나이다."

"내일 출정이라는 얘길 들었나 보네?"

"그렇습니다, 폐하."

눈을 반짝이는 한을 보며, 이안은 하려던 말을 되삼켜야만 했다.

'사실 전쟁에 데리고 나가 봐야 별 쓸모도 없을 것 같은데, 굳이 밤을 샐 필요까지야…….'

그래도 로터스 왕국 최고의 야장인 한의 사기 진작을 위해, 이안은 타박 대신 격려를 해 주기로 결정했다.

"그래, 역시 한밖에 없어."

"감사합니다, 폐하."

"조금만 더 수고해 줘. 혹시 필요한 게 있으면 언제든지 말하고."

이안은 늘 하는 형식적인 격려를 끝으로 걸음을 돌리려 했다.

그런데 그때, 한의 입에서 뜻밖의 요구가 흘러나왔다.

"그렇다면 폐하, 제가 청이 하나 있사온데……."

그리고 한의 말을 듣는 동안, 이안의 표정은 점점 사색이 되어 갔다.

"후욱- 후욱-."

구릿빛 피부에 탄탄한 체구를 가진 한 남자가, 커다란 풀무의 손잡이를 연신 잡아당기며 거친 호흡을 내뱉고 있었다.

그리고 그의 뒤편에 선 키 작은 드워프 하나가 신이 나서 추임새를 넣었다.

"그렇지, 리베르! 아주 완벽한 온도라고!"

드워프의 이름은 바로, 로터스 최고의 대장장이인 우르크 한.

그리고 남자의 정체는 카일란 한국 서버의 대장장이 랭커 중 하나인 리베르였다.

'으으, 내가 여기는 왜 와서 이런 고생을 하고 있는 거야?'

리베르가 로터스 왕성의 대장간에 들어온 것은, 채 보름도 되지 않은 근래의 일이었다.

그리고 멀쩡히 본인의 대장간을 운영하던 그가 이곳에 들어온 이유는 다른 것이 아니었다.

로터스 길드 소속인 친구로부터 왕성의 대장간 수석 대장장이가 드워프라는 정보를 얻었고, 혹여 드워프만의 대장 기술을 얻을 수 있지 않을까 하여 이곳에 취직하게 된 것이다.

제법 뛰어난 대장 기술을 가지고 있던 리베르는 금방 한의 눈에 들 수 있었고, 그 결과 무한 노가다의 세계로 입성하게 되었다.

드워프 한의 제자가 되는 데 성공한 것이다.

리베르의 풀무질이 끝나고 거대한 쇳덩이가 알맞게 달아오르자, 쇠망치를 치켜 든 한이 메질을 시작하였다.

깡- 깡- 깡-.

무구의 퀄리티를 결정하는 가장 중요한 과정 중 하나인 메질.

뛰어난 성능을 가진 무구를 만들어 내기 위해서는 균형 잡힌 형태가 필수적이었고, 이를 위해서는 정교한 메질이 필요했다.

리베르는 흘러내리는 땀을 닦아내며, 망치를 들고 한의 옆으로 향했다.

'후, 아무리 NPC라도 그렇지, 어떻게 하루 종일 망치질만

할 수 있는 거지?'

지난 보름간 한을 지켜본 리베르는, 그의 끝없는 노가다 정신에 감탄할 수밖에 없었다.

밥 먹고 자는 시간을 제외하면, 한은 언제나 망치를 놓지 않았던 것이다.

"스승님께선 정말 대단하신 것 같습니다."

"뭐가 말이냐?"

"스승님의 노가다 정신은 도무지 따를 엄두가 나질 않습니다."

혀를 내두며 망치질을 시작하는 리베르였다.

하지만 한은 고개를 절레절레 저으며 그를 향해 대답했다.

"내 노가다 정신은 아직도 부족하다."

"예……?"

"일전에 폐하께서 보여 주셨던 노가다를 나는 아직도 잊지 못하지."

"폐하라면……?"

"사흘 동안 광산 구석에서 같은 자세로 곡괭이질하던 폐하의 모습을……. 나는 아직도 잊을 수가 없지."

"……."

"난 아직도 멀었어."

믿을 수 없는 얘기를 중얼거리며 연신 망치를 내려치는 우르크 한.

리베르 또한 고개를 절레절레 저으며, 메질을 이어 갔다.

깡– 깡– 깡–.

'그나저나 이 말도 안 되는 크기의 갑주는 대체 어디에 쓰려고 만드는 거야?'

밤새 한과 리베리가 만들고 있는 무구들은 그야말로 엄청난 크기를 자랑했다.

일반적인 무구들과 비교하면 거의 수십 배 이상 거대한 크기, 그중에서도 특히, 집채만 한 크기의 해머가 압권이라고 할 수 있었다.

'저 말도 안 되는 무기를 들 수 있는 존재가 있기는 할까?'

지난 밤 두 사람이 녹여 낸 광석의 무게는 수 톤에 육박했다.

그 말인 즉, 이 장비들을 착용하려면 수천 키로의 무게를 감당할 수 있어야 한다는 것. 게다가 더욱 놀라운 것은 사용된 광석들이 대부분 고가라는 것이다.

미스릴만 해도 거의 500킬로그램이상이 사용되었으니, 이 무기들을 제작하는 데 들어간 비용이 짐작조차 되지 않았다.

'후우, 그래도 이제 끝은 보이네.'

깡– 깡– 깡–.

빨갛게 달아오른 철판을 두들기며, 리베르는 흩어지려는 집중력을 다잡았다.

마지막으로 만들고 있는 이 견갑만 완성된다면, 이 정체모를 장비 세트 제작이 드디어 끝나는 것이다.

―??? 세트 아이템 : 제작 완성도 : 99.25퍼센트

애초에 도안 자체가 리베르의 것이 아니었기 때문에, 완성될 아이템의 이름조차도 알지 못했다.

하지만 들인 노력과 재료가 어마어마한 만큼, 기대가 되는 것은 사실이었다.

'과연 어떤 물건이 나오려나?'

치이익―!

차가운 물을 들이붓자, 새빨갛게 달아올랐던 금속이 하얀 빛깔을 되찾았다.

그리고 잠시 후…….

철컥―!

분리되어 있던 갑주의 이음새를 연결하는 것으로, 드디어 아이템이 100퍼센트 완성되었다.

띠링―!

―'거신족의 미스릴 판금 갑주(전설)' 아이템이 완성되었습니다!

―'거신족의 미스릴 판금 투구(전설)' 아이템이 완성되었습니다!

―'거신족의 미스릴 판금 보호대(전설)' 아이템이 완성되었습니다!

―'거신족의 미스릴 해머(전설)' 아이템이 완성되었습니다!

―'거신족의 전투 세트' 아이템 제작에 성공하였습니다!

―최초로 '전설' 등급의 세트 아이템 제작에 성공하셨습니다!

―명성이 45만 만큼 증가합니다!

—'손재주' 능력치가 영구적으로 75만큼 증가합니다!

리베르의 눈앞에 쉴 새 없이 이어져 나타나는 시스템 메시지.

리베르는 그것을 한 줄 한 줄 읽어 내려갈 때마다, 이틀간의 노가다로 누적된 피로가 씻은 듯 사라지는 듯한 착각을 느낄 수 있었다.

"후, 내가 미쳤지. 그걸 왜 허락했을까?"

눈 뜨자마자 카일란에 접속한 이안은, 연신 투덜대며 왕성 대장간으로 향하고 있었다.

이안의 머릿속에 어제 나눴던 한과의 대화가 떠올랐다.

"그렇다면 폐하, 제가 청이 하나 있사온데……."

"뭔데? 말해 봐, 한."

"그동안 모아 두었던 미스릴 광석들을 좀 사용할 수 있겠습니까?"

"미……스릴…… 광석?"

"그렇습니다, 폐하."

"그것들은 어디에 쓰게?"

"폐하의 비밀병기를 더욱 강력하게 만들기 위해서, 미스릴 광석이 꼭 필요하옵니다."

"저…… 해골 말하는 거야?"

"그렇습니다, 폐하."

"얼마나 필요한데?"

"해 봐야 알겠지만 상등품으로 백오십 개 정도는 필요할 듯합니다."

"그, 그렇게나 많이?"

"그러하옵니다."

"대체 뭘 만들려고……."

"그리고 상급 철광석도 1천 개 정도가 필요할 것 같습니다. 음, 또……."

한이 요구한 광물들은 그야말로 어마어마한 수량이었다.

심지어 양만 많은 것이 아니었다.

하나같이 최고급의 광물들만 원했기 때문에 들어가는 비용 또한 장난이 아니었다.

상급 철광석 하나가 5만 골드 정도에 거래되는 물건이었으니, 철광석만 해도 5천만 골드의 비용이 소모된 것.

결국 이안이 지원한 광물들의 가치를 전부 합산하면, 거의 2억 골드에 육박하는 말도 안 되는 액수가 들어간 것이다.

'후, 역시 충동적인 건 옳지 않아…….'

돈이라도 덕지덕지 바르면 좀 쓸모 있는 녀석으로 재탄생

할까 싶어 한의 제안을 허락했던 것인데, 지금 생각해 보면 후회가 막심했다.

터덜터덜 힘없이 걸음을 옮기는 이안.

'그래도 기왕 만들었으니 쓸모가 있었으면 좋겠는데…….'

그리고 잠시 후, 이안의 시야에 커다란 그림자가 들어왔다.

"음……?"

왕성 대장간의 앞에 우뚝 솟아 있는, 거대한 해골 기사의 그림자를 확인한 이안의 두 눈에, 살짝 이채가 어렸다.

화려한 갑주와 거대한 해머로 무장되자, 크기만 크고 볼품없었던 어제의 모습과는 확연히 달랐던 것이다.

그리고 가장 중요한 것은, 짙푸른 빛깔의 판금갑주를 입고 있던 라데우스의 스켈레톤과 달리, 황금빛으로 빛나는 미스릴 갑주를 입고 있다는 점이었다.

'뭐지? 라데우스가 소환했던 녀석이랑 좀 다른 것도 같은데?'

이안은 불안감 반 기대감 반으로, 해골 기사를 향해 천천히 다가갔다. 그러자 그 뒤쪽에 앉아서 꾸벅꾸벅 졸고 있던 한이 재빨리 뛰어나와 이안을 반겼다.

"오오, 오셨습니까, 폐하!"

"그래, 한. 완성된 거야?"

"그렇습니다, 폐하. 자, 얼른 확인해 보시지요."

한의 말에, 이안은 의아한 표정으로 되물었다.

"확인은 어떻게 하면 되는데……?"

"아차차, 잠시만 기다리십시오."

허둥지둥 대장간 안으로 들어간 한이, 이안을 향해 주먹만 한 묵빛 구체를 건네었다.

—'영혼 계약석' 아이템을 획득하셨습니다.

그리고 한의 말이 다시 이어졌다.

"이걸 사용하시면 녀석의 정보를 확인하실 수 있습니다."

"그래?"

한차례 마른침을 꿀꺽 삼킨 이안은, 곧바로 영혼 계약석 아이템을 사용했다.

그러자 이안의 눈앞에 주르륵 하고 시스템 메시지들이 떠오르기 시작했다.

띠링—!

—'영혼 계약석' 아이템을 사용하셨습니다!

—어둠 계약 소환수와의 계약이 성사되었습니다.

—명성을 5만 만큼 획득하였습니다!

—어둠 계약 소환수는 소환하는 데 통솔력이 필요하지 않습니다.

……중략……

—소환수 '파괴의 해골 기사(신화)'를 손에 넣으셨습니다!

그리고 시스템 메시지들의 마지막.

'신화'라는 단어를 확인한 이안의 두 눈이, 대번에 휘둥그레 변하였다.

파괴의 해골 기사

레벨 : 1
분류 : 어둠 계약 소환수
등급 : 신화
성격 : 단순함
진화 불가
공격력 : 42
방어력 : 48
민첩성 : 2
지능 : 1
생명력 : 2,755/2,755
고유 능력
*거인의 해머(패시브)
'파괴의 해골 기사'의 공격력이 항상 150퍼센트만큼 증가하며, 공격 속도가 50퍼센트만큼 감소합니다.
무생물을 공격할 때 500퍼센트만큼의 추가 피해를 입히며, 공격을 성공시켰을 시 1초 동안 움직일 수 없습니다.
(반경 5미터 범위 내의 모든 적에게 공격력의 50퍼센트만큼의 피해를 입힙니다.)
*파괴의 망치질 (재사용 대기 시간 15분)
'파괴의 해골 기사'가 해머를 허공으로 치켜든 채, 5초 동안 힘을 모아 한 번에 강력한 힘으로 해머를 내리칩니다.
공격 지점으로부터 반경 15미터 이내의 모든 적에게 피해를 입히며, 공격력의 2,500퍼센트만큼의 피해를 입힙니다.
('파괴의 망치질'이 발동될 시 5초 동안 자리에서 움직일 수 없으며, 방어력이 200퍼센트만큼 증가합니다.)
('파괴의 망치질'은, 성벽이나 방어 타워에 더 강력한 피해를 입힙니다.
–추가 피해량 : 50퍼센트~500퍼센트)
*봉인된 고유 능력 (알 수 없음)
???
고대에 사장되었던 연금술 중에는, 뼛조각에 어둠의 힘을 담아 강력한 영혼을 부여할 수 있는 금단의 비술이 존재한다.
그리고 그렇게 만들어진 뼛조각을 정교하게 조립하면, 강력한 어둠의 소환수를 만들어 낼 수 있다.

그런데 오늘날, 뛰어난 어둠의 지식을 가진 누군가가 이 금단의 비술을 부활시켰다.
그리고 대단한 손재주를 가진 기술자가 이 어둠의 뼛조각을 이용하여 엄청난 소환수를 만들어 내었다.
신화적인 힘을 가진 강력한 어둠의 소환수.
하지만 한계 이상의 기술력을 사용한 나머지 소환수는 온전한 상태로 태어나지 못했다.
특별한 조건이 충족된다면, 이 소환수는 완전한 존재로 거듭날 수 있을 것이다.
*유저 '이안'에게 귀속된 소환수입니다.
*어둠 계약 소환수는 소환하는 데 통솔력이 필요하지 않습니다.

'파괴의 해골 기사'라는 멋들어진 이름을 가진, 이안의 새로운 소환수.

이안은 입을 떡 벌린 채, 소환수 '파괴의 해골 기사'의 정보 창을 천천히 읽어 내려갔다.

'미친, 뭐 이렇게 극단적인 녀석이 다 있어?'

이안은 근래 들어 손에 꼽을 정도로 당혹스런 표정이었다.

그리고 그가 당황한 것은 아주 복합적인 이유 때문이었다.

첫째로는 생각지도 못했던 옵션을 가진 해골 기사의 고유 능력들 때문이었으며, 둘째로는 말도 안 되게 형성된 극단적인 전투 능력 때문이었다.

그리고 마지막으로는, 이 어처구니없는 능력을 지닌 소환수가 생각보다 마음에 들어서였다.

'라데우스의 스컬 자이언트 뭐시기가 이런 비슷한 능력을 가진 녀석이었다면 나와의 전투에서 그렇게 무기력했던 것도 이해가 되는군.'

이안이 라데우스를 상대할 때 보았던 '스컬 자이언트 킹'은, 이안의 기준에서 정말 아무짝에 쓸모없는 소환수였다.

맷집은 훌륭하지만 도발 기술이 없기 때문에 무용지물이었으며, 공격력은 강하지만 아무도 맞아 주지 않을 정도로 느렸기에 의미가 없었던 것이다.

하지만 이안은 당시 녀석의 고유 능력까지 확인하지는 못하였고, 때문에 지금에서야 눈앞에 있는 이 '파괴의 해골 기사'를 통해 추측해 볼 수 있었다.

'그 녀석도 만약 이런 비슷한 고유 능력들을 가지고 있었다면 쓰레기라고 욕한 게 조금 미안해지는걸.'

'자이언트 스컬 킹'과 무척이나 비슷한 느낌의 전투능력을 가지고 있는 '파괴의 해골 기사'.

녀석은 전투 능력치만 보자면, 한숨이 나올 만큼 최악의 비율을 가지고 있었다.

'초기 능력치가 공격력 42에 방어력 48. 그런데 순발력은 2고 지능은 1이라…….'

공격력과 방어력은 일반 등급 소환수가 10레벨은 되어야 달성할 수 있는 괴물 같은 수준인데 반해, 순발력과 지능은 답이 없는 수준이었다.

하지만 총능력치의 합을 보자면 신화 등급 치고도 준수한 편이었다.

라데우스의 1레벨 전투 능력치의 합은, 총 93.

엘카릭스의 1레벨 전투 능력치 합이 104였던 것을 생각한다면 같은 신화 등급의 소환수임을 감안했을 때 다소 떨어지는 수준이지만, 2,755라는 생명력까지 비교해 본다면 결코 낮은 능력치가 아니었다.

'오히려 괴물에 가깝지.'

반쯤 탱커에 가까운 생명력 스텟을 가진 엘카릭스의 생명력이 1레벨 기준 1,527이었다.

전투 능력은 초기 능력치에 비례하여 성장한다는 것을 감안한다면, 엘카릭스와 비교했을 때 거의 두 배에 가까운 생명력을 가진 괴물 같은 고기 방패가 탄생한 것이다.

현재 350레벨이 넘은 엘카릭스의 생명력이 300만 정도인 것을 감안한다면, 이 녀석은 300레벨만 넘겨도 500만의 미친 생명력을 가지게 될 게 분명했다.

게다가 방어력도 엘카릭스의 한 배 반 수준.

그냥 간단하게 말해서, 빡빡이의 두세 배 정도의 탱킹 능력을 가진 미친 소환수가 탄생한 것이다.

물론 도발 스킬이 없다는, 탱커로서의 치명적인 단점이 있지만 말이다.

'도발기가 없는 건 좀 아쉽지만 이 녀석은 애초에 탱커로

태어난 녀석이 아니니까.'

이 해골 기사가 이안의 파티에서 해 줄 역할은, 성문을 파괴하고 방어 타워를 부숴 버릴 강력한 공성병기.

5분도 채 되지 않는 시간 만에 '파괴의 해골 기사'의 용도를 전부 파악한 이안은, 기분 좋은 미소를 베어 물었다.

이 녀석이야말로 지금 상황에서 그 어떤 소환수보다 이안에게 큰 도움을 줄 수 있었으니 말이다.

깡스텟이 괴물같이 높아서인지 고유 능력은 두 개밖에 되지 않았지만, 그 두 개의 고유 능력이 조합되었을 때의 시너지는 엄청난 것이었다.

패시브와 액티브가 시너지를 제대로 내면, 어지간한 방어 타워는 한 방에 부숴 버릴 수도 있을 것 같았으니 말이다.

"후, 그나저나 순발력 스텟이 2인데 기본 패시브로 공속을 또 절반 깎아 버리면……. 저 망치, 휘두를 수 있는 건 맞겠지?"

이안은 해골 기사의 정보 창을 다시 한 번 정독하며 뒷머리를 긁적였다.

그런 그를 향해 한이 뿌듯한 표정으로 말을 걸어왔다.

"어떠십니까, 폐하. 만족하셨는지요."

그 말이 끝나기가 무섭게, 이안이 양손의 엄지손가락을 동시에 치켜 올렸다.

"완벽해, 한! 역시 한밖에 없어!"

그리고 이안의 칭찬을 들은 한의 광대가 승천했음은 말할 것도 없었다.

새로운 소환수에 대한 감상이 끝난 이안은, 곧바로 시간을 확인해 보았다.

'아직 아침 8시가 안 됐으니까, 출정까지는 4시간 정도가 남았군.'

리치 킹 샬리언을 처치하기 위한 연합군의 출정 예정 시간은 정확히 정오.

이안은 그때까지 해야 할 일이 무엇인지 확실히 깨달았다.

이안은 서둘러 길드 채팅 창을 열고, 다급하게 메시지를 쳐 올렸다.

—이안 : 지금 혹시 최초 발견 버프 받아서 던전 사냥하고 계신 분? 350레벨 이상 던전이면 더 좋음!

—헐, 이거 진짜 이안이 직접 올린 공고 맞음?

—ㅇㅇ 맞는 듯. 이 계정이 예전에 올린 스샷들 방금 확인하고 왔는데, 이거 리얼 이안임.

—대박! 이안갓이 공홈에 게시글을 남기다니! 이건 역사적인 날이야!

—윗 님, 지금 그게 중요한 게 아님. 혹시 이 공고 글 읽어 보기는 하셨음?

—아뇨. 일단 이안갓 아이디 확인하고 바로 댓글부터 달러 왔는데요.

—ㅋㅋ그럼 일단 글부터 읽고 오셈. 이안갓이 또 미친 짓 하려고 시동 거는 중임.

—ㅇㅋ 읽어 보고 옴.

—오, 맙소사. 나온 지 반년도 안 된 에피 보스를 잡으러 가겠다고?

—이거 진짜 가능한 거야? 리치 킹 레벨 500이라던데. 이안 레벨 400은 넘었음?

—ㅇㅇ 저 로터스 길드원인데, 이안 님 얼마 전에 400레벨 찍으셨다고 하더라고요.

—크, 로터스와 타이탄이 연합하다니. 이거 잘하면 정말 에피소드 클리어 각 나오겠는데?

—ㅋㅋㅋㅋ내 친구 카일란 개발 팀 말단인데 한동안 또 연락 두절되게 생김.

—님 친구는 개발 팀임?ㅋㅋ 내 친구는 기획 팀ㅋㅋㅋㅋ

—얶ㅋㅋㅋㅋ

이안이 카일란 공식 홈페이지에 올린 게시글은 단 한 개에 불과했다.

게시 글이 올라간 곳은 '공격대, 파티 모집'이라는 이름을 가진 게시판이었으며, 제목과 내용은 무척이나 간단했다.

리치 킹 잡으러 갈 사람 구함!

현재 참여 확정 길드
로터스, 타이탄, 플리오스 등.
*참가 조건
레벨 제한 : 350. (약간의 융통성 있음)
딜러 : DPS 20만 이상. (장비만 좋은 발컨 사절)
탱커 : 생명력 200만 이상, 방어력 13,000이상.
*일정
31일 토요일 정오~리치 킹 잡힐 때까지.
*문의
로터스 길드 마스터 헤르스.

하지만 이 간단한 게시물 하나가 일으킨 파장은 결코 가볍지 않았다.

우선 제목과 내용의 어그로가 상당했기 때문에 순식간에 조회 수가 차오르기 시작했으며, 게시자의 계정이 이안이 확실하다는 사실까지 밝혀지자 순식간에 오늘의 베스트 게시판까지 뚫고 올라가 버렸다.

그리고 이 게시물의 파장으로, 공식 홈페이지부터 시작해서 각종 카일란 관련 채팅 방에는 이안의 공격대에 관한 이야기들만 가득했다.

-DPS 20만이면 나 좀 간당간당하긴 한데……. 그래도 신청해 봐야겠지?

—크, 난 방어구 한 파츠만 바꾸면 탱커 스팩 컷까지 딱 맞출 수 있겠다.

—크리스, 너 방어구 바꿀 돈은 있음?

—오늘 말일인 거 모름?

—……?

—원래 지갑전사는 월급날에 강해지는 법.

—크……!

—바로 골드 환전하러 가야겠다.

—님들, 부러움 ㅠㅠ 나는 우리 집 보증금 빼서 장비 다 바꿔도 저 스펙 안 나올 텐데…….

—힘내요, 님아. ㅠㅠ.

그리고 일은 이안이 저질러 놓았지만 고생하는 사람들은 따로 있었다.

그것은 바로, 신청 들어오는 인원들을 관리하여 수십 개가 넘는 공격 파티를 편성해야 하는 헤르스와 로터스의 수뇌부들이었다.

"으아, 뭐 이렇게 사람이 많은 건데!"

헤르스의 절규에, 옆에 있던 피올란이 작은 목소리로 핀잔을 주었다.

"그러게 이안 님이 스펙 제한 올리자고 할 때 올리시지 그랬어요."

그에 헤르스는 거의 울먹이는 표정으로 대꾸했다.

"카일란에 이렇게 고수가 많은 줄 몰랐죠."

"……."

사실 피올란 또한 헤르스와 비슷한 생각을 가지고 있었기에, 달리 그를 탓하고 싶지는 않았다.

단지 지금도 밀려들고 있는 유저들의 참가 신청이 막막할 뿐이었다.

"조금만 더 힘내 보죠, 우리."

"휴우……."

땅이 꺼져라 한숨을 푹 내쉬는 헤르스였다.

아무렇게나 파티를 편성하면 사실 어려울 것이 없지만, 보내온 스펙들을 전부 고려해서 파티를 짜 줘야 하기 때문에 보통 일이 아닌 것이었다.

그렇게 한동안 말없이 업무에 몰두하던 헤르스가, 문득 고개를 들며 피올란에게 물었다.

"그나저나 피올란 님."

"네?"

"이안이는 지금 어디 간 거죠?"

쾅- 콰콰쾅-!

거대한 망치가 떨어져 내린 순간, 강렬한 번개가 내리치더니 그 일대가 그대로 초토화되었다.

아니, 정확히 말하자면 번개가 '내려친' 것은 아니었다.

번개를 닮은 강렬한 기운이 스파크처럼 튀어 올라가며 거꾸로 솟구치는 모습이었으니 말이다. 굳이 따지자면, 땅에서부터 역으로 솟구쳐 오르는 번개라고 해야 할까?

"크, 이펙트까지 완전 취향저격이구만."

이안은 흡족한 미소를 베어 물며, 새롭게 얻은 소환수인 '토르Thor'의 뒷모습을 응시했다.

고대 게르만족의 신이자, 묠니르Mjolnir라는 거대한 망치를 휘두른다는 전설 속의 존재인 토르.

묠니르는 철퇴라는 말도 있고 망치라는 이야기도 있었지만 그런 것은 중요하지 않았다.

녀석의 망치가 떨어져 내리며 모든 것을 부숴 버리는 장면을 목격한 순간, 이안의 머릿속에 떠오른 이름이 바로 '토르'였으니까.

"토르, 파괴의 망치질!"

그어어어-!

토르의 고유 능력은 단 두 개.

그리고 그중에서도 하나는 패시브 스킬이었기 때문에, 전투 중에 발동시킬 만한 스킬은 한 개뿐이었다.

바로 '파괴의 망치질'.

파괴의 망치질은 그 이름과 무척이나 어울리는 고유 능력이었다.

떨어져 내린 자리의 모든 것을 파괴하는 벼락같은 망치질이었으니 말이다.

고오오오!

토르가 망치를 하늘 높이 치켜들자, 허공에서 거대한 기운이 휘몰아치기 시작했다. 이어서 집채만 한 쇠망치의 주변으로 어마어마한 기의 파동이 빨려 들어갔다.

'5초'라는 비교적 긴 차징 시간을 가진, 누구도 맞아 주지 않을 것 같은 기술. 하지만 이안은 처음부터 이 '핵 망치'를 맞추는 것이 어렵지 않을 것이라 생각했다.

그 이유는 바로…….

"떡대, 어비스 홀!"

쿠오오오—!

모든 것을 빨아들이며 움직일 수 없게 만드는, 소환수 '떡대'가 가진 최고의 CC기인 '어비스 홀'이 있었기 때문이었다.

떡대의 어비스 홀이 던전 내의 수많은 스켈레톤들을 빨아들이기 시작했고, 그 위치는 바로 핵망치가 떨어져 내릴 지점이었다.

키에에엑—!

켈켈—!

CC에 걸려 옴짝달싹못하는 스켈레톤들이 처량한 표정으로 허공을 올려다보았다.

하지만 그런다고 해서 토르의 망치가 멈출 리는 없었다.

허공을 가득 채운다는 착각이 들 정도로 거대한 황금빛 망치가 어비스 홀에 빨려 들어가기라도 하듯 그대로 떨어져 내렸다.

콰쾅- 콰콰콰쾅-!

-소환수 '토르'의 고유 능력, '파괴의 망치질'이 발동하였습니다.

-소환수 '토르'가 '스켈레톤 워리어'에게 치명적인 피해를 입혔습니다!

-'스켈레톤 워리어'의 생명력이 289,809만큼 감소합니다.

-'스켈레톤 아처'의 생명력이 318,982만큼 감소합니다.

-소환수 '토르'가 경험치를 9,801,928만큼 획득하였습니다.

-소환수 '토르'의 레벨이 올랐습니다.

-소환수 '토르'가 126레벨로 성장하였습니다.

-소환수 '토르'가 127레벨로 성장하였습니다.

파괴의 망치는 일반적인 방법으로 맞추기 힘들만큼 긴 차징 시간을 가진 대신, 그만큼 강력한 계수를 가지고 있는 공격스킬이다.

게다가 토르의 공격력은, 지금까지 이안이 보아 온 어떤 소환수들과 비교하더라도 압도적으로 강력하다.

심지어 카르세우스보다도 말이다.

'모든 전투 능력이 공격력이랑 방어력에 몰빵되었으니까.'

물론 DPS로 따지자면, 카르세우스가 토르보다 훨씬 높은 수치를 기록할 것이다.

레벨이 같다고 가정하더라도 말이다.

그리고 그 이유는 당연히 '민첩성'의 차이 때문이었다.

공격력 자체는 토르가 더 높겠지만, 공격 속도가 배 이상 차이나는 것이다.

하지만 한순간 보여 줄 수 있는 최고 피해량은 단연 토르의 압승일 것이었다. 고작 127레벨로 30만이 넘는 대미지를 띄우는 것만 봐도 알 수 있었다.

현재 토르의 공격력은 5,334. 그리고 이것은 거의 카르세우스가 150~160레벨 정도일 때 보여 주었던 수치였다.

'거기에 파괴의 망치질 계수가 2,500퍼센트니까 말 다했지.'

더해서 이렇게 무지막지한 토르의 공격력은, 토르의 레벨업 속도에도 큰 영향을 미치고 있었다.

1레벨에서 사냥을 시작한 지 3시간 정도밖에 지나지 않았음에도, 벌써 127레벨이 된 것이다.

토르의 공격력이 강력하다고 해 봐야 아직 사냥 속도에 영향을 미칠 정도는 아니다.

그렇다면 대체 어떤 식으로 레벨 업 속도에 영향을 준다는 이야기일까?

그 비밀은 카일란의 경험치 획득 시스템과 관련이 있었다.

'막타 경험치 보너스가 이렇게 요긴할 줄은 몰랐지.'

카일란의 경험치 획득 시스템은 무척이나 복합적이다.

기본적인 분배 방식에 더하여, 전투에 기여한 수준에 따라 보너스 경험치를 더 얻기 때문이다.

특히 적이 사망하는 순간 마지막 타격을 가했을 경우 가장 많은 보너스 경험치를 얻게 되는데, 토르의 강력한 공격력이 그것을 가능하게 해 주었다.

토르의 공격력이 아무리 강하다 하여도, 100레벨이 겨우 넘은 주제에 400레벨대 몬스터들을 때려잡을 수는 없다.

하지만 이안이 양념해 놓은 몬스터들의 '막타' 정도는 가능한 공격력이 나오는 것이다.

덕분에 피닉스를 키울 때보다 훨씬 빠른 속도로 토르의 레벨을 올릴 수 있었다. 이 속도대로라면, 전쟁이 시작될쯤 180~200레벨 정도는 노려볼 수도 있을 것 같았다.

'흐흐, 피닉스도 이제 300레벨이 다 되어 가고……. 두 녀석 다 제대로 써먹어 볼 수 있겠어.'

빠르게 성장하는 토르를 보며 이안의 양쪽 입꼬리가 귀에 걸렸다.

어서 토르의 저 거대한 망치가 방어 타워에 떨어져 내리는 모습을 보고 싶은 이안이었다.

둥둥둥!

커다란 북소리가 전장에 울려 퍼졌다.

전쟁의 시작을 알리는 전고戰鼓의 묵직한 울림.

이어서 '새까맣다'는 표현을 써도 전혀 어색하지 않을 만큼, 수많은 병력이 전장에 모습을 드러내었다.

근 몇 개월간 카일란에 있었던 어떤 전투보다도 커다란 규모였다.

인간계의 거의 모든 유저들이 뭉쳤으니, 그것은 어쩌면 당연한 것이었다.

널따란 설원 너머로 보이는 거대한 칠흑빛 성곽을 보며, 샤크란이 천천히 입을 열었다.

"로터스가 주도하여 시작된 전쟁이긴 하나, 기왕 이렇게 된 거 주도권을 계속 그쪽에 쥐어 줄 필요는 없겠지."

그의 중얼거림에 옆에 있던 에밀리가 고개를 끄덕이며 맞장구쳤다.

"그렇습니다, 마스터. 우선 공헌도부터 최대한 많이 쓸어 담아서 로터스의 콧대를 눌러 줘야 합니다."

현재 리치 킹 에피소드의 공헌도는 로터스 길드가 압도적인 1위를 달리고 있었다.

그럴 수밖에 없는 것이 로터스 왕국의 위치가 어둠의 군대와 끊임없이 부딪칠 수밖에 없는 곳이었기 때문이다.

반면에 유일하게 로터스와 대적할 만한 길드인 타이탄은, 서남부에 위치해 있다.

로터스에 비해 어둠의 군대와 맞싸울 일이 현저히 적은 것이다.

그러다 보니 공헌도를 쌓을 기회도 적을 수밖에 없었다.

원래 타이탄은, 에피소드 공헌도를 깔끔하게 포기하고 제국 콘텐츠를 선점하는 방향으로 가닥을 잡고 있었다.

하지만 이렇게 기회가 온 이상 손 놓고 있을 이유도 당연히 없었다.

하여 타이탄이 이번 전쟁에 참여한 목적 중 하나가 바로, 벌어진 공헌도의 격차를 최대한 메우는 것이었다.

현재 격차가 결코 적지 않은 수준이었지만, 책사인 에밀리는 생각해 둔 것이 있었다.

'남아 있는 예산이란 예산은 공성병기에 전부 때려 박았으니……. 이걸로 역전을 노려 볼 수 있을 거야.'

에피소드 공헌도는, 어둠의 군대를 상대하는 모든 플레이에서 얻을 수 있다.

어둠의 군대 말단 스켈레톤 병사 하나를 사냥해도 얻을 수 있으며, 관련 던전을 클리어하거나 퀘스트를 완수해도 얻을 수 있다.

하지만 모든 플레이에서 같은 공헌도를 얻을 수 있는 것은 당연히 아니다.

공헌도란 말 그대로 에피소드를 클리어하는 데 얼마나 큰 공헌을 했는지 수치화시키는 것이기 때문에, 공헌도를 많이 주는 플레이 또한 따로 존재했다. 그리고 에밀리가 노리는 것은 바로, 어둠군대의 시설물들을 파괴하는 것이었다.

'일전에 외곽에 있던 병기창고 하나 파괴했을 때도 어마어

마한 공헌도가 들어왔었지. 아마 내성이라도 파괴하면 천문학적인 공헌도를 얻을 수 있을 거야.'

에밀리의 머릿속에 항상 능글맞은 표정을 짓고 있는 이안의 얼굴이 떠올랐다.

'녀석도 분명 그 사실을 모르진 않을 텐데. 공성병기의 수준에 따라 승패가 판가름 나려나?'

에밀리의 시선이 자연스레 로터스 왕국군의 진영을 향해 움직였다.

로터스의 진영은 그리 멀지 않은 곳에 있었기 때문에, 육안으로 확인하는 것이 어렵지 않았다.

로터스의 진영을 한차례 훑는 에밀리.

그런데 다음 순간, 에밀리의 두 눈이 조금씩 확대되기 시작했다.

"저, 저건 대체 뭐지……?"

옆에 서 있는 골렘이 작아 보일 정도로, 어마어마한 크기를 자랑하는 해골 기사가 등장한 것이었다.

에밀리는 자신도 모르게 육성으로 중얼거렸고, 옆에 있던 샤크란이 의아한 표정으로 물었다.

"왜 그러지, 에밀리?"

그에 에밀리가 곧바로 손가락을 뻗으며 로터스의 진영을 가리켰다.

"마스터, 저 거대한 해골에 대해 아시는 게 있습니까?"

그와 동시에 샤크란은 에밀리가 말하는 '거대한 해골'이 어떤 녀석인지 알 수 있었다.

전장의 한복판에 자이언트 스켈레톤이 우뚝 솟아 있었기 때문이었다.

너무도 눈에 잘 띄는, 휘황찬란한 황금빛 갑주를 둘둘 두른 채로 말이다.

잠시 동안 입을 다문 채 스켈레톤을 지켜보던 샤크란이, 헛웃음을 지으며 입을 열었다.

"저 쓸모없어 보이는 고철덩이는 대체 뭐야?"

샤크란의 말에, 에밀리가 반사적으로 반문했다.

"예에?"

"저 녀석 움직임을 잘 보라고, 에밀리."

"보고 있습니다, 마스터."

"저 무식한 망치질에 과연 누가 맞아 줄까?"

"아?"

과연 샤크란의 말처럼, 스켈레톤의 망치는 연신 허공을 가르고 있었다.

그나마 난전이기 때문에 가끔 피해를 입힐 수 있기는 했지만, 망치를 제대로 명중시키는 일은 거의 없었던 것이다.

게다가 망치를 한 번 휘두르는 데 걸리는 시간은 거의 2초.

그야말로 '꽝'에 가까운 공격 효율을 보여 주고 있었던 것이다.

에밀리가 고개를 끄덕이며 입을 열었다.

"확실히 마스터께서 눈썰미는 뛰어나시네요."

"에밀리 너도 조금만 집중해서 봤더라면 알 수 있었을 사실이야."

"그건 그렇지요."

"어쨌든 저 녀석은, 딱히 신경 쓸 필요 없겠어. 이펙트가 화려해서 나도 잠깐 긴장했는데, 어디서 주워 왔는지 모르겠지만 고기방패. 그 이상도 이하도 아니야."

혹시나 하는 마음에 샤크란과 에밀리의 시선이 '자이언트 스켈레톤'을 향해 잠시 머물렀다.

하지만 두 사람의 흥미는 금방 떨어져 버렸다.

무식한 해골바가지에 신경을 쏟기에는, 전장에 신경 써야 할 일이 너무도 많았기 때문이었다.

"길을 뚫어라! 우리가 제일 먼저 성곽까지 도달해야 한다!"

샤크란의 사자후가 쩌렁쩌렁 울려 퍼지자, 타이탄 길드의 길드원들이 일제히 전장을 향해 달려 나갔다.

그리고 그것을 기점으로 로터스와 타이탄의 본격적인 경쟁이 시작되었다.

to be continued